法門穿行

孙笑侠 著

法律出版社

作者简介

孙笑侠 1963年8月出生，浙江温州人。教育部“长江学者”特聘教授，复旦大学特聘教授、法学院院长、博士生导师。中国社会科学院法学博士，哈佛大学高级访问学者。从事法理学–法哲学、司法理论、法律方法及行政法学研究。代表作有《程序的法理》(2005)、《法律对行政的控制》(1999)、《法的现象与观念》(1995)。在《中国社会科学》《法学研究》《中国法学》等刊物发表文章近百篇。

献给我的父亲孙大同先生和母亲王丽华女士

目 录

自　序

从工作的角度讲，如果每个人都要用若干个关键词来定义的话，我这辈子的关键词可能就离不开“法科生”“法学院”和“法律人”了。这是让我感到满足的又令我很不安的事。满足的是我为此努力了并且既有意义又有意思。不安的是，一方面觉得自己没有做到满意，另一方面还不甘心的是，这三尺法科讲台，充其量只是“知识传授”，而没有把作为法律人的更重要的东西完全表达出来。

这本书多数是我的随笔散记，可以算是我穿行在法学旅途的零星念想和边缘语丝。其中大致涉及四个方面，即法科教育、职业素养、大学家园和书外知行。一方面想借这本书把自己关于法科生、法学院与法律人的思考和大家分享。另一方面，也想尽量站在法律人的局外，把法律专业知识之外的另一半或许可以说是更重要的感受传递出来。

孙笑侠
2016 年 7 月 8 日

壹

法科老祖宗是怎么教和学的*

我们今天的法科生经常被一些大腕法学教授搞得一头雾水。法科生到底该怎么学习法学？有没可能或要不要养成一种法律人的职业思维？那么，我们先来回顾法学教育最初的状态吧。

法学从政治学中真正分离出来，是以建立专门的法律教育开始的。法学教育的最初时期，首先登上历史舞台的就是注释法学，这个时间是11～13世纪。我们今天所谓的规范实证法学，或称“教义式法律学”，就源于此。它几乎是当代法典法系的主流法学的代名词，德国著名法学家大都是规范实证的法学家，他们的著作也基本上踏着教义式的脚步遵循规范的法律学方法进行法律分析。甚至英美法系的法学也离不开规范实证法学，还有日本甚至我国台湾地区的法学家也都遵循规范实证法学的路径来进行法律分析和法律教育。这种规范实证法学起源于中世纪的意大利，后经演变化为一种法学流派，成为世界各国公认而通用的主

---

* 本文原载《中外法学》2008年第1期，此处有删节并作简化和修改。

流法学。

专业知识（包括职业知识）与专业屏障是“专业化”之树上结出的相联又相异的两颗果实。“我们所知道的各种法律（也就是公开宣布并执行的规范）的历史在很大程度上就是各种法律工作日益专门化的历史”，[1] 而法的发展带来的一个结果则是法律活动的进一步的专业化。法学思想虽然自古希腊就存在，但是法学作为独立的学科进入大学制度进行传授，那是11世纪之后的事，大约可将1088年的波伦那大学（University of Bologna，又译波洛尼亚大学）法学院确定为法科教育的源头，也可以说，这个源头也是法学从政治学中分离出来的、专业化的开端。

波罗尼亚大学鸟瞰

〔1〕［美］波斯纳：《法理学问题》，苏力译，中国政法大学出版社1994年版，第7页。

12世纪初期出现在波伦尼亚大学的注释法学派（Glossatoren），由当时任教于此的法学家Irnerius（1055—1130年）创立，该学派以经院哲学的方法论从事罗马法典的注释工作。到13世纪中叶，由法学家Accursius（1182—1260年）完成该学派之集大成为止。经过Irnerius的弟子，人称“法学百合”的四博士，再经过Vacarius，Placentinus、Azo Portius、Accursius等几代法学家，他们的影响力在欧洲的某些地区一直延续到17世纪。[1] 注释法学在产生的初期就具有了规范实证分析的一些特点，或者说是法律教义学之特点。中世纪学术文化与基督教思想发生密切关系，基督教信仰认为：以良知和超越宇宙权威所规律的教义和真理，尤其以圣经上的上帝启示为一切知识和信仰的最后依据，应当有绝对的权威。当时的法学家因而也奉罗马法大全尤其是学说汇纂为“成文的理性”（ratio scripta），它在社会生活的行为规范作用，被看成与圣经在思想信仰上具有同样绝对的权威性。由于主张法典的权威性，注释法学派以谨慎严肃的态度，对罗马法大全的全部内容进行逐字逐句地训诂式的注释，期能使法典完美无缺。[2]

当然，我们知道，奉法典为绝对权威进行注释的另一类型，就是中国（清末以前）的律学。律学在中国之所以成不了法学，是有多种原因的，其中主要是因为法学的独立自主性与批判性功能没有在律学中得到体现。法学具有独立自主性，律学依附于王权。可是为什么在中世纪的意大利却没有把注释法学变成“律

---

〔1〕 戴东雄：《中世纪意大利法学与德国的继受罗马法》，台大法学丛书编辑委员会，台湾元照出版有限公司1999年版，第64页。

〔2〕 同上书，第65页。

学”呢？那是因为注释法学有方法论。

（上）波洛尼亚大学 13 世纪的法学家 Accursius（图片来源于耶鲁大学法学院图书馆）

（下）波洛尼亚法学院

从注释法学的早期就出现了借助于苏格拉底的方法论，这是一种经院哲学的方法论。这种方法论包括了古典晚期的三个学科，即文法学、修辞学和辩证法的技巧。早期经院哲学家首先在神学领域运用这种方法论。[1] 注释法学派仿效神学中的经院哲学方法，特别是利用这种辩证方法来解释罗马法大全中的矛盾对立之处，并说明如何解决它。这种方法不仅对罗马法，而且扩大到其他法源，如寺院法、部族习惯法及封建法书。用经院哲学方法从事法源的文义解释，以确立法律概念，又从同类的法源中，归纳相互的关系，尤其章节或概念之间的对立之处，予以合理的解决。[2] 注释法学还为了保持法学体系的完整性，重视依罗马法大全的编纂体系构建了五个部分。[3] 更值得我们重视的一个做法是，欧洲中世纪的大学法律课程的构成就是以此为基准的。注释法学派在中世纪以来的大学得到极为重要的发展——发展成为有一定的注释形式的辩证性的注释方法（didaktisch – exegetische Methode）。[4] 大

---

〔1〕 公元1121年间撰写《是与否》探讨神父在宗教重要问题上的见解。他将这些见解分为赞成与反对两派，而让信仰者以自己的良知去判断其是非。

〔2〕 戴东雄：《中世纪意大利法学与德国的继受罗马法》，台大法学丛书编辑委员会，台湾元照出版有限公司1999年版，第65页。

〔3〕 逻辑法学体系的五大部分包括：学说汇纂上集（第一章至第二十四章第二节）、学说汇纂中集（第二十四章第三节至三十八章第十七节）、学说汇纂下集（第三十九章第一节至第五十章第十七节）、敕谕集成（第一章至第九章）、综合集（敕谕集成第十章至第十二章、法学提要、新敕谕等）。参见戴东雄：《中世纪意大利法学与德国的继受罗马法》，台大法学丛书编辑委员会，台湾元照出版有限公司1999年版，第66页。

〔4〕 戴东雄：《中世纪意大利法学与德国的继受罗马法》，台大法学丛书编辑委员会，台湾元照出版有限公司1999年版，第68页。

致分为两类：一是法典体系的总注释；二是法源个别内容的注释。前者说明法典各体系的内容摘要，后者为法条本身的释义以及各法条之间的关联与区别。

早期注释法学派值得我们关注的是他们的法条注释的五种主要方法：（1）类似章句之归纳与新敕法援用摘要。这是将罗马法大全的个别法源与其他法源有相互关系之处加以分类收集。（2）法条疑难的提出。这在于提出罗马法大全中的章句或法条的矛盾（基于法典权威理论，是不允许法的内容出现矛盾的，有矛盾而成为法条疑难），阐释各自的含义，以便解决其矛盾或提出折中见解。（3）区分与鉴别。区分是用于法律概念的区别，比如针对某一个上位概念，遵循逻辑理论分析出许多下位概念；区分的说明如用于区别法律的构成要素或法律的效果，就称为鉴别。（4）论证。罗马法大全中的一些法律理论用来论证法律的疑难，这种理论的论证力之大小是相对的，只是视其与被论证问题之间有何种关系。分为任何情形均适用的一般论证与特殊情况方能适用的特别论证。（5）事实问题。事实问题不能从法源的章节内容解决，必须先分析或讨论该事实的性质与范围，故事实问题也成为注释方法之一。

在法学研究中注重概念的方法性或工具性意义，并借助于概念、范畴及逻辑来研究法律，这就是注释法学的特点，也是后来的规范分析法学的特点，或者说它也是中国律学没有发展成法学的主要原因。

注释法学派借苏格拉底的经院哲学的法学方法，其注释成就对疏证法学派以及后世法学产生了重要影响，受过注释的罗马法在实务上得以继续发展，而没有受注释的罗马法就没有受后世的实务的继受。紧接着注释法学派，在13世纪出现的疏证法学派，不再对罗马法大全作总体解释，而是对个别法律问题深入研讨，尤其以解决社会实际面临的个案为主。疏证法学学者以诉讼实例为出发点，就其个别的法律问题分析其构成要件、因果关系和效力等，同时将注释法学的见解扩充解释或类推适用，以期发展成权威学说与定义性的法律概念。[1] 如果没有注释法学派的理论注释罗马法典，无法促进疏证法学在法实务上的卓越成就；没有疏证法学在实务上的法鉴定，则罗马法无法在欧洲大陆得以复兴并成为欧陆各国尤其是德国法实务继受的对象。

中世纪欧洲大学法律教育的授课方法是以注释法学派的法学研究方法为基础的。疏证法学与注释法学共同构成中世纪意大利法律学方法的原型。此后发展随着罗马法被德国法继受，注释法学为主的法律方法也影响了德国法律学方法。后来包括概念法学在内的规范分析法学，它经历了边沁、奥斯丁、梅克尔（A. Merkel，1836—1896年）、[2] 凯尔森、哈特、霍菲尔德、拉茨、拉伦茨、麦考密克、阿历克西等。其间它都在不断随着时代的发展变化而发展变化，各个代表人物的思想都具有自己的特色。

---

〔1〕 戴东雄：《中世纪意大利法学与德国的继受罗马法》，台大法学丛书编辑委员会，台湾元照出版有限公司1999年版，第83页。

〔2〕 19世纪末期在德国出现一个以梅克尔（Adolf Josef Merkel，1836—1896年）等人为代表的德国分析主义法学派别，它强调对于现行法律进行逻辑操作的法律实证主义，强调法官忠诚于法律，强调合法性而不讲合理性（正当性）问题。

（上）波洛尼亚校徽

（下）法学家 Irnerius

法学是大人的学问*

我们常常讲的“就业”的“业”（occupation）通常分为两种，一是“所谓 Trades，它不须多事训练，如工匠之类；至于医士、教师，则为 Profession，须多量之修养，又其努力之对象，不为小已之利益，而为群之幸福……”[1] 我把前者称作行业，后者就是职业，职业与行业不同。法学是法律职业知识，法学和其他人文社会科学的知识不同，法学教育的基本使命是养成法律职业。所以它对法科学生自身有一些特殊要求，如果能够满足这样的要求，那么他就能更好地学习法律、运用法律。

少年人不容易学好法律。有个简单的例子，有位大四学生去法院实习，让他参与审理离婚案件。据后来回忆，他怎么也把握不了什么叫“感情确已破裂”的标准——因为他从未有过结婚的经历。当然我并不是说办盗窃罪案件的法官必须曾经犯过罪，而

---

* 2006 年秋天在学校关于法学院教学改革的座谈会上的发言。

〔1〕 郑晓沧：《大学教育的两种理想》，载杨东平编《大学精神》，台湾立绪文化事业有限公司 2001 年版，第 52 页。

是说明法律人应当有起码的人生阅历和社会经验。所以西方有句话叫“法学是大人的学问”，聪明而实用主义的美国人把法学教育确定在本科后的教育，在美国没有法学本科。美国 JD 教育之所以设计成本科后的法科教育，是有其充分的合理性的。一个没有任何社会直接知识与间接知识的少年，高中毕业后立即进入大学法学院学习法律，他会难以把握法律的真谛。因为法学的学习需要以人文与社会知识以及较成熟的人生观、社会观和世界观为基础。

法官的典型形象是白发老人.

Field，Stephen Johnson（1816－1899）

从1977年至1979年的三届法科毕业生来看，成才情况呈现整体效果，当时中国只有少数几所大学招收法科专业学生。这些学生都是老三届，入学当时的年龄大都是二十以上，他们多数人有过工作经历，思想成熟，社会经验丰富。所以他们在学习法律之后就快速成长起来，而且后劲很强。中国法律界与法学界的“西南政法七八级现象”就告诉我们这样一个“大人学法律容易成才”的事实。因为这一届的学生多数是有过工作经历的，是有社会阅历的。当然当年西政的学风也是关键的因素。恢复高考后，有工作经历的考生大约持续了三届。这三届以后呢？我们基本上是在应届高中毕业生中招生。他们大都是十七八岁的少年，加上现在的独生子女给教育带来的特殊情况，除少数毕业生成才独领风骚之外，法科教育中我们明显感到学生对法律学习的效果不是太理想，他们的成才周期很长，甚至还有未能就业的。

那么，法学本科学生都从高中毕业考进法学院的，怎么才能让他具备人文与社会知识以及较成熟的人生观、社会观和世界观呢？我认为关键是法学本科教育如何兼顾通识教育。这就涉及法学本科教育的定位问题。现在有两种不同的观念：一是把法学本科当作通识型教育的组成部分。像浙大等学校目前就把法律教育纳入通识教育的一种，大一大二都实行不分专业，学生们在大类平台上读书，所学均非专业课程。二是主张法学本科是职业型教育。这种观点认为四年法学本科教育就是职业型的法律教育和训练，基本上是学习专业课程。我认为，两种观点是可以加以结合、折中和优化的。总体来看，法学本科可以定位为通识性与专业性相结合的教育模式，本科四年学制可以分两段，前两年以通识为主，后两年以专业为主。就学生专业与就业选择而言，法学生有两种就业道路的选择，未来不一定从事法律职业的学生，可以受到良好的通识教育，为今后的人生与工作打下厚实的素质基础。如果未来有志从事法律职业的同学，则在四年之后继续攻读法科的硕士学位，比如法律硕士。相应的制度也要改变，未来的法官法与检察官法均应当把“两官”的门槛调整为法律硕士和法学硕士。并且，当未来把法律硕士确定为法科教育的主渠道，那么制度之间就有了衔接。

从“法学是大人的学问”来看，结合美国法学院的本科后的JD教育经验，我认为中国法科教育如果能够尝试“2+2+2”的本硕贯通模式（以下简称“三2制度”），则是非常理想的。所谓“三2制度”是指同一批学生经过2年通识教育、2年本科法律教育、再加上2年研究生阶段的教育。这样的制度设计，解决了我们现有法律教育中的许多弊端。它基本上解决了职业型教育与通识型教育在中国教育体制下的冲突。高中生在高考中通过记忆取得高分立即进法学院学习大人的学问，又缺乏通识教育的基础，尚未形成成熟的世界观、社会观和人生观。“三2制度”可以使得在法律本科教育之前有了良好的通识教育的宽厚基础，又使得本科教育与研究生教育不因急于司法考试、找工作而呈现快餐式教育的状况。我们知道任何教与学的活动都只能在从容的状态下进行。更为重要的是，让法科教育在加强素质训练方面有更大的空间，包括博雅的人文精神的熏陶、社会科学基本能力的培养、法科职业伦理素质的养成、法律职业技能方法的训练，等等。一个人学法律而没有其他必要的素养，很可能会成为摆弄法务“小技”的匠人，甚至走火入魔地成为松棍式的“小人”“怪人”。

另外，还有一个相关联的需要矫正的教育观念问题。有的大学校长或学者提倡一流大学应当培养一流人才而不是工匠式的人，法律教育界也有学者主张一流法学院应当培养“治国之才”而不是“法匠”。这个观点乍听起来是很有道理的。可是，他们疏忽了一个重要的问题，那就是人才成长的过程和规律——第一，踏实掌握职业技能是走向职业之路的开端，不踏踏实实地掌握职业技能怎么可能成长为这个职业的佼佼者？第二，杰出的人才通常都有一技之长，不管是不是工匠，他最初的成功都或多或少是通过这个谋生的基本功。第三，大量实例告诉我们，有几个人是在大学四年里就成为杰出的人才的呢？真正的成长是在大学毕业之后的社会实践之中。一名法科生如果不首先学习“法匠”的职业技能，怎么可能发展成为伟大的法官和律师？怎么可能成长为治国之才？从世界各国法律人的成长规律来看，只有踏实地掌握法律职业技能与职业伦理的人，才有可能成长为杰出的法律人，进而，才会成长为卓越的法律家、商界领袖或政治精英。

法学和其他学问的区别在哪？

直到很晚，人们对法学的专业性仍然没有足够的认识。中国社会对法学的专业性的认识到今天仍然是模糊的。我们基层的一些担任领导干部的人，根本不把法学当作专业知识，因而不认可法律工作的专门化，因而不认可法律人思维的特有规律，进而不认可法律职业的自治性，因而也就不认可司法的独立性……这一系列的问题都是连环套式地相关联的。我们认可法学作为专业，其实只是认可了它在学科体系中是跟政治学、社会学、文学、历史学、物理学、心理学、化学一样的学科意义上的专业，还不是职业意义上专业。如果只强调法学作为学科的专业性还是不够的。所以，我们应当强调法学的职业性定位。我们认为，法学是职业知识体系。关于这个话题，其实早就有过一场争论。

英国亨利六世时的大法官福蒂斯丘有着关于法律具有职业神

秘性的思想，即法律乃法官与律师界的特殊科学。[1] 130年之后，他在《英国法礼赞》中描述的法官与国王对话的场面居然真的隆重上演了——法官柯克与英王詹姆士一世就国王可否亲自坐堂问案发生分歧。柯克那一段精彩的阐述中提到：

的确，上帝赋予陛下丰富的知识和非凡的天资；但是陛下对英格兰王国的法律并不精通。涉及陛下臣民的生命、继承、动产或不动产的诉讼并不是依自然理性来决断的，而是依人为理性[2]（artificial reason，又译技术理性）和法律的判断来决断的；法律乃一门艺术，一个人只有经过长期的学习和实践才能获得对它的认知。法律是解决臣民诉讼的金质魔杖和尺度，它保障陛下永享安康太平。[3]

如果把法学定位为职业知识体系，那么我们可以从以下几个方面来考察法学的特点：

第一，法学不是通识，而是职业专门知识。法学有一个职业作为背景，而其他学科很少有这样的特点。比如历史学背后显然没有一个历史职业，农林学背后的农民或农业专家也不构成一个

---

〔1〕 福蒂斯丘在其《英国法礼赞》中借虚拟的大法官之口劝告国王不要充当职业法官，不要取代法官和律师的专业化工作，他说因为“我很清楚，您的理解力飞快如电，您的才华超群绝伦，但是，要在法律方面成为专家，一个法官需要花二十年的时光来研究，才能勉强胜任。”参见［美］爱德华·S. 考文：《美国宪法的“高级法”背景》，强世功译，三联书店1996年版，第33页。

〔2〕 原文应为artificial reason，季卫东把它译为“技术理性”似乎更贴切些。参见季卫东：《法律职业的定位》，载季卫东：《法治秩序的建构》，中国政法大学出版社1999年版，第200页。

〔3〕 ［美］爱德华·S. 考文：《美国宪法的“高级法”背景》，强世功译，三联书店1996年版，第35页。

Vera Effigies Viri clariss EDOARDI COKE
Equitis aurati nuper Capitalis Iusticiarij
ad Placita coram Rege tenenda assignati
R. White

柯克像

职业。法律是技术理性，只有受专门的法科训练并拥有技术理性的人，才能职业化地来掌握法律的解释与适用大权。因此，法律就是一个职业等级的领地。柯克所谓“自然理性”与“技术理性”之区别，显然道出了基于普遍的道德观念而形成的大众逻辑与根据专门的专业思维而构筑的职业逻辑的区别。法学非通识，有别于大众常识，传授一种技术理性而不是自然理性。

第二，法学是关于规范的科学。这也正是卡尔拉伦茨说的，从这个意义上看，法学是关于现行法之陈述所构成的体系。法学的这种“陈述”不是“真”与“假”的问题，而是“妥当”与“不妥当”的问题。因此，拉伦茨说法学的确定性会显得比较弱。[1] 这就与那些以量化为主的学科区别开来了。作为规范的科学的法学，还区分事实上的效力与规范上的效力，法学会把重点放在后者，或者说法学构筑了一个以规范虚拟的有效力的世界，其内部的逻辑是自恰的。比如，某人不遵守契约，他必须预期将面临来自法律世界的制裁，即使在现实世界里制裁方自愿放弃制裁，但在规范意义上，他仍受契约的约束。[2] 因此，有学者称，法学服务于法的制度的切实实现，它应该为判决各种案件准备各种规则。[3]

〔1〕［德］拉伦茨：《法学方法论》，陈爱娥译，商务印书馆2003年中译版，第80页。

〔2〕同上书，第81页。

〔3〕［德］科殷：《法哲学》，林荣远译，华夏出版社2003年版，第233页。

第三，法学是最具世俗性的社会科学或人文科学。〔1〕作为人文社会科学的一种，法学是最古老的人文社会科学，又是最直接接触世俗事务的人文社会科学。法学知识直接作用于人们的行为进而作用于社会，通过规范来建立社会的规则秩序。法学是形而下的，法学所关注的是世俗世界的事务，小到诸如蝇头小利之纠纷，大到大义春秋之国是，法学不负责超凡的精神世界的事务。因而不如人文学科那样强调精神的境界（如文学艺术却是超然的，追求高雅脱俗）；相对于人文学科而言，法学是功利的学科，其应用性之强，是可想而知的，法律人追求实效的务实特点也在此找到了根源。

第四，法学具有自治性，但另一面就是它对其他学科知识的高度依赖。法学必须与道德、政治、经济、习惯等因素相隔离，否则形式合理性与实质合理性全都混为一谈，就无法律、法治可言。正是因为法学是自治的，是以规则为主要研究对象的，因此，它极容易脱离活生生的现实社会生活内容，脱离人文科学与社会科学所提供的全部知识，因此法学就很容易沦为无根无据的空洞知识。要使法学充实起来，就必须强调它对其他学科知识的依赖。法学“不能脱离各种社会科学而把自己孤立起来，它需要了解、认识社会的现实”。〔2〕

第五，法学具有保守性。维持秩序的法律一般不会作超前

---

〔1〕依我国教科书的通说，法学属于社会科学。但也可以从另一个角度来看，法学是人文科学。比如当我们讨论法律的价值问题的时候，它就是一个人文科学的话题。西方也有不少学者认为法学属人文科学，比如科殷。参见［德］科殷：《法哲学》，林荣远译，华夏出版社2003年版，第233页。

〔2〕［德］科殷：《法哲学》，林荣远译，华夏出版社2003年版，第233页。

改革，作为规范科学的法学总是以熟悉、便利和重复性而存在，不刻意追求创新。法学的这种保守性格与法律职业共同体一脉相承。只是我们不知道是职业背景造就了法学的性格，还是法学的保守造就了职业共同体的保守性。为了阐明法官的保守性，〔1〕许多思想家甚至把法官看作法律借以说话的嘴巴。〔2〕判例制国家遵循先例的原则被当作尊敬前辈、传承经验的最好方式。有句格言说“老路是安全的路”（拉丁文为 *Via antiqua via est tuta.* 英文为 The oldway is the safe way.）就是指这个意思。法官的这种保守或稳妥有时还表现为遵循业已形成的传统价值，因而，其思维总是向过去看，不求激进，甚至还表现为比较保守。〔3〕这对于一个健全的社会，是一种必要的调节器和安全阀。因为任何社会的进步都是在激进与保守这两种势力的平衡中而得

---

〔1〕有的学者从法律职业所居的中产阶级的安逸地位来说明它们的保守性。法国比较法学家勒内·达维德说法国的法律职业吸引了这样一些人——他们并不雄心勃勃的不愿意冒商业生涯的竞争风险的人。参见［德］K. 茨威格特等：《比较法总论》，潘汉典等译，贵州人民出版社 1992 年版，第 231 页。

〔2〕许多著名思想家都曾有过类似的观点。西塞罗的《论法律》第 3 章第 122 节：“官员只是说话的法律。”科克爵士在卡尔文案件中说：“法官是说话的法律。”18 世纪有句法律格言说：“国王只不过是执行中的法律。”孟德斯鸠在《论法的精神》中认为：“国家法官只不过是讲法律的嘴，仅是被动物，没有能力削弱法的强制性和严格。”在美国，大法官马歇尔重述了这番话，他把法官说成“只是法律的代言人”，不能随意行事。参见［英］哈耶克：《自由宪章》，杨玉生等译，中国社会科学出版社 1999 年版，第 246 页注释［4］。

〔3〕人们不能指望法官成为革命家，或激进的改革者。这与法官在任命之前的长期的律师经历有关，到了他们成为中年或老年的时候担任法官，这种工作经验把他们塑造成了一个墨守成规的行业。参见［英］阿蒂亚：《法律与现代社会》，范悦等译，辽宁教育出版社、牛津大学出版社 1998 年版，第 29 页以下。

以发展的。

第六，法学与国家、与政治有着天然的联系。法学兴衰总与国家兴衰成正比，而文学艺术等学科却可能在国运衰败的情况下而发达起来；[1] 法学与政治的天然关系非常密切但应当为保持自治性而相对隔离，在间隔的关系中寻求法律自在的天空。

第七，法学是大人的学问。少年人不容易学好法律，因为法学是大人的学问。美国 JD 教育之所以设计成本科后的法科教育，是有其充分的合理性的。一个没有任何社会直接知识与间接知识的少年，高中毕业后立即进入大学法学院学习法律，他会难以把握法律的真谛。因为法学的学习需要以人文与社会知识以及较成熟的人生观、社会观和世界观为基础的。

附：关于法学与人文的讨论[2]

由浙江大学法学院、北京大学法学院、中国社会科学杂志社共同主办的“法律与人文”学术研讨会于2005年10月29～30日在浙江大学隆重举行，在会上孙笑侠（浙江大学法学院）认为法律的人文精神与法律人的人文素养是两回事。他注意到苏力、冯象是有代表性的，已经形成了一种类似流派的研究风格和志趣，他进一步追问如何看待法律人的人文素养：是不是学习法律的人和从事法律职业的人都为了人文素养而偏重于人文知识学习？在学习法律的4年中大力提倡法科学生也都写诗作赋？法律研究的真谛是什么？他认为从奥斯汀以后的法学走向了一个注重内在逻

〔1〕 参见苏力：《反思法学的特点》，载《读书》1998年第1期。

〔2〕 此文为会议上发言的记录稿。

辑性、方法体系的学科采取的独立性，但在研究当中，是否可以保留这样一种文学倾向，是否还要在教学中强调一种正统性的法学。虽然我们提出返回法的形而下，还是要与法教育学的和法社会学的自由结合起来。法学院是否可以分为两种风格，如拉伦茨—王泽鉴—梁慧星，还有就是波斯纳—冯象—苏力。“法律与人文”这个题目隐含了两个问题，一是法律应当含有人文精神；二是作为研究、执行法律的人他们所具有的人文素养。如果我们只论后者的话，是否有个中国的特殊情况，中国古代的法官所受到的是人文知识的熏陶，不是社会科学的，更没有法学训练，其判词就有明显的文学倾向。如贺卫方列举了宋代的判词经常引用诗句。再谈判词的现代性意义，太重要了，现在法官将法律看作铁的、钢板式的东西，因此判词写的很干枯。如前段时间的教师资格剥夺案的判决书，似乎是对读书目的论的肯定，但如果法官进一步对案件进行评点就有可能兼顾了。为什么法律人往往受到抨击和挖苦？孙笑侠觉得可能是学法律学太多，人文的东西都被抛弃了。北美的法学教育值得借鉴，把人文修养放在法学教育之前打好基础，本科后进行法律教育，这样就能对法学有深刻的理解、对人生有深刻的理解、对生活有深刻的理解。他认为法科教育改革这个问题的提出，现在已经到了比较成熟的时候了。法律教育中人文精神的培养，需要我们通过改革法科教育来实现！

苏力在回应孙笑侠的评议时表达了不同的观点，他认为关于法理学的正宗与不正宗的问题，是次要的讨论。为什么要关注法律与文学？他解释这几年他写过一些关于法律与文学的文章，有人就认为苏力在搞法律与文学，其实不是的。他的文章没有终止于法律与文学，他认为冯象搞的是法律社会学，是社会科学眼中的法律与文学。在这个意义上他坚持原有的社会科学的传统，觉得正宗不正宗不太重要，关键是它对我们理解中国的问题是否有帮助，对我们中国未来法学的发展是否重要。他首要关心的是使自己兴奋的、能够解决现实困境的问题。再一点关于本科后的法学教育问题，苏力认为本科生很年轻，没有经过什么人文的训练，把法学放到本科教育之后还是有很大的困难。目前中国的本科生在中小学阶段负担普遍过重，造成人文素养不够，在学习法理的过程中把这些人文的东西加进来是有好处。正宗是在竞争中产生的，可能现在说法条是正宗的，但是从社会科学的角度，法律和文学也可能是正宗的。

（参见《华东政法学院学报》2006 年第 1 期《“法律与人文”研讨会综述》）

天才与法律

历史上许多天才或者文化名人，在年轻时读法律专业却又或早或迟地背弃而去，人称法学院的逃逸生或逃课生。法律的枯燥乏味使然？可是法律内部其实很有趣味，对于成功的法律人而言，法律本身就充满着乐趣和价值，既有意思，又有意义。细细想来，这问题的答案没那么简单。

我按时间先后整理了一下，已知的就有以下人物，供大家一起来思考这个问题。

文艺复兴早期三杰之一、诗人彼得拉克（1304—1374 年），曾入波洛尼亚法学院攻读法学。父亲逝世后从事文学活动，提出以“人的思想”代替“神的思想”，被称为“人文主义之父”。

文艺复兴早期三杰之一、作家薄伽丘（1313—1375 年），年轻时他被父亲送到那波利，在父亲入股的一家商社学习经商。父亲见他在经商方面无所长进，又让他改学法律及宗教法规。他自幼喜爱文学，便开始自学诗学，阅读经典作家的作品。这段生活使他亲身体验到市民和商人的生活以及思想情感，融入到他日后写成的《十日谈》中。其代表作《十日谈》是欧洲文学史上第一

（上）彼得拉克

（下）哥白尼像（波兰画家 Jan Matejko 作）

部现实主义作品。它批判宗教守旧思想，主张“幸福在人间”，被视为文艺复兴的宣言。

甚至有人说文艺复兴早期三杰之一的阿利盖利·但丁（1265—1321 年），也和意大利波洛尼亚大学有关，但其是不是法科生，无法得到考证。

1496 年，23 岁的哥白尼从波兰来到意大利的博洛尼亚大学（人类第一所大学）和帕多瓦大学（Bologna University，University of Padua，）攻读法律，后来转学医学和神学，最后以伟大的天文学家的身份留芳人世。

弗兰西斯·培根（Francis Bacon，1561—1626 年），英国著名的思想家、唯物主义哲学家和科学家。1579 年，父亲病逝后，培根住进了葛莱法学院，一面攻读法律，一面四处谋求职位。1582 年，他终于取得了律师资格，1621 年，培根被国会指控贪污受贿，被高级法庭判处罚金 4 万磅，监禁于伦敦塔内。

勒内·笛卡儿，法国著名的哲学家、数学家、物理学家。西方近代资产阶级哲学奠基人之一。1612 年公学毕业后，他前往波埃颠（Poities）大学攻读法律，几年的努力，终于顺利获得学士学位。1616 年，他再以最高成绩荣获法律硕士学位。

皮埃尔·德·费马（1601—1665 年），法国律师和业余数学家。1615 年，14 岁的费马进入博蒙·德·洛马涅公学，毕业后先后在奥尔良大学和图卢兹大学学习法律。他在数学上的成就不比职业数学家差，他似乎对数论最有兴趣，亦对现代微积分的建立有所贡献。

弗里德·威廉·莱布尼茨（Gottfried Wilhelm Leibniz，1646—1716 年），德国哲学家、数学家，和牛顿先后独立发明了微积分。他所涉及的领域及法学、力学、光学、语言学等40多个范畴，被誉为17世纪的亚里士多德。14岁时进入莱比锡大学念书，20岁时完成学业，专攻法律和一般大学课程，兴趣不大。

歌德1765年进入莱比锡大学学习法律；1770年进入斯特拉斯堡大学继续学习法律，次年获得法学博士学位；1771年在法兰克福任律师。1772年至1775年，写出了大量的作品，有历史剧，有书信体小说。《少年维特之烦恼》是最有代表性的。

德国童话作家、《格林童话》格林兄弟的老二，威廉·格林于1802年入马尔堡大学学法律。最后放弃法律专业，成为作家。

巴尔扎克，法国小说家，被称为现代法国小说之父，1816年入法律学校学习，毕业后不顾父母反对，毅然走上文学创作道路，但是第一部作品五幕诗体悲剧《克伦威尔》却完全失败。

德国作曲家舒曼（Robert Schumann），1828年舒曼中学毕业，父亲去世，他随母亲愿望，去了莱比锡学习法律，第二年又到海德堡继续学习。他对此毫无兴趣，不久便放弃。

马克思（Karl Marx，1818—1883年），1830年10月，马克思进入特里尔中学。中学毕业后，进入波恩大学，1836年转学到柏林大学学习法律，但他大部分的学习焦点却摆在哲学上。

居斯塔夫·福楼拜，19世纪中期法国伟大的批判现实主义小说家，莫泊桑就曾拜他为师。著名作品包含《包法利夫人》等。1840年福楼拜赴巴黎攻读法律，因患癫痫于1843年秋辍学。

柴可夫斯基，1840年5月7日出生于俄罗斯沃特金斯克一个贵族家庭。由于父亲的要求，进入法学院学习，毕业以后在法院工作。22岁时柴可夫斯基辞职，进入圣彼得堡音乐学院，跟随安东·鲁宾斯坦学习音乐创作。

《羊脂球》作者法国作家莫泊桑，1870 年中学毕业后到巴黎入大学学习法律，但兴趣不大，后来就改行了。

1887 年秋天列宁进入喀山大学法律系学习，然而，不久他就因为参加学生运动、反对警察制度而被学校开除，并被禁止在喀山居住。1888 年回到喀山后，在那里参加了当地的马克思主义研究小组开始研究马克思的《资本论》和普列汉诺夫的著作。1891 年，21 岁的列宁以校外生的资格通过了彼得堡大学的毕业考试。

奥地利表现主义作家弗兰兹·卡夫卡，1901 年入布拉格大学攻读日耳曼语言文学，后来迫于父命改学法律，他称“学习法律

（左）巴尔扎克
（右）舒曼

犹如嚼锯木屑”。1906 年获法学学位，居然还是法学博士学位。他爱好哲学，受丹麦存在主义哲学影响颇大，据说也研究过中国的老庄哲学。他于 1908 年开始发表文学作品。他在短暂的一生中写下了许多中短篇小说和三部未完成的长篇小说《失踪者》《诉讼》和《城堡》。

哥伦比亚作家加西亚·马尔克斯，1947 年入波哥大大学攻读法律时，就开始文学创作。在大学期间，马尔克斯如饥似渴地阅读西班牙黄金时代的诗歌。

（左）柴可夫斯基

（右）卡夫卡

金庸，本名查良镛，1924 年 3 月 10 日生于浙江海宁，1948 年移居香港，毕业于上海东吴大学法学院。后来从事新闻工作，最后成为著名的武侠小说作家，还在浙江大学人文学院担任过院长。

海子（查海生，1964—1989 年），安徽省安庆市怀宁县高河镇查湾人。1979 年 15 岁时考入北京大学法律系学习法学，大学期间开始诗歌创作。1983 年自北大毕业后分配至中国政法大学哲学教研室工作，然而主要兴趣在于诗歌，成为中国 80 年代新文学史中一位著名诗人。1989 年 3 月 26 日在山海关卧轨自杀，年仅 25 岁。

下面还有，大家可以续记下去……

为什么那么多文化名人都曾读过法律？或许可以换个问法：为什么那么多文化名人都离弃法学和法律？

如果从外部原因来看，人类历史上曾经在相当长的一段时间内，法学和法律工作一度成为显学，它和高等教育的历史、大学的历史是齐头并进的。11 世纪以来的欧洲，没有法律教育、医学教育、神学教育就难以成为完整的大学。此后数百年里，大学只设立法学院、神学院和医学院，上大学的人可选择的余地也很有限。再说文化名人如大海灯塔，总是闪耀着光芒，醒目得更令人容易记得住。

如果从他们人格因素来看，有文学艺术天赋则是少数天才的个性禀赋。但凡文艺上有大建树者，多半与天赋有关，他们是那种能够根据自己天赋禀性来学习做人和做事，或灵感或浪漫或创新或修辞，可是法律最忌讳灵感、浪漫、创新和修辞，因此也就避开了令他感到不自在的专业，而获得符合他禀赋的那部分成功。

搞法律的人里面有天才没有？我认为当然是有的，有的人特别适合学法律，脑子灵敏，逻辑清晰，思维缜密，就事论事，表达畅达，应用娴熟……但这是另一种类型的天才。有极高文学修养的冯象，也承认，“修辞手段的高下……对于法律问题的正确理解和公正解决不应当起决定性的作用”。[1] 经过科班训练成为法律人才，也就形成了马英九先生的父亲所评论的那种“司法性格”，比如目前律师界的大牛，多数是法律天才而不是文艺天才。如果有文艺天赋的人当律师，其事业上的成功率一定是很低的。除非他把自己的文艺天赋降低到可以接纳法务工作为止。至少长期的法律工作会使你的文艺天赋受到严重的磨损。除非你从事的是纯粹的法律史或法理论研究和教育工作。因此你从事这种法学研究的成果就不会是法学的主流成果。

但法律专业包容性比较强，它对一个人的天赋要求并不很高。所以天资普通得如我这般的人，也能够从事与法律相关的工作，也能够放下教鞭去出庭。天赋、学习加刻苦，这三者，假如刻苦的程度是一样的话，那么文化艺术界，缺乏天赋靠后天学习是很难获得文艺上之大成就的，恐怕天赋占据了决定性的地位。法律专业的这个特点是个客观事实，且有一定的广泛性和普遍性，所以也可以说，法律界的成功更多地取决于后天的努力。

我仍然没有结论，但只有这个问题：天才适合搞法律吗？

---

〔1〕 冯象：《法律与文学》，载冯象：《木腿正义》，北京大学出版社2007年版，第22页。

45 分钟的法律方法课*

一、 何谓法律方法?

法律方法有什么用?这个问题要从它是怎么出现的说起。法律方法的发生,其原因在于:事实与规范之间总是存在不对称。换言之,我们在办案的时候,个案事实总是具体多样的,而法律规则总是抽象刻板的。比如:持仿真枪抢劫是否属于《刑法》上的“持枪抢劫罪”?

西安有个“仿真枪抢劫案”:某日下午 3 时,西安市莲湖区小酒店内突然闯进两名男子,向店主提出要买烟,当女店主将烟放在柜台时,一男子手持疑似手枪的物体,另一名偏瘦男子手持一把砍刀,冲进柜台内,对店主夫妻实施抢劫。店主奋起反抗,其中男店主的手部被划伤。两嫌犯见势不妙,跑出店外,18 时 30 分左右,警方将两名嫌疑人抓获。“持枪抢劫”比一般抢劫要加

---

* 本文系作者《法律方法》课程第一讲授课的整理稿。

重处罚，是《刑法》第263条的加重情节。那么何谓“枪支”？本案的仿真枪是否等于真枪？这个问题就是所谓的事实与规则的不对称。那么，就需要我们运用法律方法来解决两者之间的不对称关系，使两者等置起来。

由此可知，法律方法正是解决办案中事实与规则之间不对称的方法，是把抽象规则有说服力地适用到具体个案的方法。可见，此处的法律方法对于法官、检察官、律师而言就是司法方法，指适用法律的方法。

法律方法讲究大前提建构。大前提是什么？是法律规则吗？这个回答不完全对，有时候法律上的规则不足以构成一个判断的大前提，比如刑法上规定持枪抢劫，法律规定虽然是有的，但到了个案中却不那么明确了，仿真枪算不算刑法上的“枪”？这就需要借助于法律解释方法来建构大前提。

通常我们在找法的时候有三种最常出现的情形，因而会运用到三套法律方法：

1. 有法律规定但到了个案中却不明确——法律解释方法。

2. 无法律规定——法律漏洞填补方法；比如用类推、习惯、法官法、目的性扩张和限缩、学理学说等方法。

3. 法律原则、一般条款和不确定概念——特殊适用方法。

这三套法律方法像三个口袋，里面分别装着各种手术刀。最常用的是法律解释方法这个口袋，里面有字义解释（又分平义解释、缩小解释和扩张解释）、体系解释、历史解释和目的解释等手术刀。这些手术刀有没有顺序先后呢？原则上讲是有先后次序的。一切个案的解决首先要试试字义解释，尤其是平义解释，如果不合适则换缩小或扩张解释。其次是体系解释，再次是历史解释，而目的解释总是最有风险的，所以要放在不得已的时候才使用。

法解释有这样一些特点：其一，通常，法律解释的对象是法律文本，解释文本过程中可能会借助于其他材料。存在对法律行为如合同的解释，属双重性质。其二，法律解释与具体案件的关联性，如果没有具体个案，解释是无意义上或无效的。其三，法律解释具有价值取向性，有时，个案中可供选择的方法是多样的，结论也总是不同的，因此，需要通过你的价值观来进行预判，才能选择适当的解释方法。其四，法律解释是有边界的，其最大的边界应该是合宪性。

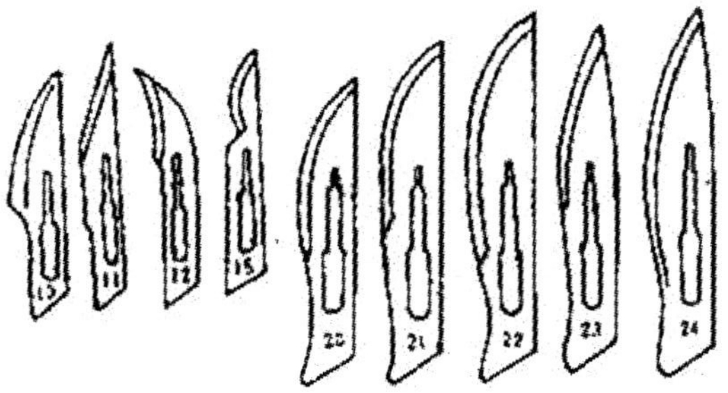

法律方法如手术刀

二、法律方法的重要性

关于法律方法的意义，德国法学家魏德士认为，法律方法对于司法起到了加强自我监督（对司法官而言）与法的安定性（对其他人而言）的作用。为什么这么讲？因为，司法方法要求司法官在判决前提与推论之间建立起一种可检验的推导关系。根据可检测的这种推导关系，当事人及其律师可以检测它，上级法院可以检测它，甚至监督机关和社会各界也可以检测它。

司法的大众化和行政化，自然会导致司法的非专业化，因而就不重视法律方法，法院判决也不多讲究推导的合理性和理由论证。再说由于我国法科教育没有定位于职业型教育，所以大多是知识和原理的传授，法律方法这样的职业必修课不受重视。我国法学缺乏对法律方法的重视。行外人士不了解或者时常误解法学特有的方法，指责法学的“狭隘”，甚至认为这种咬文嚼字的方法是“雕虫小技”。

近 20 年来，随着法治的发展和司法活动的专业化，法律方法在中国司法实践中逐渐受到重视。一些具有精湛专业能力的法官，把法律方法运用到司法判决当中，达到良好的效果。

这是法律科学特有的方法，学界称为“法教义学方法论”，法学之所以能够成为法律科学，就在于它能够发展出并精细地应用这套特有的方法。有人说法律方法只是欧洲特别是德国人注重的方法，其实是误解，在英美法上，同样存在法律方法，比如判例法技术的核心是类推方法，类推方法和德国法上的法律漏洞填补方法是异曲同工的。

三、 司法方法与司法步骤

司法步骤是具有程序性的办案行为的各阶段，因此它是司法活动或动作的步骤，而司法方法不是活动或动作而是指思考的方法，前者是以活动或运用为核心的，后者仅仅指大脑思考，因此两者不能等同。司法步骤包括庭前阅卷、准备、庭审调查、法庭质证、法庭辩论、裁判等，可见它是司法活动和动作，而不是大脑的思考活动。

法律方法与司法步骤同步，但两者不同，法律方法是指思想过程、思考过程。法庭通过调查和质证来查实仿真枪是一个动作，但不等于已经确定“仿真枪是或不是刑法上的枪”。随着司法活动（或动作）的一步一步展开，法官或律师也就同步展开思考，这种思考所运用的方法，就是法律方法。当法庭调查和质证阶段把仿真枪搞清楚了之后，法官和律师就要同步去考虑“仿真枪是不是刑法上的枪”这个问题，因此就要用法律方法。

四、 法律判断的程式

法律方法是为了得到法律判断。法律判断是运用法律所产生的判断，最终表现为法院的判决和裁定，或者行政机关和检察院的法律决定，或者律师的法律判断。我把法律判断的过程简化为“五程式”，即问题聚焦、认定事实、建构大前提、涵摄、判断。我想通过一个简单的案件来讲述这五个程式。

案例：某 3 岁小孩和其母亲甲在邻居乙院子里，母亲在与邻居说话，孩子则在院子里逗着邻居乙的公鸡玩，不料左眼被公鸡啄瞎，遂向法院起诉邻居乙。

问题：邻居乙该不该赔？该赔多少？

本案的法律判断是怎么做出的呢？思考过程是怎样的？

第一程式：问题聚焦。问题聚焦即争议点的整理，提出案件可能争议的问题，即找焦点。原被告双方可能会有以下争议：

1. 小孩左眼确实是公鸡啄瞎的吗？（比如医院证明）

2. 此公鸡是邻居乙家的吗？（《民法通则》第 127 条所规定的饲养动物致人损害的民事责任是一种无过错责任。只要证明是他家的，就必须承担赔偿责任 ）

3. 小孩妈妈有无疏于管教的义务？是否属于《民法通则》第 131 条“受害人对于损害的发生也有过错的，可以减轻侵害人的民事责任”中的“受害人过错”？

4. 其他事实，如医疗费数额有医院证明吗？

第二程式：认定事实。法官处理事实问题，目的在于查明本案事实真相。我们所谓的事实，不是一般的事实，而是对本案裁判有法律意义的事实。有两类事实：一是法官凭知识经验就足以认定的事实，即当事人无外力影响下的自认事实与不争执事实；二是需要特别收集资料方能认定的事实。所谓不争执的事实，最高人民法院《关于审理行政诉讼证据若干问题的规定》第 68 条规定，下列事实法庭可以直接认定：

（一）众所周知的事实；

（二）自然规律及定理；

（三）按照法律规定推定的事实；（关于谁是监护人）

（四）已经依法证明的事实；

（五）根据日常生活经验法则推定的事实。

前款 1、3、4、5 各项，当事人有相反证据足以推翻的除外。

第三程式：建构大前提。首先要确定案由，公鸡案应当确定为什么案由？2007 年 10 月 29 日由最高人民法院审判委员会第 1438 次会议讨论通过的《民事案件案由规定》，自 2008 年 4 月 1 日起施行。“特殊类型的侵权纠纷”中的第 118 项“饲养动物致人损害赔偿纠纷”。

其次是寻找规范。于是可据此在相关法律里找相关的条文，《民法通则》第 127 条规定：“饲养的动物造成他人损害的，动物饲养人或者管理人应当承担民事责任。”很碰巧，这个条文是个很完整的法律规范，不需要多作解释就可以解决一个问题：邻居乙应当赔偿。

最后是大前提建构。虽然确定要赔偿了，但是赔偿多少呢？邻居乙一定会提出意见认为不应该由他来承担全部损失。因此还需要找一条关于被侵权人也有过错如何承担责任的法律规范。于是我们在《侵权责任法》中找到第 26 条“被侵权人对损害的发生也有过错的，可以减轻侵权人的责任”的规定。显然本案中母亲有过错，对于三岁小孩的受损害可能性应当预见但疏于管教；可是小孩的母亲没有受害，不是被侵权人。到底要不要把母亲纳入第 26 条“被侵权人”概念之中呢？这时候就涉及法律方法的价值指引了。其母亲对于三岁小孩受损害的可能性应当预见但疏于管教，她应当承担一定的责任。此时，如果你头顶上的价值观告诉你，把母亲纳入第 26 条“被侵权人”概念之中是合理的，那么你就选择扩张解释，把母亲与未成年子女作一体化看待，把第 26 条的“被侵权人”概念解释为“被侵权方”。

在多数情况下，我们找到的规范与个案事实不对称，所以大前提需要去建构。要重申，法律条文不一定是完整、明确的大前提。大前提的建构主要是依靠法律方法。在许多情况下，大前提是建构出来的，而不是拿来就可套用的。

第四程式：涵摄。涵摄（subsumere）原指从属或下置，把某东西置于另一东西之下。我们在法律方法中，涵摄是指在办案时把某案事实置于法律的事实构成之下，实际上就是进行推论。

涵摄的过程，就是对照规范（大前提）与事实（小前提），在两者之间往返流转（卡尔·拉伦茨）或来回穿梭（王泽鉴）。

法律构成 = T（Tatbestand），个案事实 = S（Sachverhalt），法律结果 = R（Rechtsfolge）

我们把法官习以为常的裁判思维，解剖为以下公式：

$$T \rightarrow R$$
$$S = T$$
$$\overline{\qquad}$$
$$S \rightarrow R$$

第一段 T→R，叫大前提；第二段 S = T，叫小前提；第三段 S →R，得出结论。

法律规范结构，即大前提的结构是：条件假设 + 法律后果

公鸡案的大前提是："饲养的动物造成他人损害的，动物饲养人或者管理人应当承担民事责任。"

据此我们把公鸡案的三段论陈述为：

饲养的动物造成他人损害的（T），应当由饲养人承担民事责任（R）；

本案邻居乙饲养的公鸡啄瞎小孩（S）正是饲养的动物致他人损害（T）；

本案邻居乙（S）应当作为饲养人承担民事责任（R）。

根据《侵权责任法》第 26 条"被侵权人对损害的发生也有过错

的，可以减轻侵权人的责任”的规定，公鸡案还有第 2 个三段论：

受害人对于损害的发生也有过错的（T），可以减轻侵害人的民事责任（R）；

本案小孩妈妈对于三岁小孩的受损害可能性应当预见但疏于管教（S），可认定为受害人对于损害的发生有过错（T）；

本案受害人有此情形（S）；可减轻侵害人的民事责任（R）。

根据前两个三段论得出判断：邻居乙承担小孩眼睛被啄瞎的部分损失，赔偿责任可占百分之多少？法官可根据双方过错的比例，在此处有一定自由裁量，法官内心的职业道德确保此处的衡平。

第五程式：判断与论证。判断本来只是作出法律结论，但司法上的判断要有理由说明。说理就是论证，因此等置就是一个重要的环节，它是指事实与规范的拉拢过程。法律结论由演绎得出，但在演绎之前要把事实与规范进行等置。等置通常是将事实一般化，把规范具体化，使事实与规范距离接近。

世上空间有没有唯一正确答案（the only right answer）？“唯一正解在不同的法官那里可能会有所不同”，我们认为：相对于生活事实，法律判断永远只是程序意义上的最终意见。法官是裁判者，但无非也只是“意见”。判决可能有一致意见（per curiam opinion）、多数意见（majority opinion）、相对多数意见（plurality opinion）、附和意见（concurring opinion）、反对意见（dissenting opinion）。世界上的所谓“铁案”只是相对而言的。把判断说成意见，并非意味着法律人可任意，反倒加大了法律人的责任。因为你若不是真理在握，就不可轻下断语，要小心求证，要常常如履薄冰、如坐针毡；千万不可先入为主、直奔主题、开门见山。唯一正解虽不易得，但心应向之。

法理学与部门法学的关系

今年[1] 9 月将在北京举行国际法哲学与社会哲学协会（IVR）大会，截至 7 月 10 日，就有来自 43 个国家和地区的外方报名学者达 307 人，像拉兹（Joseph Raz）和阿列克西（Robert Alexy）等名师都确定要出席会议。仅中方报名学者就达 145 人。这无疑是法理学—法哲学界的一次盛会。由此想到一个长期困扰我们的话题：中国法理学究竟怎么样？现在有许多对法理学质疑的观点，比如法理学在中国还那么重要吗？法理学对部门法学作什么贡献了吗？我想这跟法理学长期不重视大家这样的质疑性评论是有关的，同时，也跟大家对法理学不了解是有关的。我想仅就法理学与部门法学的关系谈点看法。

1. 部门法为法理学提供具体的概念与概念注释方法；法理学为部门法学提供方法论、提炼和组织基本范畴。

2. 部门法为法理学提供问题意识，制度发展中的立法或司

---

〔1〕 2009 年。——作者注

法的难题；法理学为部门法学提供法律政策学，相当于立法政策取向、法律发展政策等。

3. 部门法的实践为法理学的价值阐释提供社会价值冲突的个案；法理学为部门法学提供价值标准和价值论证。

4. 各部门法均存在不同程度的抽象理论即部门法法理；法理学存在于部门法的各个领域，部门法学研究的深化就走向法理学。

5. 有建树的部门法学者通常是有法理学法哲学上的建树，如萨维尼、拉伦茨、拉德布鲁赫；法理学者中从事实证主义法学研究者，大都是主攻一个部门法的。

6. 在法治的初期，部门法的发展受到限制，因此需要社会共识（相当于法律意识形态）的支持和引导；法理学可以起到这种法律意识形态的开拓、启蒙、整合和引导作用，甚至有时候还为了部门法的发展，而与主流政治思潮直接发生冲突（正如郭道晖先生所说的法理学具有“披荆斩棘、挡风避雨”的作用），所以中国有相当一部门的法理学者在70年代末至90年代末20年时光中发挥着重要的作用。由于中国还将在很长的时期内处于社会转型期，处于法治的初期，所以法理学仍然会起不可或缺的重要作用，这种现象还将持续。

7. 在法治成熟的国家和地区，部门法也成熟了，立法中心主义转型为司法中心主义，法理学的功能重点也在发生变化，法理学以法律方法论为主；法理学总体上的功能会有所式微，法理学研究人员可能会减少。1978年至2008年，中国法制建设花了30年的时间来初建一个社会主义法律体系，同时也一定程度上推进了法治的进程。这30年是立法为中心的时代，所以我们可称为“立法时代”，未来中国法治的发展，我们可以预见到，这个时代将会转向以司法为中心，我们称为“司法时代”。我们从现在开始，“立法时代”即将让位于“司法时代”。

8. 不同的部门法对法理学的需求和依赖是不同的，比如民法侧重依赖于对财产与人身的社会习惯、刑法侧重依赖于道德和政策，而宪法和行政法仍然依赖于理论的建构，因为公法不是从天而降的，而是法治理论进行理性建构的，是人类的一种自觉，所以法理学对公法的意义和作用要更明显一些。

9. 现实社会是有机的、动态的，而法律理论框架与内在分工是刻板的，这就需要法理学发挥理论预测功能、补缺功能和连接功能，来应对不断出现的新问题，包括各行业领域的新型法务问题。部门法无法涵盖所有的部门法，而行业法不是按部门法划分的，而是多个部门法组合而成的。比如医事法至少是行政法和民事法的组合，因此需要法理学来把它们连接起来。

没有形而下的制度与现实，就没有理想的形而上的理论；没有形而上的理论，就不会有形而下的合理的制度和实践。

行业领域缺乏复合型法治人才

社会越成长，行业愈成熟；同时，法治愈发展，则行业的法制愈发达。这两个社会发展趋势在中国已初见端倪。中国的这种变化，正是所谓“未分工的法和社会”向“分工社会”的演进[1]。近年来，随着各行业的各种黑幕曝光，国家和民众才开始意识到行业的法律制度如此不健全，以至于危害到百姓民生、社会秩序、政府权威甚至国家形象。经过 30 多年的建设和发展，行业分工日趋成熟，而法律发展的一个趋势就是行业法律规范的细密化。

从近十年的立法状况来看，已经出现行业法制迅猛发展的态势。全国人大及其常委会的主要立法成果是行业领域的立法，国务院和地方人大的主要立法成果也是行业领域的法规，那么，管理各行各业的国务院各部委的规章更是如此。

从近十年的法学研究状况来看，行业法制研究经历了从冷淡

---

〔1〕［日］六本佳平：《日本法与日本社会》，刘银良译，中国政法大学出版社 2004 年版，第 288 页。

到热闹的态势。近年来出现行业法制研究的快速增长的态势。法学界，特别是民商法学、行政法学以及经济法学这三个学科中出现了分工的细密化，从过去的以部门法总论为中心，发展为在强化部门法总论的基础上，增进部门法分论的研究，进而又扩展到行业法制的研究。比如行政法学界出现了公共卫生法、教育法、警察法、建筑与规划法、新闻与传媒法、体育法等，比如民商法学者中出现了专门研究房地产法、服务业法、医事法的学者和成果。尤以经济法学界为甚，农业法、矿产资源法、城市建设法、建筑法（房地产法）、交通运输法邮政法、商业法、旅游法、食品法、金融法、会计法，等等。但是法学理论上并没有给予行业法制相应的重视，也没有给予其在法学学科体系中合理的定位。

从近十年的法学教育趋势来看，正在悄然进行这一种转型，从过去的国家与政法为导向的法学院，向社会与行业为导向的法学院发展。行业法律的教育从过去的不入主流发展为渐需扩展的阶段。过去 20 年里，一些高校根据自己的专业特色自主设计课程，诸如农业大学法学院开设农业法，邮电大学法学院开设邮政法，矿业大学法学院开设矿业法，但法学教育的 14 门核心课程框定了基本的课程体系，留给各法学院系自主增加学时的余地已经很小。目前，法学教育中依旧是原来的课程体系格局，毕业生不能满足各行业对法律人才的需求，这种不适应的局面仍然在继续，因而行业领域的法律教育不能跟随行业发展的要求。

目前，我国法学学科改革以及行业法律的研究和教育改革，具有十分广阔的可作为的空间。我国法学界对于行业领域的法律的研究已经受到许多学者的重视，特别是受年轻学者的重视。尤其是民商法学和行政法学的学者，在相关行业的民商法和行政法问题领域开展了卓有成效的研究。据不完全统计，目前已有一些大学重视行业法律的研究。

形成于80年代末的学科分类，2008年曾准备调整但没有取得预期结果。学科分类目录，是国家学位委员会根据科学分工和产业结构的需要所设置的学科门类。在法学一级学科下，目前划分为九个学科，包括理论法学、法律史学、宪法与行政法学、刑法学、诉讼法学、经济法学、民商法学、经济法学、环境与资源法学、国际法学、军事法学。一些学校已根据社会对人才知识结构的需求，开始重视民商法学，可是课程总量是无法突破的。从学术研究来看，过多地服从学科的归属，会失去问题意识和社会关怀。10个学科主要是按照我国部门法为主要标准进行的学科划分，它导致偏重政法职业轻视行业法务，阻碍了法学的深化、细化、科际整合和交叉研究，因而不能应对社会对法律人才的需要。强调学科归口，是行政化、计划化的产物，虽然学科划分有其必要性但要克服其中的弊端。研究一切问题都不会只归口于一个学科，法学内部更是如此，比如邮电法制问题难道是经济法学一个学科的事吗？所以关键还在于淡化学科意识。所以应当弱化学科划分的樊篱。

法学教育自70年代末恢复以来，一直是以培养司法职业为人才培养目标的，至今还没有注意到社会对行业领域的法律人才的迫切需求，如果再保持现状，法律人才培养也就失去重要的目标和机会。我们的法科教育体系中，缺乏行业法律的应有地位。教学课程体系中，虽有选修课，但地位很低，作用很弱。

提出行业领域的法律教育，人们可能会担心行业法律纳入法科教育后，会不会冲击传统法学教育的完整体系，出现法学教育的碎片化？笔者认为，行业领域的法律教育的重点在于法律硕士的培养环节。根据我国法律职业和法律教育发展的趋势，它在未来发展中，将会成为我国职业型高级法律人才培养的主渠道。法律硕士专业学位的教育中一直流行着这个“复合型法律人才”概念。什么叫复合型？原来在90年代初设法律硕士专业学位教育的时候，最早的文件里头把复合型理解为“法律知识与其他学科知识的结合”[1]。但我们不能停留在“知识复合”层面，实际上知识复合只是初级层次的复合，其上升阶段是“能力复合”，这是更高级形态的复合。各行业所需要的法务人才正是这样的能力复合的人才。唯有通过行业法律教育培养，才能够产生“能力复合”的效应，这是更受社会欢迎的复合。

行业领域法律的综合性，将会代替法科知识的单一性，通过行业来寻找法律应用的路径。比如，医学生报考了JM，就可以在医事法、公共卫生法、医事知识产权法等行业法制领域找到兴趣点和结合点；又如，工科生报考JM，就可以在专利法方面找到兴趣点和结合点；原来学建筑学的JM学生，可以专攻建筑法、城市规划法等。这样一来会不会与既定的JM教育的一级学科背景平台相违背？尽管法律硕士专业学位是以法学一级学科为平台的教育，强调不分专业。但是，我们越来越清晰地认识到，法律

---

〔1〕 从1995年试点开始，JM的培养目标中就指出“高层次复合型”这个概念。其原意是要求“能够综合运用法律、经济、管理、科技、外语和计算机等方面的专业知识，独立地从事法律实务工作和有关管理工作”（参见国务院学位委员会《关于开展法律硕士专业学位试点工作的通知》学位办〔1995〕36号）。我们现在称为“外部复合”，即法律知识与其他领域或专业的知识的复合。所以鼓励具有不同学科、专业背景的生源报考JM。

硕士专业学位的教育恰恰应当强调“复合”与“交叉”，而不应当强调法学一级学科的系统性学习。其实两者并不矛盾，因为JM学生仍然保持不分专业（二级学科）的学习，其目的就是要为其就业后的行业提供全面的法律服务，不限于民法和刑法，也不限于行政法和诉讼法，因为在他就业的行业内部，几乎所有的法学专业方向他都要涉及并且去应用。所以，这真正叫作宽口径、有专精的“点”与“面”的完美结合。

法律人的多元与统一*

凤凰花开，拾整行囊，告别法学院的江湾，你们要走向法律人的“江湖”。一般说来，行走江湖的人都要精简行囊，唯有两件宝物不可被遗忘。

一是“剑”。这把剑，对法律人来说就是法律人的武功，就是你的专业技能，就是法律人的职业思维和方法。这把剑是你们用两三年、七年甚至十年磨出的一把剑，经过反复实践，它将锋利无比。二是“志”。百年前的校训就强调“笃志”，志是志向，是志趣，志气，是信念，是梦想。一般来说，从这里走向江湖的人不会是平庸之辈，但是这个时代很容易让一个卓越的人成为缺“志”的平庸者。

大家都知道，毕业只是一个阶段的结束，毕业不等于我们放弃了进步，放弃了追求。下一步怎么走？我想大家要在国家与社会发展的大格局中来考量个人的发展。

---

* 在复旦大学法学院2015级本科、硕士和博士毕业典礼上的致辞。

先来看看我们的毕业去向。本科毕业生，38人在国内读研究生，大约占37%。20人出国读书，占17%，46人就业，占44%。百来个人，本科生直接就业的就有46人，就业去向多种多样，并且都是很好的工作，着实说明我们的本科毕业生适应面广泛很优秀，要向你们表示祝贺。法律硕士从近三年的毕业去向来看，已出现明显的多样化趋势，大致有四大板块或毕业去向：一是诉讼与司法；二是金融法务；三是政府法务；四是公司法务。据不完全统计，第一板块诉讼与司法在2012年有40位（其中去律所的34位，去司法机关的只有6位），2013年37位，2014年34位。第二板块金融法务在2012年有53位，2013年42位，2014年44位。第三板块公司法务在2012年33位，2013年41位，2014年27位。第四板块政府法务，2012年13位，2013年27位，2014年9位。换言之，除去司法与诉讼这个板块之外，金融法务、公司法务、政府法务已经成为我们法律硕士的主要去向。

我们来分析一下，在今天的中国可以说法律人已经出现多元化的趋势。可以从以下三方面来看这个问题：

第一，前30年的中国法学教育是以司法为重心的，法学教育的课程也是围绕法官、检察官为培养目标。但是我们知道，司法机关在实行员额制之前，就是有人事编制的，目前法官检察官数量早已经饱和。实行员额制以后的情形会可想而知。从美国等发达国家的法科生就业特点来看，法律人才分为职业型司法诉讼人才（出庭律师、法官、检察官）和复合型法律服务人才（事务律师、公司或政府法务等）两种。在法治逐渐发达的未来，后者的比例将会远远超过前者。

第二，我们很容易察觉到法科生就业的重点已经开始从司法重心转向法律服务重心。随着中国法治化的进程，法律服务市场继续扩大，律所占据了大头，显然它没有编制和员额限制，完全是由法务市场决定的。除此之外，法律人的结构正在出现一个新趋势：随着行业法治化，各行业诸如金融、环保、教育、卫生其他各行业，企业乃至政府各系统，都需要行业法务人才。这就是我们常说的非诉律师或 in house lawyer。上述数据至少说明上海的法科生就业市场的态势，已经呈现法律圈的多元化趋势。

第三，法律人才的多元化趋势还会增强。法科毕业生不仅仅只是懂规则与权利的职业成员，法科毕业生还顺应社会的广泛需求服务于各种各样的岗位和事务，因此我们法学院在成才的多元化和就业质量上有更大的提升空间。我们强调本科生宽口径厚基础的知识复合型人才培养，强调法律硕士专业学位的专业方向划分和分类培养，都是为了回应社会的需求。

一所优秀的法学院，还要看学生成才是否多元化。复旦法学院只能培养律师、企业法务吗？我们的同学具有非常大的潜力，这个群体的特质就在于多元化。法学是规范之学，是权利之学，是职业之学，法学还是管理之学，治国之学。我认为，高水平法学院，应该是多元化高端法律人才的摇篮，再过十年二十年，我期待复旦法学院的校友中，还有沉着应对新世纪挑战的著名法官，著名检察官，跨国界法务律师，高端行业法务专家，还有国际大法官、外交官、管理专家、政坛新星，还有著名的法学家……

多元化的法律人，是不是就没有“统一性”了呢？我的回答是否定的。法律人本应该成为一个法律职业共同体。你们的职业知识、职业思维、职业技能、职业伦理和职业信仰都是统一的。

我在这里要强调的是，无论有多么显赫的工作业绩，无论从事什么工作，无论在什么岗位，无论屁股坐在哪里，我们的共同点就在于，我们都是法律人。今天，尽管法律人面临巨大的压力，但我们痛并快乐着！

马克斯·韦伯曾经考察世界各国法律人，罗马的法律解答者、犹太的拉比、伊斯兰的穆夫提、印度的僧侣、英国的法官、欧陆的法学家，韦伯把他们概括为一种社会阶层叫“法律绅士”。托克维尔把法律人称“知识界的特权阶层”，认为在法律人的心灵深处，隐藏着贵族的部分兴趣和本性。伯尔曼把西方法律人称为“一群特别的人”。美国马萨诸塞大学法学院 Peter.德恩里科教授认为，法律人构成知识分子中的特权阶层，他说“法律人的性格中有贵族的部分品味和习性”。“律师从出身和利益来说，属于大众，而从习惯和品位方面说则属于贵族”，他们“可以被看作联系大众与贵族两个阶层的中间环节”。他的理由是：第一，他们与贵族一样，对秩序和规范有着本能的热爱；第二，对大众化的思维和行为抱有反感；第三，热衷于公共秩序甚于其他任何事物。

在今天这个社会，不管我们如何看待“贵族”，这个词实际上是指品德高尚、有公共关怀的阶层。其对应的是英文 aristocrat，有时又称 nobleman，它源自古希腊语，意谓好的公民。18 世纪英国政治家埃德蒙·柏克称那些不靠血统，而靠知识和美德而高贵的人为自然贵族。所以我经常说法律人要“以高贵的灵魂处理凡俗的法务”。法律人应当成长为这样的一个阶层——靠统一的法律专业知识与法律职业伦理服务社会的法律绅士！

卧看落月横千丈，起唤清风过半帆。
且并水村欹侧过，人间何处不巉岩！
——苏轼《慈湖夹阻风》

手握法律人的专业利剑，心存法律人的职业梦想，我们因自己的专业和品德而快乐着。

祝福你们！想念你们！

庞德和三位中国法律家

庞德（Pound，Roscoe，1870—1964 年）是一位颇有传奇色彩的法学家，他的经历与众不同。他出身于法官家庭。这对他后来的专业和职业生涯产生了重大的影响。

1889—1890 年，庞德曾在哈佛大学法学院学习，但未获得任何法学学位。1890 年转到西北大学法学院，在那里读完了法律学位。他返回内布拉斯加州开业当律师，继续他的植物学研究。1898 年，他在内布拉斯加大学获得了植物学博士学位。有趣的是，庞德这位法学泰斗，竟然还是优秀的植物学家，他曾在 Nebraska 大学获得植物学博士学位。他的法学生涯也和植物界丝丝相关：早年，他就是在 Nebraska 从事法学教育与法律实务的，后来又从事过国家植物调查督导人（1892—1903 年）。

1903 年，庞德成为内布拉斯加大学法学院院长。1910 年，他开始在哈佛任教，并于 1916 年成为哈佛大学法学院的院长，并开展了种种为世人瞩目的改革。在哈佛法学院的历史上，院长任期长达 20 年（1916—1936 年）的，除第一任院长兰代尔（1870—1895 年，担任了 25 年院长）之外，就再无他人了。

庞德提出的“社会利益理论”最为著名，有些理论家认为他的理论对罗斯福总统20世纪30年代的新政，起到了不可低估的作用。庞德是一位多产的法学家，主要著作包括：*Introduction to the Philosophy of Law*（1922，repr. 1959），*Criminal Justice in America*（1930，repr. 1975），*Contemporary Juristic Theory*（1940，repr. 1981），and *Social Control through Law*（1942）。

杨兆龙先生

据哈佛法学院图书馆的朋友介绍，庞德在担任院长期间为自己设计了一张圆形办公桌，他自己坐在中间，用拖动的转椅旋转着来面对来找他办事的师生——师生可以在圆形办公桌周围等待庞德院长转过来。这也是世界上独一无二的办公桌（见下图）。

庞德和中国的渊源颇有意味：1946 年至 1948 年，庞德担任了中华民国政府的司法行政部顾问。

邀请庞德来华的过程与当时三位杰出的中国法律家有关，其中的两位还曾任复旦法学院教授。1945 年 10 月 28 日，时任中国司法行政部刑事司司长的杨兆龙先生代表司法行政部写信给庞德，谈到当时司法行政部面临的大事是立法和司法体系的重建和

在庞德办公室

合理化。杨信中说："谢博士（指谢冠生）和我近年来经常谈起您，我们一致认为您最有能力帮助我们完成这件大事……考虑到您年事已高以及您在美国的重要地位，在做此邀请前我们当然也曾犹豫不决。但您对中国以及中国学生的同情以及您过去对法律改革的执着让我们坚信：您一定会做出对我们最有利的决定。"[1] 杨兆龙此信的目的是想正式邀请庞德担任中国政府的法律顾问。语句中不乏杨先生的智慧和通达。

杨兆龙（1904—1979 年），字一飞，江苏金坛人。早年就学燕京大学哲学系，两年内完成全部学业，经燕大校长推荐，于1922 年赴上海东吴大学法学院学习法律。1934 年，他由吴经熊博士推荐来到哈佛大学法学院攻读法律博士学位。回国后任教于上海，曾在复旦大学法学院担任教授兼任法学院院长。

当时，是由吴经熊博士直接向哈佛大学法学院院长庞德推荐。经考察，哈佛法学院同意破格录取杨兆龙为哈佛大学法学院法律职业博士（JD）研究生，随美国诉讼法学权威摩根教授研究英美法。1935 年 5 月，杨兆龙以优异的成绩提前获得美国哈佛大学 JD 学位。其博士学位论文《中国司法制度之现状及问题研究——参考外国主要国家之制度》，对中外司法制度进行了比较探讨，提出一系列改革中国现行法制的见解。历时 4 小时的答辩会由院长庞德亲自主持，杨兆龙赢得了高度赞赏，论文被评为优秀。答辩会后，庞德对杨兆龙说："你是接受我考试的第一个中

---

[1] 陈夏红：《师徒"二人转"——战后庞德、杨兆龙恢复和重建中国法制的尝试》，转引自 http：//law - thinker. com/show. asp？id = 2712，2004 年 4 月 25 日。

国人。东方人的思维方法引起了我很大的兴趣。”后经庞德建议，杨兆龙赴德国柏林大学法学院研读博士后，并以研究员身份随库洛什教授研究欧陆法。

这段哈佛师生缘，维系着庞德院长和杨兆龙的跨国通力合作的密切关系，也影响到了中国法制向美国学习曾经走过的道路。

1945 年 4 月，杨兆龙出任司法行政部刑事司司长，时值抗战即将胜利之际，他受命着手战争罪犯审判及汉奸惩治等相关准备工作，并在随后组建战犯罪证调查室，领导七百余名工作人员，搜集了日寇侵华罪行材料三十余万件。与此同时，杨兆龙还与司法部长谢冠生商议并从事着政府授意的一项重要工作，那就是邀请庞德来华担任司法行政部顾问。

1946 年 1 月，倪征disabled教授赴美国考察司法，同时也受司法部委托赴哈佛大学法学院拜见庞德教授。

倪征disabled，1906 年出生于江苏省吴江县，1928 年毕业于东吴大学法学院，之后留学美国斯坦福大学法学院，获得博士学位，回国后在大学教授法律课程，兼做律师。1946 年 3 月，他以中国检察官首席顾问的身份出席东京大审判。可能是倪征disabled这次邀请的诚意打动了庞德，使他对中国之行动了心。

两位率先向这位哈佛法学泰斗抛出橄榄枝，并取得关键进展的中国人，均为法学学者，足见法学学界在当时的民国政府中所发挥的重要作用。

邀请庞德来华的第三位重要人物，就是时任民国政府司法行政部部长的谢冠生。谢冠生，同样有深厚的法学背景，他早年留学巴黎大学，曾获得法学博士学位。回国后曾在复旦大学法学院任教。

我在哈佛的档案里，竟然翻到了谢冠生亲笔题赠给庞德的肖像照片，这珍贵照片的留存，让我当时感慨万分！照片上是这位部长亲笔题写的汉字：

庞德先生惠存

谢冠生敬赠

一九四六、二、八

“Hsieh Kwan Chen Minister of Justice of China 1946”（谢冠生，中国司法部部长，1946）

在正式外事活动中赠送个人肖像照片，是十分罕见的，足见这位出身法学界的中国部长的人情味和想象力。

照片的赠送时间恰恰是在力邀庞德的关键时刻——1946年2月8日。可能当时正是由倪征日奥教授亲自带去美国当面赠送给庞德的。

由于杨、倪的先行沟通，事情进展非常顺利。此后，中国司法行政部拿到了行政院的批准文件，2月15日，谢冠生给庞德发电报，确认了聘请庞德担任顾问。

2月19日，杨兆龙又写信给庞德，言及“由于需要使用中文名字，我们斗胆为您选了一个由两个汉字组成的名字，发音与您的姓相似，意为‘崇高的美德’或‘伟大的人格’。”他还非常细致而礼貌地委托庞德列出来华工作所需资料的清单。

庞德对这个中文名字显然是非常满意和喜爱，他在稍后的回信中告诉杨兆龙：“非常感激你们为我取了个中国名字，但想要名副其实恐怕真的不容易啊！”〔1〕

---

〔1〕 陈夏红：《师徒“二人转”——战后庞德、杨兆龙恢复和重建中国法制的尝试》，转引自http：//law－thinker. com/show. asp? id =2712，2004年4月25日。

龐德先生惠存
HSIEH KWAN CHEN
MINISTER OF JUSTICE of China, 1946.
謝冠生敬贈
一九四六、二、八

谢冠生先生

由此可知中国法律官员的国学造诣，中文有很多奇妙的组合：不同的字虽然读音相同却有不同的含义、不同的尊敬程度。试想一下，如果把 Roscoe Pound 的名字译成“螺丝壳·胖的”，而不是“罗斯科·庞德”，那该多么滑稽呢。

庞德在中国的两年中除担任司法部顾问之外，还担任教育部顾问。其间他考察了中国法制之后，向中国政府口头和书面提出了许多建设性的意见。在中国的两年里，他曾赴各地演讲，这一中西法学交流的盛事，也是由杨兆龙陪同并担任翻译的。1948 年 6 月 18 日，以庞德为主的司法考察团从上海抵达杭州。19 日，一行人士在杭州考察了当地的司法机关，并出席杭州市律师公会举行的“律师及司法问题”座谈会。在杭州期间，庞德应浙大法学院李浩培院长的邀请，为浙大师生作了学术演讲，由杨兆龙担任翻译。据说，他的演讲在中国法学界引起广泛影响，许多大学法学院想邀请庞德前往讲学，但 1948 年的中国政局正发生急剧的变化。1948 年 11 月 21 日，美国驻华大使司徒雷登通知庞德离华，因此，庞德原定赴武汉大学和北京大学作学术演讲的计划被取消。

而庞德在浙江大学法学院的演讲，也因此成了他在中国大学的“最后一课”。

2004 年 4 月初稿

2006 年 2 月修改

（上）庞德院长
（下）倪征𣉙先生

“台上人物” 与法学 60 年

2009 年 4 月 25 日上午，受邀出席在华东政法大学举行的一个叫“法学名家”论坛之法理学专场，我们在松江校区明镜楼缘法厅的台上坐了十四五位法理学教授，这也可能是除法理学研讨会（大都在台下）之外的法理学教授到会人数最多的一次了（更不用说是大家都坐在台上）。台下坐满了一礼堂的华政的师生。分上、下两个半场。

我是下半场的第二位，在我前面的是潘汉典先生。我一直没想好讲什么主题，到了上半场快结束的时候，我观察到：主席台上年龄最大的是 90 岁高龄的潘老，其次是郭道晖先生，再次是李步云先生，还有陈春龙教授、朱景文教授、邓正来教授、刘作翔教授、米健教授……如果依年龄顺序讲下去，不正是中国法理学的 60 年历程吗？如果时间够的话，我把主席台上的人物都讲它一遍；如果发言时间不够的话，就讲“三老”，省略后边的中青年。正想着，这时候，坐在我旁边的后半场主持人米健教授递过来一张纸片，要我们每人把自己的讲演题目写上去，于是我在上边写了“台上人物与中国法学 60 年”这个题目。

“三老”法学家分别都有一个历史性的身份特征：“老东吴”潘汉典教授、“地下党”郭道晖教授、“第一腔”李步云教授。我以三位老先生的年龄为序，以“三老”经历为线索大致也描述了新中国60年的法学历程。

1949年2月中共中央决定废除“六法全书”时，潘先生已获得东吴大学法学硕士学位毕业留校任教快一年了。新中国成立后，他没有照常规离开法科院系的校门，而是仍留在东吴大学教书，据说教的是马列主义法学原理。

1920年出生的著名法学家、翻译家潘汉典先生，福建人，于1940年进入上海的东吴大学法学院学习，1944年获得法学学士学位，毕业后在银行里担任法律顾问。后再次进入东吴大学比较法研究所深造，1948年毕业获法学硕士学位，便留校任教。主攻英美法的潘老精通英、法、日、德、俄等多种语言，多年来一直致力于比较法研究与探索，翻译了一系列著作与文章；他是中国政法大学比较法研究所创建人、首任所长。他先后在北京大学、中国社会科学院法学研究所、中国政法大学从事科研和教学工作，为新中国法学的创建做出了巨大贡献。主要译著有《比较法总论》《英吉利宪法》《英格兰状况》等。

2008年，中国政法大学中美法学院与比较法研究所举办“比较法发展30年暨潘汉典先生从教60年座谈会”，对潘老在这60年对法学的贡献作了充分的肯定。以潘老为代表的这批来自民国时期的法学家，在这60年历史中，有着独特的历史作用和地位。他们传承了民国时期的法学传统，深厚的英美法和比较法功底，精湛的法律翻译功夫，在新中国成立以来的法学中虽说不是主流但胜似主流，中国法学越走向成熟，潘老的学术光芒也就会越辉煌。

1948 年 9 月，任上海光华大学法律系兼职副教授时的潘汉典

1949年新中国成立前后，郭道晖先生已经是入党满一年的地下党员，时任清华大学电机系地下党组织负责人之一。郭老的一生，可以说从另一种典型来见证了新中国60年曲折的法制历史和法学历史。

郭老于1928年8月出生于湖南湘阴，于1947年考入清华大学电机系，旋即投身反内战、争民主的学生运动。解放初，任中共清华大学党委常委兼宣传部长。还是朱镕基同志的入党介绍人。1957年被打成“右派”，从此历经20年磨难。30年前即1979年平反后，我国也进入了恢复法制的阶段，先生调任全国人大常委会法制委员会，从事立法实务和法学理论研究，曾任法工委理论组长、研究室副主任。8年后，调任中国法学会研究部主任。离休后，返聘为《中国法学》杂志社总编辑、编审、法学教授。他主编的《中国法学》坚决贯彻“解放思想，实事求是”的

郭道晖先生

原则和“双百”方针，敢于突破理论禁区，开展对一系列有现实针对性但亦十分敏感问题的讨论，排除和抵制来自“左”的干扰，保障了学术自由，张文显、郑成良、徐显明、林吉吉、葛洪义等都是在郭老任《中国法学》主编期间成长为法学名家的，可以说《中国法学》是改革开放后新一代中青年学者成长的摇篮。弊人不才，却也颇受郭老师的关爱和提携，1992 年，我参与“法的本位”讨论的那篇《“权利本位论”的基点、方法与理念》一文，还是经郭老的手，刊载在《中国法学》，郭老亲自撰写了编者按，意思是说这篇文章发表之后“法的本位”问题的理论争鸣告一段落，这便被同事们称为这场学术讨论的“关门文章”。

此外，郭老还长期从事法理学、法哲学研究，是一位学术青春长驻的学者，人称“白发青年”，可能是因为立论行文，他以“为人民争权利，为国家兴法治、为社会求正义”为主旨，指陈时事，针砭时弊，以思维敏锐、敢于直言、行文犀利、学术前卫著称，其中尤以 180 万字的个人专著“法的时代三书”——《法的时代精神》《法的时代呼唤》《法的时代挑战》，“先生背负深沉的理论使命感，站在时代的高度上，潜心追求法的真理，反映法的时代精神”（公丕祥语）。

1933 年出生的著名法学家李步云先生，湖南娄底人，1949 年新中国成立时，李步云先生 16 岁，进入中国人民解放军四野特种兵干部学校学习，1950 年赴朝鲜参加抗美援朝，1950 年负伤回国在政府机关工作。李老师的则重点见证了党的十一届三中全会以来到 21 世纪的法学恢复和发展。1957 年考取北京大学法律系，1962 年获得法学学士学位，1962 年至 1965 年在北京大学法律系攻读法学硕士学位，师从著名法学家张友渔教授学习法理学。曾在北京大学留校任教，1980年至1981年，在中共中央书记处研究室工作；后来长期在中国社会科学院工作。他是国内最早关注人权、法治的学者之一。这法学60年的中间点，即十一届三中全会前后，是李步云先生法学思想开始活跃的时期。1978年12月6日在人民日报发表《坚持公民在法律上一律平等》，被公认为是法学界突破思想理论禁区的第一篇文章。1979年9月发表《论以法治国》。1979年11月在《人民日报》发表《论我国罪犯的法律地位》，主张“罪犯也是公民，也有很多权利”，在全国引起很大震动。1979年，刑法、刑事诉讼法等7部法律出台以后，党内有一些规定和这些法律相矛盾，中央准备出台一个文件对以前的一些做法进行纠正和统一，先生被推荐到中央书记处研究室参与起草。1979年9月9日《中共中央关于坚决保证刑法、刑事诉讼法切实实施的指示》（即“64号文件”）颁布。1980年7月，先生被借调到中央书记处研究室政治组。其间，借中央总结审判“四人帮”的经验之机，提出了五条现代法律原则，被中央采纳，这就是：司法民主、司法独立、实事求是、人道主义和法律平等。文章中最后有一段话：审判“充分体现了以法治国的精神”。这是党的重要文献中第一次使用“以法治国”这一概念。1996年，司法部筹备为中央领导第三次讲课，题目拟定为“关于实行依法治国，建设社会主义法治国家的理论与实践问题”，先生为这次讲课起草了第一稿并作了试讲，后来他建议将题目改作“依法治国，建设社会主义法治国家”，将刀“制”改为水“治”。后来就被党的十五大采纳了。1999年1月、2003年6月李老师两次参加中央领导主持的修宪座谈会，呼吁把法治和保障人权写进宪法。2004年我国宪法修正案写进“国家尊重和保障人权”。

李老师在媒体上常常被称为“敢开第一腔的人”，这是从他的学术创新与政治风险的关系意义上说的。正因为有改革开放的初期，才会有敢开受腔说话的机会，正因为是改革开放的初期，才使这“第一腔”显得难能可贵。另外，李老师在中国学术的国际化方面也是有重要贡献的，比如他于90年代初创立的“人权的存在形态”理论，作为中国法学家在国际法哲学和权利哲学上的贡献，也是颇受海外同行学者赞誉的。

著名法学家李步云先生

在十分钟的短暂时间内，我只能讲三位老师。而事实上，这一天在主席台上也只有这“三老”最资深，他们才真正称得上是“台上人物”——他们是我们共和国法学 60 年风雨中的“台上人物”！“老东吴”法学家潘汉典教授——显示了老东吴比较法的深厚功底，“地下党”法学家郭道晖教授——代表着共产党人的学术风骨、“第一腔”法学家李步云教授——象征着改革开放以来敢开第一腔的拓荒精神。郭冬、李冬和江平先生被法律界尊称为“法治三杰”，除了他们为法治呼吁的共同点之外，还因为他们三位为人为学的口碑，堪称德高望重的追求真理的法学家。〔1〕

他们的人生轨迹和学术生涯充满曲折、磨难和追求，充满着中华民族自强不息的悲情而壮烈的历史特征，因而也最能够代表共和国法学已经走过的那 60 年的历程。本次论坛的主题词“曲折·磨难·追求——新中国法学 60 年”，也正好切中了这 60 年的法学历史的特征和脉络，令人感慨，也催人奋进。

2010 年 7 月 20 日复记于杭州

---

〔1〕 江平老师的名言“只向真理低头”，正是概括了这一批真正法学家的风骨。

我的导师李步云先生*

1980 年在我进入大学学习法律的第一年就通过初略阅读知道法学界有“李步云”——这个抽象的人名，只是《坚持公民在法律面前一律平等》《论我国罪犯的法律地位》等著名文章标题下的署名符号。在后来的 10 年间，我和众多的读者一样，从他的文字当中我了解了李步云是一位在中国竭力主张法治与人权的著名学者。在当时法学作品因“左倾”而显得极度匮乏的情况下，他却提供给我们法学青年如此清新而富有启迪的法治与人权理念！可是我一直没有机会见到这位卓有影响的学者。

大约是 1990 年 3 月，我当时任教的杭州大学法律系办公室主

---

* 本文原题《真情岁月，道义文章——为导师步云先生 70 寿辰而作》，此标题题意取自恩师步云老师 1998 年 1 月写的、载于《走向法治》（湖南人民出版社 1998 年 8 月版）的一首诗：

呕心沥血四十年，为谋华夏法治篇。
真理无价当奋斗，道义千钧担铁肩。
权势利禄身外物，是非功过任评点。
岁月无情终有情，愿留文章在人间。

任打电话给我说，“给你一个机会认识一位名人”。到了系办公室我才被告知，时任《法学研究》主编的李步云教授来杭州了，我有幸被指定陪李老师去一个离杭州不远的喀斯特溶洞游览。我内心兴奋不已。现在已回想不起是哪个县的溶洞（杭州附近的县里有好几处），因为当时只顾得向李老师请教问题，不记得沿途经过些什么地方。我只记得，我向他谈的话题是关于法理学教学体系，他向我谈的是关于权利的分类。我当时对法理学作了两分法的改革，即给一年级学生开“法理学导论”，给三年级学生开“法理学专题”。众所周知，80年代以前的中国法理学对权利问题的研究是十分浅显的。当我在谈到权利这一章的内容时，他就问我：你对权利是怎么分类的？他首先提出一个设问：权利只有被法律规定的才算权利吗？没等我反应过来，他说：“不，有些权利没有被法律规定，但它也是权利。”突然间我发现他锁紧了浓眉，双手紧挛似比划起来：“权利是否可以分为应然的、法定的和实有的（当时可能是说“实然的”，因他的浓重的湖南乡音，我听不清楚）三种？”他的口气总是像在作推敲，而不是在下判断。后来我知道，他总是以这种谦虚而平和的方式与学生或学者们讨论问题，即使某个问题是他早已思考成熟的。

大家知道，当时法理学界正在讨论权利本位问题。我也正在思考权利本位、义务本位和权利一致性三种观点的交锋，我说从自然法学、规范法学和社会法学三种观点来看，的确可以分别得出三种不同的法本位。我问李老师：你的“权利三分法”与三种法学流派各自的方法和基点有什么联系？他沉思片刻，说：对，对，对，有一定的联系。

他与我这个法学小字辈的交谈，也都是弯着腰背、低着脑袋、锁着浓眉认真地聆听，认真地追问，认真地回答。他似乎对我的法理学教学体系与大纲也非常感兴趣，提出要我给他一份大纲。

其实他这位法学名师也和我一样，对溶洞内的奇异、梦幻和秀美根本没有给予应有的理睬，脑子完全被“规则”“原则”“程序”“权利”这些个抽象的玩意儿倒腾着。

只记得我们两人在这个旅游景点的一个小饭馆吃中饭，按理我作为地主，应当由我为他设宴。可是李老师非要他请我吃饭，说：“你才工作了几年，我现在钱比你多一点，我请你吃饭没有问题。”我执拗不过，只好从命。他马上高兴起来，我从他的笑容里发现了平常在长者那里难得一见的天真与朴实。后来，我读懂了他的笑容：其实这种天真与朴实是他的笑容里最反映内心世界的东西，这里面没有丝毫俗世的痕迹。他待人接物就是这样的真情实意。

下午回杭州后，他仍然记着我们在溶洞那边谈的话题，说：“我想看看你的法理学教学大纲。”我说我回家去取，他说：“我就跟你到家里去拿吧。”我因此既高兴又担忧，高兴的是我敬仰的法学家会愿意到我家里，担忧的是我在破筒子楼 12 平方米的陋室里怎么招待他？可是我没有合适的理由拒绝他来访。就这样，我带着他经过漆黑狭长的走廊到了我的家——公共走廊将就着作厨房，一张床占据半个房间。我让他坐在一张小椅子上，想泡茶找不到开水（记得他当时还不抽烟，否则我这个“老烟民”会为他点根烟），就立即找出自己的大纲递给他。没有想到的是，他居然锁起浓眉眯起细眼“钻研”起我那粗浅的“大纲”，对这个小破房间根本没有在意。于是我的担忧也就一扫而光。他就是这样的人，一心钻研学问，似乎周遭的环境哪怕再杂乱不堪也不会影响他。他的心是如此的纯静。

打那以后，我和李老师常常在法理学年会或其他会议上见面。每次都能够读到他带来的最新鲜的作品，每次都给我崭新的启发。如果说最让我难忘的一篇文章，那就是《论人权的三种存在形态》。

1991 年夏天我读到了第 4 期的《法学研究》，上边刊出了《论人权的三种存在形态》，一看作者是李步云！我一口气读完李老师的文章，发现他的“人权的三种存在形态”就是在喀斯特溶洞那边谈的。其实他对此早已深思熟虑。我至今认为这篇论文是他的学术代表作，因为他把他最具鲜明特点的价值分析运用并体现在一篇纯粹法哲学思辨的论文之中。其中，自然法学的道德分析与他本能的道义情感融为一体。同时，他过去的诸多关于人权的名篇，如《坚持公民在法律面前一律平等》《论我国罪犯的法律地位》等文章的主题思想，都被涵盖在《人权的三种存在形态》之中。

事隔 10 年后，2002 年 3 月，我从新结识的同事林来梵博士处得知，李老师这篇作品的日文版就是由来梵君于 1993 年在立命馆大学翻译的。来梵告诉我，中国学者的文章很少有像这篇文章那样，引起日本法学界同行密切关注，争相阅读，并获得高度好评。

尽管我是到了 1998 年才有幸成为李步云老师的博士研究生，但事实上，他早已成为我做学问的领路人，我早已把他看作自己的恩师。

（上）李步云老师

（下）与导师李步云先生

纪念李浩培老院长*

今年是著名法学家、浙江大学法学院首任院长李浩培先生诞辰100周年，为了缅怀先生，学习院长的创业境界、治学精神和为人品格，我们特编此集，以志纪念。

李浩培先生1906年7月6日出生，祖籍上海。1928年毕业于东吴大学法律系。1936～1939年在英国伦敦经济政治学院研究国际公法、国际私法及比较民法。回国后在武汉大学法学院任教。1945年抗日战争胜利后，应浙江大学校长竺可桢先生的邀请，李浩培先生来到浙江大学筹建法学院，并担任院长。李浩培先生在担任院长的四年中，殚精竭虑，倾心治院。建院伊始，他邀请了许多有名的学者来任教，如留美的赵之远教授、黄炳坤教授、严仁赓教授、孙恒教授，留德的周子亚教授，留法的阮毅成教授，留日的邵锋教授，曾任大理院推事的邵勋教授等。他还邀请美国的著名法学家、社会法学派代表人物庞德来法学院给师生讲学，

---

* 李浩培先生诞辰100周年纪念文集代序。

亲自担任翻译。

李浩培院长的主要著作有《国际私法总论》《国籍问题的比较研究》及《条约法概论》等书。主要译作有《国际法》《德意志民主共和国刑法典》《美国刑法的反动本质》及与他人合译《法国民法典》《拿破仑民法典》等。其主要著作都收录于《李浩培文选》一书中。

2006年10月27日与李浩培先生之女凌岩教授在百年纪念会上

李浩培院长主张采用比较方法研究法学，国际私法应有以研究冲突法为主要内容的特定范围，并肯定一般法律原则是国际法的渊源之一。他主张采各国法制之长，建立中国法学，形成了鲜明的学术研究特色。他还非常重视图书设备建设，把经费主要用在购置中西文图书上。正是由于李浩培院长的高瞻远瞩，悉心建设，浙大法学院在短短的几年时间里，就声名鹊起，享誉海内。这与他高远的创业境界是分不开的，倘若只熟悉法科业务而没有高远的创业境界，是无以开创当时法学院那样一个盛大局面的。

李浩培先生治学严谨，博览群书，学贯中西。他竭力主张采用比较的方法研究法学，认为有比较才有鉴别，才能做到客观全面，才能取他之长，补己之短。他通晓英、法、德、俄、拉丁、日六国语言，在国际法领域，成绩卓绩，撰写了大量的国际法方面的专著和论文，还翻译了很多重要的外国法典和专著。他花10年心血写就的《条约法概论》更是一本传世之作，得到了中外学者的一致好评。即使到了耄耋之年，他仍笔耕不已，直至在病榻上才停止了写作。由于他精湛的法科治学能力，李浩培先生在87岁高龄时，担任了联合国前南斯拉夫国际法庭的法官，他把严谨的治学精神带到了法官席位上。他不顾年迈，仍夜以继日地工作，他在审议案件中所体现的渊博的学识和独到的见解，赢得了国外同行的钦佩和赞赏。联合国前南斯拉夫国际刑事法庭庭长卡塞西这样评价他："李法官具有真正独立的个性，绝对正直的人格，当然，还有对国际法的深邃造诣，这一切使他成为国际法官的楷模。"

李浩培先生在担任浙江大学法学院院长期间，十分重视学生的思想陶冶，诱导他们养成良好的风气，勿为名利而钻营舞弊，教育学生“正已而后可以正物，自治而后可以治人”，应该激浊扬清，秉公办事，廉明清正，洁身自持。他自己更是率先垂范，坚持原则，伸张正义，不为名利，不趋炎附势、随波逐流。在1947年10月发端于浙江大学的“于子三运动”中，他坚决站在学生一边，支持学生运动，为营救被捕学生积极奔走。他拒绝了国民党政府的高官厚禄，宁愿在教学园地中耕耘播种。1949年5月杭州解放后，军管会决定停办法学院，李浩培院长也不隐瞒自己的观点，光明磊落地提出了不同意见。后来在外交部、前南国际刑事法庭工作时，他都能坚持自己的意见，不附和他人，不盲从权威，体现了他做人、做事的原则。

中华人民共和国成立后，李浩培先后担任中央人民政府法制委员会和国务院法制局委员、国际关系研究所研究员、外交部顾问、北京大学兼职教授、中国社会科学院兼职研究员、中国国际海事仲裁委员会副主任、中国法学会理事等职。1993年，李浩培作为世界知名的国际法专家，被选任为南斯拉夫特设国际法庭法官。1997年11月6日，在荷兰海牙意外被害。

李浩培先生既是一位学问精深、著述丰厚的著名法学家、社会活动家，又是一位杰出的法学教育家，还是一位受人爱戴的国际法庭的法官。他是我们法学界和法律界的楷模，是我们创业、治学和为人的楷模。我们纪念先生，就是要学习先生高远的创业境界、严谨的治学精神和高尚的为人品格。今天，随着我国法治进程的推进，我们继续秉承“求是厚德，明法致公”的院训，在新时期获得了发展的大好时机。特别是在教育部和浙江大学校领导的大力支持下，我们获得了光华教育基金会的资助，为法学院走向未来提供了绝佳契机。浙大法学院迎来了历史性的发展机遇，我们将进入一个崭新的发展阶段。

孙笑侠
2006 年 10 月 20 日

李浩培先生青年时期

李浩培大法官

贰

以高贵的灵魂处理凡俗的法务*

各位同学、各位老师、各位嘉宾：

今天，我们在这里隆重举行法学院2005届研究生和博士生毕业典礼。这是你的重要节日，也是法学院值得纪念和庆祝的日子。同学们经过几年艰苦的学习，你们攀登上了人生又一重要的阶梯。法学院又为社会输送了一批合格人才。所以，我代表法学院党政班子以及法学院全体老师向各位同学致以最热烈的祝贺！

今年是我们法学院建院60周年。从1945年原国立浙江大学创立法学院法律系到今年，已经60年了。对于自然人来说，60岁意味着步入年老退休期，而对于一所学校或学院，它意味着青春勃发。1998年四校合并建立新的浙江大学法学院以来，我们法学院在学科建设上取得了诸多成就，在教书育人、学术创新、社会贡献等方面取得了长足发展。浙江大学法学院正历久弥新，生机勃发。同学们，你和我都是这一重要时期的见证人。毕业的时

---

* 2005年3月30日在浙大法学院2005届研究生毕业典礼上的致辞。

候，你会记得，甚至当你参加毕业10周年、20周年同学会的时候，你仍然会记得“你们的曾经”：你曾经因仰慕爱戴这里的著名学者而承受数次考研失败结局最后来到这里；你曾经与老师们一起承办过多次有影响的学术会议；你在这里第一次撰写并发表了引起学界关注的第一篇论文；你曾经亲耳聆听过德沃金的关于权利哲学的学术报告；你曾经在毕业论文开题报告会上感到强烈的精神压力而如坐针毡；你曾经为法学院引进了一批批年轻有为的博士而兴奋不已；你曾经靠着墙根站立着聆听过数十次的国内外学术名师的讲座；你曾经参加赴国外访学的代表团进入世界名校法学院的讨论席；……这些事都与你们的这张文凭联系在一起，这些事都与你们的母校法学院联系在一起，这些事其实也成为我们法学院立命安身的基础。

到了今天毕业的时候，我觉得有必要从职业与人生的角度谈这样一个问题——法律人在职业生涯中可能会形成什么样的品格。法律职业是个什么样的职业？我们回答说，法律职业所从事的法务是社会的、实践的，因而是世俗的。法律是社会生活实践中的世俗产物，纠纷是世俗的产物，所以法律事务是凡俗的事务。如果你是法官就每天得面对这些世俗、凡俗的案件，如果你是律师，你就得以“对价”的方式接受当事人的委托，并维护委托人的权益，哪怕是细微的小利。法律人就必须以专业技能透过日常社会经验和生活阅历，抱着平常心情去做世俗平凡的事务。法律人无以唱道德高调、做惊天动地可歌可泣的事。换言之，法律人的一生都在和世俗的利益纠纷打交道。我们的问题是，长此以往，法律人会不会成为世俗的甚至庸俗的人？

这就回到霍姆斯的一个老问题。霍姆斯在1886年2月17日给哈佛大学法学院学生演讲时提出过这样一个问题，他说我们“辛辛苦苦地研究一个枯燥乏味和专业性的制度，热切地保护当事人和商人经营术的惯例，以及关注贪婪的利益之间乱哄哄的冲突，这些东西如何能构成人的一生?”我们来这里学习法学，毕业出去后终其一生都可能是在处理一些极世俗的纠纷，甚至是鸡毛蒜皮的俗事。当我们学会了用规则来处理世俗事务的本领的时候，当我们陷入形形色色的法务，当我们挣到越来越多的钱的时候，当我们的权力地位越来越显赫的时候，我们会不会丢弃了曾经的梦想与抱负？会不会忘记了对社会的公共责任？会不会成为道德情感麻木的充满市井气的小人、势利的“法匠”甚至刁健的“讼棍”？我在这里说这些，是希望我们都有一种反思精神，反思我们自己的这个专业和职业。这是很值得我们法科毕业生关注的一个普遍性问题。所以我想送给大家一句话，那就是：用高贵的灵魂处理凡俗的法务。这句话包括了法学的世俗与超然的双重属性，也涵盖了法学教育中职业技能与职业伦理的双重要求。我们法律人在做人与做事上，要有所分离，有所对照。每天处理凡俗法务的法官和律师之所以没有成为凡俗、庸俗的人，就是因为他在用高贵的灵魂处理凡俗的法务。这种“高贵”是靠法律人的职业伦理来奠定的，也靠职业道德规范来约束的。所以，法律人要坚持那些必须坚持的东西，才能保持自己的品格，比如：无愧于心的良知、天下为公的责任、刚正不阿的气节、坚忍不拔的意志、开阔包容的心胸、谦逊质朴的为人、荣辱不惊的态度。

今后，无论你走到哪里，无论你从事什么工作，无论你取得多大的成就，我们的法学院将终生伴随你一起成长，大学是你事业发展的起点，也是你人生的加油站，是你情感和灵魂的寄托地，更是你永远的精神家园。

同学们，我们的研究生学习尽管已经结束，但我们服务于社会、为社会为国家为人民做贡献的职业生涯才刚刚开始。我们衷心地希望，同学们能在工作中不断体会和实践中国法治的理想，不断弘扬和发展法学院倡导的这种精神，在各自的岗位上做出卓越的成绩。

法学院永远关注着你们，法学院的大门永远向你们开放，法学院以你们的成就为自豪。最后，祝愿各位同学生活幸福、工作顺利，事业蓬勃发展！

为什么要重塑我们的职业伦理*

一

在中国传统的法律观念之下，如果职业伦理与大众伦理发生冲突时，民众或官方总是指责法律家们机械、教条、冷漠，并且要求法律家遵循“舍法取义”的方式来处理法律问题。

法律家所遵循的伦理与大众所崇尚的伦理是有所区别的，法律家对待道德问题的方式也是有其独特之处的。善于关注道德问题的法理学家朗·L. 富勒曾就律师的职业道德谈到这样一个问题：在一件刑事案件中，律师替一个他明知有罪的人辩护是完全妥当的。非但如此，而且律师还可以收取费用，他可以出庭替一个他明知有罪的人辩护并接受酬劳而不感到良心的谴责。富勒说：假如被告所请的每一位律师都因为他看上去有罪而拒绝接受办理该案件，那末被告就犹如在法庭之外被判有罪，因而得不到

* 原题《职业伦理与大众伦理的分野——为什么要重塑我们的职业伦理》（有删节），载北京大学《中外法学》2002 年第 3 期。

法律所赋给他的受到正式审判的权利。……假如他因为认为一个诉讼委托人有罪而拒绝替他辩护，那末他便错误地侵占了法官和陪审员的职权。[1]

尽管富勒讲这番话后他自己也并不认为这会让圈外人士心悦诚服，但作为法律家都会相信律师替这样的一位委托人辩护是完全符合职业伦理的。西方有学者提出这样的问题：是不是说律师拥有一种与其他人的道德规范不仅不同而且有时是相冲突的道德规范呢？[2] 这一问题涉及法律家的职业伦理。

关于法律家伦理的“与众不同”，在中国，恐怕其程度会更加明显。费孝通于40年代在一篇题为《无讼》的文章中谈到乡土伦理与司法伦理之间的严重冲突。他谈到这样一个案例：有个人因妻子偷了汉子打伤了奸夫。在乡间这是理直气壮的，但是和奸没有罪，殴伤却有罪。他记：“如果是善良的乡下人，自己知道做了坏事决不会到衙门里来的。这些凭借一点法律知识的败类，却会在乡间为非作恶起来，法律还要去保护他。”[3] 他说，在现代都市社会中讲个人权利。

法官不是在分辨是非，而是在厘定权利，因而“一个法官并

---

〔1〕［美］哈罗德·伯尔曼：《美国法律讲话》，陈若桓译，三联书店1988年版，第26页。

〔2〕并且还把问题再引向深入——一个担当律师角色的负责的个人的行为，怎样才能获得道德的许可或合乎道德规范的要求？这样的个人应如何行事，以推动他作为律师而身处其中的律师角色地位、社会传统和社会安排变得更具道德上的正当性？［美］赫尔德等：《律师之道》，袁岳译，中国政法大学出版社1992年版，第2页。

〔3〕费孝通：《乡土中国 生育制度》，北京大学出版社1998年版，第58页。

不考虑道德问题、伦理观念”。[1] 这样看来现代法治是很难融入中国乡土社会的，因为法律家的伦理与普通伦理，尤其是与中国乡土伦理的确存在很大距离。讼师在古代受到蔑视之事实，并非完全是因为讼师与律师有区别，它固然与讼师的劣行、恶行有关，但主要还是因为作刀笔吏的行当不符合中国传统的伦理。

二

在众多的职业道德中，法律职业道德与其他职业道德相比最为独特。以医生为例与法律职业比较，医生帮助他人不以牺牲另一人的利益为前提，治病救人是职业道德，这本来就是符合普通道德的。然而，法律职业道德呢？律师或法官在选择解决方案时则必然会在伤害或不利于一方的情况下而有利于另一方。[2] 前述所谓律师可以为他明知有罪的人辩护，这一职业伦理与普通伦理显属抵触也是一个好例证。另外，还有法官为民解决纠纷不像行政官员那样免费“服务”，而是要收取诉讼费；法官不得对当事人抱有同情心；法官对于犯罪嫌疑人的暴行不得嫉恶如仇，而

---

〔1〕 他的意思是指法官裁判中根本不考虑道德因素吗？这是法律与道德关系问题。他的意思是指法官根本不需要道德的约束吗？这是有无职业伦理问题。这两种理解不对。我认为他的意思是说，法官作为职业法律家他们应当摒弃“自然理性”而秉守“技术理性”，法官眼中只有形式化的法律，而绝不将法律与道德问题混为一谈。这当然是很正确的。

〔2〕 波斯纳在谈到另一问题时对医生和法官作了这样的比较。[美] 波斯纳：《法理学问题》，苏力译，中国政法大学出版 1994 年版，第 8 页。另外，对法律家和医生作过比较的还有美国学者基特尔（R. kidder）。参见朱景文：《现代西方法社会学》，法律出版社 1994 年版，第 104 页。据 [美] 戈尔丁：《法律哲学》，齐海滨译，三联书店 1987 年版，第 228 页。

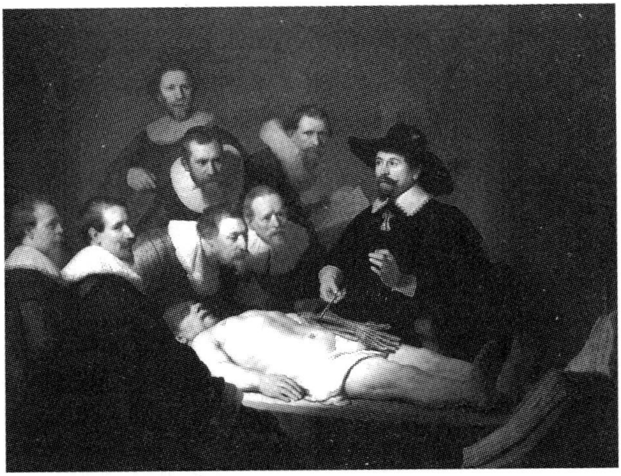

医生帮助他人不以牺牲另一人利益为前提。普尔蒂医生的解剖课（The Anatomy Lesson），伦勃朗作。

应当保持超然中立进行无罪推定；等等。法律职业有特殊内容的道德要求，而且大都是法律家在法律程序当中必须遵循和实践的。离开法律程序也就不会存在这种法律家特殊的职业道德要求。

法律职业道德除普通职业道德中共通的要求之外，还包括法律职业特殊的道德，它们来源于法律职业的专门逻辑，因而区别于大众的生活逻辑。法律家的职业逻辑包括两部分，一部分是法律家的“技术理性”，即法律家特有的语言知识体系和技能思维方法，另一部分就是法律职业伦理中的程序伦理；前者属于技术问题，后者属于伦理问题。法律职业特殊的道德要求是表现法律职业道德的个性方面的那些内容，因为它们主要表现在法律程序中，法律职业伦理的绝大部分内容都与法律程序有关，所以我们称为“法律家在法律程序内的伦理”，〔1〕亦可简称“程序伦理”。程序伦理是法律职业伦理的主要构成部分。

程序内的伦理并不是指要求在法律程序中做合乎普通伦理道德的事。比如在某老年夫妻离婚案中，一间房子依法律理当判给

---

〔1〕 在此，使用“伦理”一词更确切一些。据学者分析，“伦理”与“道德”两词不达意。虽在我国一般用语上似乎无太大之差异，但在西方社会，自康德哲学思想出现以来，尤其在法哲学界，通常以实质的层面与主观的层面予以区分。即我们究竟应做什么？不得做什么？此为伦理的问题（即实质的层面）。我们对某行为内容的态度、心理准备、心情、动机等，为道貌岸然德问题（即主观面）。例如，教育工作者、医师、律师等各个的职业，都有就各该职业为当为或不当为之基准，这就是职业伦理，而人们就其内容所产生的态度、心情、动机等即为职业的道德的问题。司法官既为一种职业，当然有其职业的伦理、职业上的道德。雷万来：《论司法官与司法官弹劾制度》，台湾五南图书出版公司 1993 年版，第 171 页。

男方，而女方则离婚后无处安身。法官出于道德考虑，判决将房子一分为二，一人一半，事后双方都没有来法院“闹事”。[1]但是，此案判决并非依程序伦理。此案判决符合了大众的道德观念和标准，属于符合普通伦理的行为，因此“没有来法院‘闹事’”说明判决结果被接受。当法律与情理相矛盾时，则“合法”是理所当然的。此案法官本质上忠实地遵循了海瑞式的中国传统的审判与解纷方式，而且有着深厚的文化基础和广泛民众基础。我们相信至今为止，人们会对此案的法官及其做法致以赞许和肯定。这就是中国法的“形式化”[2]要素严重匮乏的一个具体表现。要是把这样的做法略作“放大”，我们还会发现更多更重要的类似的情形。

从法律职业发展史来看，法律职业伦理对于法律职业是十分重要的。韦伯在论述近代专业化官僚产生的时候说：“近代官吏团体已发展成一支专业劳动力，经过长期的预备性训练后有专长。并且近代官僚集团出于廉洁正派考虑，发展出一种高度的身份荣誉意识，若是没有这种予意识，可怕的腐败和丑陋的市侩习气，将给这个团体造成致命的威胁：没有这种廉洁正派，甚至国家机构纯粹技术性的功能也会受到威胁。国家机构对于经济的重

---

〔1〕 此案系一位女法官在1996年8月营口召开的“20世纪中国法治变革的回顾与前瞻”学术讨论会上针对刘作翔提出的“执法阶段不应以道德代替法律”的观点而谈的案例。这位女法官的观点是：有时考虑社会道德及人情常理的必要的。参见刘作翔：《法律与道德：中国法治进程式的难解之题》，载刘海年等：《依法治国与精神文明建设》，中国法制出版社1997年版，第271页以下。

〔2〕 “形式”“形式化”“形式主义”等词在韦伯关于法的理论中是一个关键词。韦伯：《经济与社会》（下卷），林荣远译，商务印书馆1997年版，第17页。

要性，一直在稳步上升，尤其是随着社会化的扩大，这种重要性还会得到进一步的加强。"[1] 这种“身份荣誉意识”就是一种职业道德。这段话完全适用于法律职业，如果没有法律职业伦理，那么法律家纯粹技术性的功能也会受到威胁，甚至更为可怕。因为法律家的职业技术是一种有意识地排斥道德与政治等诸种法外因素的所谓“人为理性”或“技术理性”，其中的道德的含量很低。更何况，律师与政府官员不同的是他们直接面向委托人收取费用，他们的法律知识与技术通过法律服务市场的交换关系，直接兑换成为货币，这又给许多业内外人士的担忧雪上加霜。这就使业内人士更关注职业伦理。所以我们完全有理由把是否存在法律家职业伦理[2]当作法律职业产生、存在与否的标志之一。[3]

强调法律职业伦理的特殊性，是出于法律职业专门化，克服中国法律职业大众化、行政化和政治化的倾向的必要。因为我们对法律人的“德才兼备”的要求总是强调他们的普通道德要求，如守法、廉洁、高效等，或者是把“德”理解为政治素质。另

---

〔1〕［德］韦伯：《学术与政治》，冯克利译，三联书店 1998 年版，第 68 页。

〔2〕通常认为法律“职业道德”的概念比法律“职业伦理”在内涵上要广泛。前者包括法律家的职业行为规范、道德品质以及调整法律工作中社会关系的道德规范。沈忠俊等：《司法道德新论》，法律出版社 1999 年版，第 18 页。因此，鉴于本文所论及的内容主要是法律职业伦理方面，所以仅限定在“法律职业伦理”的范围。

〔3〕美国学者 E. 格林伍德在其《职业的特征》一书中谈到职业的特征时对把职业道德的存在作为职业成立的条件，他说职业拥有道德法典，要求其所有成员遵守它，违反者将可能被开除出职业。转引自朱景文：《现代西方法社会学》，法律出版社 1994 年版，第 103 页。

外，法律职业除了要加强其职业技能专长即“业务”能力之外，还需要通过职业伦理来抑制其职业“技术理性”中的非道德性成分，使之控制在最低程度；需要通过职业伦理来保障其职业技术理性中的道义性成分发挥到最高程度。

三

“我们所知道的各种法律（也就是公开宣布并执行的规范）的历史在很大程度上就是各种法律工作日益专门化的历史。”[1]沿着社会分工发展的规律，法的发展是按照法律自治化方向进行的，它带来的一个结果则是法律活动的进一步的专业化，因而也就造就了专业化的法律家，进而也就出现了法律职业的专门逻辑，即法律家的“技术理性”（artificial reason）。进而，又导致法律职业伦理与大众伦理的分野。按照社会学家的观点，任何职业都拥有道德法典，要求其所有成员遵守它，违反者将可能被开除出职业。[2]伯尔曼在《法律与革命》中将法律职业伦理的传承作为法律职业共同体的一个重要特征。[3]我们甚至可以认为，法律职业伦理的形成是法律职业形成的一个重要标志，没有法律职业伦理的社会是不存在成熟的法律职业的。

职业自治的权力通常要求建立在法律职业的特别的知识和专

---

〔1〕［美］波斯纳：《法理学问题》，苏力译，中国政法大学出版社 1994 年版，第 7 页。

〔2〕美国学者 E. 格林伍德在其《职业的特征》一书中阐述的内容。转引自朱景文：《现代西方法社会学》，法律出版社 1994 年版，第 103 页。

〔3〕［美］伯尔曼：《法律与革命》，贺卫方等译，中国大百科全书出版社 1993 年版，第 9 页、第 43 页。

长是独特的，并且完全不同于其他形式的知识的观念之上，因而法律职业的特殊业务能够清楚地区别于其他职业的业务。[1] 另一方面，职业法律家的专业化不可避免带来令人忧虑的问题，这就是所谓“隔行如隔山”“职业病”等，历史上丑化讥讽律师的艺术家、文学家不在少数。职业法律家与大众之间势必存在一道专业屏障，话语难以沟通，甚至屡遭民间讥讽与戏谑。[2] 法律职业的“非道德性”就根源于法律家的专业化。法律家“技术理性”，使得许多人担心法律家远离民众，缺乏亲和力，变成“不食人间烟火”者，甚至有悖离人间情理、违反社会伦理之虞。[3]

---

〔1〕［英］罗杰·科特威尔：《法律社会学导论》，潘大松等译，华夏出版社 1989 年版，第 224 页。

〔2〕台北陈新民教授收集有百余则法律箴言、法律谑语。比如“律师就是一位受过特殊训练来规避法律的人”，“律师是不仅为正义服务的人，也是为不正义服务的人，”“法官不是对人生许多现象都很了解，除非这些现象被列入案件的证据中，”并且向他至少陈述三次后，他才会了解“我愿意给法官一个建议：在判决书里绝不要附理由，因为你的判决可能正确，但理由一定会弄错”，如此等等。足见我们这一行是如何被作为戏谑的对象的。陈新民：《公法学杂记》，中国政法大学出版社 2001 年版，第 357 页以下。

〔3〕可以说律师在这个世界上存在一天，人们对律师职业的担忧与批语也就会存在一天。我们曾在关于“法律程序的内在矛盾”一章中谈到许多法律谚语是讽刺法律职业的。另外还有许多法律谚语批评律师的，如“诉讼孕育了律师，律师滋长了诉讼”，“辩护律师不会成为好法官，因为他们习惯于为钱而工作”(16 世纪的法谚)。甚至有一位 17 世纪的名叫维勒加期（F. Q. Y Villegas）的欧洲作家大声疾呼说：“没有律师，就没有争讼；没有争讼，就没有代理人；没有代理人，就没有欺骗；没有欺骗，就没有犯罪；没有犯罪，就没有警察；没有警察，就没有监狱；没有监狱，就没有法官；没有法官，就没有偏袒；没有偏袒，就没有贿赂。看看律师酿造的这一串该死的蟊贼吧，他年轻轻的却假装有胡子，他们的权威仅仅来自他们的律师帽。”［英］威尔弗雷德·波雷斯特：《欧美早期的律师界》，傅再明等译，中国政法大学出版社 1992 年版，第 154 页。

“若司法官远离政治、经济、思想、文化等人生及社会，多彩多姿之内容，将成为所谓不食人间烟火的法律人。于审判时倍守概念法学之形式论理，固然在形式上已遵守依法审判之原则。但由于忽略法律制度，乃至法条之目的，仅着重在程序枝叶的事宜，其审判之结果，难保不违背法理念之正义，以及法的合目的性。此外，依法审判乃司法官的义务，司法官之学识与能力所能创造者，以不逾越实定法为限。”[1] 难怪有思想家说：“根据法律处理事务的地方，就丝毫不存在道义的影子。”[2] 在16世纪甚至有这样一句谚语：“辩护律师不会成为好法官，因为他们习惯于为钱而工作。”[3] 尽管这些个观点略显言过其实，但法律职业的“非道德”成分并非不存在。尽管笔者并不苟同个别西方学者把律师的职业化等同于律师的非道德性[4]的观点，但是法律职业伦理中的“非道德”成分或者说是与大众伦理相悖的事实是不可

---

〔1〕 雷万来：《文化教育司法官与司法官弹劾制度》，五南图书出版公司1993年版，第168页以下。

〔2〕 日本近代著名的启蒙思想家福泽谕吉语。他举例说，亲密无间的两人发生借贷关系，不分你我，贷者对借而不还也不抱怨。这是以道义为基础的。如果在字据上盖章并由上印花，或有保人甚至索取抵押品，这就超出道义的范围，双方只是根据法律办事而已。［日］福泽谕吉：《文明论概略》，北京编译社译，商务印书馆1959年版，第116页。但是法律与道德的关系总是无法三言两语说得清道得白。福泽氏经过一番分析后还是理性地承认法律“绝不是无情的，而是今日世界上最完善的东西”。

〔3〕 威尔弗雷德·波雷斯特：《欧美早期的律师界》，傅再明等译，中国政法大学出版社1992年版，第157页。

〔4〕 理查德·瓦塞斯特朗：《作为职业人士的律师：若干道德问题》，载《人权》1975年第1期。转引自［美］赫尔德等：《律师之道》，袁岳译，中国政法大学出版社1992年版，第31页。

否认的。

“非道德性”并不是指违背伦理道德，而是指与大众伦理道德存在隔阂或不完全相容；“非道德性”成分也并不是指法律职业的本质性要求，而是附图性、表象性的成分，绝不能把法律职业的非道德性成分等同于对法律职业的整体道德评价结论。那么，法律职业的“非道德性”产生的原因是什么？就逻辑上的一般关系而言，它与法律的特征——法律具有非道德性，有关联。川岛武宜曾论述过市民社会中法的非伦理性，他说市民社会中的法与伦理存在形式与质的严格区别，法只在法的世界，伦理只在伦理的世界，各自分别地存在。〔1〕他接着又分析了法的非伦理性的根源，认为不是别的而正是市民社会，特别是资本主义经济的产物。〔2〕

---

〔1〕川岛武宜说，法在原则上只限于规定冷静而有区别的形式性命令和利害调整，人不被要求基于伦理性的情怀去行使权利，履行义务。债权人不管债务人贫穷与否而有决定行使或不行使债权的自由。诚实信用原则也不提出如“爱你的邻人”“对贫困的债备考是减免你的债权”等积极的伦理要求。［日］川岛武宜：《现代化与法》，王志安等译，中国政法大学出版社 1994 年版，第 24 页以下。

〔2〕川岛武宜认为，资本主义经济是按经济规律来“自然地”运行的经济，在这里，法的理想是商品等价交换的保障，是存在于“一视同仁”的原理之中的；这种法的理想决定了法的作用是消极的，而不是积极的；因而，这种法的理想与作用成了法的非伦理性的条件。参见［日］川岛武宜：《现代化与法》，王志安等译，中国政法大学出版社 1994 年版，第 25 ~ 26 页。

（上）两位交谈的律师，Honoré Daumier 绘，约 1862 年

（左下）三个交谈的律师，杜米埃作于 1868 年。画家鄙视法国法律界那些寡廉鲜耻的司法人物。这幅画中三个交谈的律师已经穿好法衣，准备开庭审理案件。

（右下）Honore Daumier 绘，1862 年

“凤翔改改”案中的法理及伦理*

小雅阁里正好有马然的一个帖子，说了一个案例，我觉得是个很好的案件。正好我对这个案件作过一点评论，所以放到这里供参考。现转引马然的贴：

70年代，陕西凤翔一个名叫“改改”的智障农妇，为谋生计，摆起个摊子在路边卖水。因其方式独特：用二分硬币作衡，大的不要，小的不卖。此事张扬开来，一时“改改”成为“愚昧无知”的代名词，“凤翔改改”是一个地方性专用名词，意思是“愚蠢的人”，以至于“你这个人真改”都成为当地嘲讽人的流行用语。

90年代，一个名叫樊忠虎的壮年男子，为开财路，悟出“改改”的知名度所具有的商业价值，甚至不惜更改自己户口本上的名字，叫“樊改改”，办起了“改改”馒头店，生意红火。后来又申请注册一家公司名曰“凤翔改改……公司”。他到工商局注

* 本文原载浙江大学法学院《法理与判例网》（2002年）。

册时，工商局提出，樊用“改改”，一有损社会公共利益，二容易造成误解与欺骗。一气之下，樊改改将工商局告上了法庭。

倘若“改改”一词的含义的确在当地已成人们嘲笑、贬损人的代名词，那么，根据我的价值判断，我认为“凤翔改改”不应注册为企业名称，“改改”也不应当注册为商标。

从行政法治的严格要求来讲，工商部门也有一定的不足，比如，原行政决定机关县工商局《驳回通知书》中只对“凤翔改改”中的“改改”作否定，是不准确的。而事实上申请人申请的是“凤翔改改”的企业名称。宝鸡市工商局的复议决定书实际上已对原决定作了部分变更，但没有具体指出原决定的上述错误。宝鸡市工商局的复议决定书虽对原决定的部分错误作了变更，但也没有对否定注册的理由作全面说明。

一审法院错误地将县工商局作为被告，并作维持原行政决定的判决；二审法院正确适用法律，以被告资格不合规定为由裁定撤销原判，发回重审。第二轮的两级法院的裁定是合法的：一审法院裁定以被告资格不符合规定为由驳回原告起诉；二审法院以一审裁定中的同样理由驳回原告上诉，维持原裁定。

“改改”案程序上虽一波三折，但并不复杂。复杂的是本案的实体内容，说它是一个疑案并不为过。这不仅因为它要将模糊的法律原则适用于个案，而且这是一个由颇具地方色彩的民间俗语所引起的纠纷，更复杂的是，本案要求法官在判决中作价值判断。我相信这是一个实体上很难决断的案件，无论是否存在德沃金所谓的“唯一正确答案”，法官已在本案中接受了严峻的考验。

一、 本案事实认定中最权威的判断者是谁?

我们知道，适用法律的前提是事实认定，本案所涉及的关键事实是：“‘改改’一词是否具有骂人的、贬义的或其他不良含义。”如果这个事实不清楚，那么法官是无法决断的。问题是：“改改”一词是否具有骂人的或贬义的或其他不良含义，谁最具有权威判断力？是本案法官吗？

“改改”一词是颇具浓厚地方色彩的民间俗语。对这个词的理解，不用说笔者，连作为凤翔县土生土长的法官，也不应该自满地认为自己的理解就代表了民间百姓的认识。凤翔县及其周边的民众最能够深刻理解和领会“改改”的含义。法院在开庭审理该案时，应当对“改改”的词义进行民间调查，或邀请凤翔县及其周边的百姓代表，让他们出庭作证人也好，作人民陪审员也好，至少能够了解到对“改改”一词的权威解释。从本案一审、二审法院裁定书来看，似乎没有采取这样的事实认定办法。

我国古代法官尽管既没有“职业化”一说，也没有“人民满意”之理，但是，古代法官却有尊重民情与风俗的优良作风。比如在清代，如果案情涉及民间风俗，法官便从法庭的旁听人中选择数位老成持重者以“体问风俗”，这被作为把握习俗的一种途径，并将这些人的“证言”或“鉴定”（称为什么，很难界定）意见写入判辞。[1] 这也从另一侧面反映了古代法官的尊重民情习俗的平民性倾向。

---

〔1〕［日］滋贺秀三：《中国法文化考察》，载［日］滋贺秀三：《明清时期的民事审判与民间契约》，王亚新等编译，法律出版社 1998 年版，第58 页以下。

尽管职业主义要求法官职业化、法律活动专门化，但是职业化、专门化的审判活动中，并不排斥平民化的思考在某些案件中的必要性。英美国家的审判中有所谓陪审团程序，请没有法律知识背景的平民进入法庭，在一定的程序中专门进行事实部分的审理。甚至在英国还存在“平民法官”，让没有法官资格的人来审理简单、小额的民事案件。陪审团或平民法官的优点就在于一定程度上能够避免职业法官的不足，克服职业化所引起的弊端——职业思维与大众思维的严重隔离，它能够在职业逻辑与大众逻辑之间架起一座桥梁，舒缓职业逻辑与大众逻辑之间的紧张关系，从而效果上也减少因职业法官的判决而在事后引起民众强烈反感的情绪。

二、对判决理由的评论——法官要善于作价值判断

县法院合议庭从实体上对工商部门的决定作出了维持判决。在二审过程中，由于被告不符合法律规定（应当为复议机关），中级法院裁定书只从程序上否定了原告诉讼请求。所以，本案值得讨论的重点在于一审判决。现暂且假定第一轮第一审的被告资格是合乎法律规定的情况下（换成复议机关），我们来讨论一下该判决的理由。

凤翔县法院一审判原告败诉，其理由是：“‘改改’是凤翔县北部山区一名低能弱智的农村妇女，其卖水行为广泛流传社会，久而久之，‘改改’在当地已成为人们嘲笑、贬损人的代名词。原告将‘凤翔改改’作为企业名称可能对公众造成欺骗和误解，根据行政法规及规范性文件规定，在凤翔地区以‘凤翔改改’作为企业名称显属不当。”

该判决理由是有缺陷的。为什么只适用“可能对公众造成欺骗和误解”，而不适用“社会公共利益”这一条？县级、市级工商行政机关已适用了《企业名称登记管理规定》关于“损害社会公共利益”“可能对公众造成欺骗或误解”，因此不予注册，这是很准确的（当然，如果能够排除“欺骗”，适用“误解”并作说明更好）。我国《行政诉讼法》已规定法院可以参照行政规章，法院完全可以在无法律、法规规定的情况下参照规章。更何况，我国《民法通则》有“善良风俗”原则的规定。为什么法官对于法律原则的适用有这样的“理屈”心理？因为法官不敢于进行价值判断，法官承担的“风险”太大。这叫“该出手时不出手”。事实上法官在这个案件中就是要敢于并且善于为价值判断。这样一来，一审判决书只有对《行政诉讼法》的程序法条款引用（第54条第1款），其中的理由论证就缺少了一个重要的不可或缺的内容——实体法律依据的援引以及对该法律依据的分析。一审判决的理由部分显得软弱无力，原因就在于此。

本案原告申请“凤翔改改”作企业名称，事实上还违背了《民法通则》关于善良风俗原则的规定，也违背了《企业名称登记管理规定》关于社会公共利益的原则规定。正如一审判决书本身所言，“改改”在当地已成为人们嘲笑、贬损人的代名词。即使它的恶意程度并不那么严重，或者即使其贬义程度并不那么深刻，也不应得到国家行政机关的认可。因为我们不断走向文明的民众是厌恶这种低级趣味和不良文化的，即使民众目前还达不到这种修养和觉悟，我们的政府有义务代表公共社会来维护一种健康、文明、向上的社会风气和文化氛围。

更何况，工商机关否定了这个名称之后，并没有让当事人无路可走，汉语如此丰富，历史如此璀璨，现实如此精彩，难道就没有企业取名的好词了吗？非要选择带有嘲笑、贬损人的怪名称？“狗不理”“王麻子”“麻婆”的商标名称和企业名称都是有历史传统的，这种源自旧中国更生于新社会的名词，体现了商品与企业的一种历史风貌和文化传承。“孔乙己”“阿 Q”企业名称体现了一种文学内涵。而有的已注册的企业名称和商标名称则本来就是政府工作的一种失误和失职。

当然“公共利益”“善良风俗”等涉及法官个人的价值判断。正如我在这里谈“改改”有违社会利益、善良风俗，涉及我个人的价值观一样，法官在该案审判中也必然进行价值判断。只要法官能够谨慎地注意到以下三点，是完全可以对本案作出准确、合理的判断的。其一，涉及价值观的事实认定及法律适用均应当依据客观标准；这就是说，法官就不确定概念和模糊性条款进行价值判断时，须依据社会上可以认识的伦理、习惯、公平正义观，切忌依个人主观感情进行。“改改”或“凤翔改改”的含义是否构成损害社会公共利益，也应当根据当地社会的普遍可认识的伦理、习俗进行考量。其二，现代法律上设定的模糊性条款和含义不确定的概念，显然不是一个具体标准，更不是为同类案件制定一个“兜底条款”“万能条款”。“改改”或“凤翔改改”的含义是否构成损害社会公共利益，要求法官针对各具体案件的事实，依照法律精神、立法目的，斟酌社会情事和需要予以具体化，从而求得个案的实质公平和妥当性。其三，法官作价值判断并负充分说明理由之义务。普通法律条款的适用都是需要说明理由的，更何况模糊性条款和含义不确定的概念，更有必要充分地说明理由。法官对涉及价值判断的案件应当严格进行法律解释和法律推理。只有遵循严密的逻辑，方能使得判决有说服力。

三、什么是“社会公共利益”？

市场经济中的个体在行使合法权利的同时，往往把侵害社会公共利益的触角不知不觉地伸了出去。在体制转换的过程中，关于这个问题的观念冲突也就必然出现——政府说你损害公益，你说政府别太保守。

关键或前提是要明确“社会公共利益”的概念。笔者在此摘录拙文《论法律与社会利益》（载《中国法学》1995 年第 4 期）的一段文字：

社会公共利益是公众对社会文明状态的一种愿望和需要的反映，它包括：（1）公共秩序的和平与安全；（2）经济秩序的健康、安全及效率化；（3）社会资源与机会的合理保存与利用；（4）社会弱者利益（如市场竞争社会中的消费者利益、劳动者利益等）的保障；（5）公共道德观念、风俗与秩序的维护；（6）人类朝文明方向发展的动力条件（如公共教育、精神产品的尊重、卫生事业的发展）等方面。

有必要说明的是，社会公共利益在不同的社会关系领域或不同的法律部门，各有侧重，也各有其不同的表现。比如，在劳动法和消费者法方面，社会公共利益侧重于指社会弱者的利益；在环境法和资源法方面，社会公共利益的含义则侧重于社会资源的合理保存和利用；在刑法和治安法方面社会公共利益的含义则是以社会秩序的和平与安全为重点；那么在民商事行为的法律规制方面，则体现在对善良风俗、诚实信用的维护……

鉴于市场“效益最大化”准则的弊端，人们对市场行为损害社会公共利益的担忧以及加强保护社会公共利益的主张，都是必然的。中国市场经济的发展虽然还处于雏形阶段，但是根据中国市场经济建设的特点，伴随体制转换而来的一系列社会问题要求我们充分重视社会公共利益的保障问题。既要保障市场主体的权利与自由又要保障社会公共利益，这给国家权力的宏观调控提出了难题，因而中国法律所面临的任务是演绎一个现代政治经济学的大课题——如何使国家权力在个人利益和社会利益之间进行平衡。"在近代法律的全部发展过程中，法院、立法者和法学家们虽然很可能缺乏关于正在做的事情的明确理论，但是他们在一种明确的实际目的本能支配之下，都在从事于寻求对各种冲突的和重迭的利益的实际调整和协调方法，以及（在不可能作得更多时）进行实际的妥协"[1]。相对而言，现代法律已基本找到这种调整和协调方法的明确理论——社会公共利益政策，注重对社会公共利益的保护是现代法的一个重要倾向。在现代社会，具有模糊性的法律原则在案件中的适用是完全必要的。……

在法律实践中不重视社会公共利益或者说社会公共利益的意识不强，有许多事例。比如，商标注册和企业登记的环节中，对一些有悖社会公德或善良风俗的商标及企业名称、商号（如商品、商标、商号的"称王称霸"现象，甚至有的将青少年儿童用品也使用了"霸""王"或"霸王"的名称）不但不劝阻，而且还给予注册登记。

这是政府对公共道德观念、风俗与秩序失控的一种表现。如

---

〔1〕［美］罗斯科·庞德：《通过法律的社会控制》，沈宗灵译，商务印书馆1984年版，第59页。

果“改改”的含义在当地正是“嘲笑、贬损人的代名词”，那么在当地用它作企业名称是违背善良风俗的，也就可以说是对社会公共利益有损害的。

企业申请名称属于民商事权利行为，政府基于社会公共利益承担着对民商事行为进行规范和统制的责任。所以当地政府工商部门对该企业名称的合法性、正当性依法进行审查把关，是忠于职守、履行职责的表现，也是对社会公共利益负责的一种表现。当然我不会就此理由而简单地赞成“凤翔改改”不予登记的决定。

四、法律家长主义在当今中国执法中的伦理意义

有人和我辩论说，大家都不否认“改改”是个贬义词，可是人家樊忠虎自己爱这样骂自己，“损”自己，他还用来取代自己的原名呢！你政府管得着吗？——这是一个很有意义的话题。

我的一位本科毕业生写过一篇毕业论文，题为“人能够自愿为奴吗”？在他来问我之前当然已有答案——人不能自愿为奴。我也告诉他同样的回答。与此相类似的情形还有，人家要自杀，政府为什么让警察去劝说和挽救？当然这原本不是一个法律问题，而是个伦理问题。不久前，有学者在黄河岸边目睹一人在用鞭子抽打纤夫的背，顿生疑惑，上前一问，更觉怪异和压抑——原来是纤夫为了保持自己的拉纤耐力而花钱雇人抽自己。我们对这种情况只能表示不忍目睹而无以制止，因为从法律上讲这是无法可依的——人家自己愿意花钱雇人抽打自己。可是这种类似性质的事情，法律并不是不作干预的。例如，交通法规规定骑摩托车者必须戴安全钢盔，否则交通警察有权对他进行制止或给予处

罚。骑摩托车者可能会说，我的命是自己的，我万一出车祸也不关你警察的事，你管得着吗？那么法律为什么多管“闲事”要作这样的规定？这叫作法律家长主义。

有人可能会反驳说：政府连许多重要的事情都管不好，还来管这么小的鸡毛蒜皮的事情！这种观点是不符合法治内在逻辑的。因为在依法办事面前，是没有大事与小事之分的。更何况，从执法伦理上讲，我们应当对政府提出较高的道德要求。尽管人家自愿用贬义词为自己的企业命名，人家自愿挨鞭子抽，人家自愿为奴，尽管法律没有明文规定禁止，但是政府和法官应当负有这样的伦理意义上的义务，来劝说乃至制止这种“自愿挨骂”“自愿跳楼”“自愿挨打”或“自愿为奴”性质的行为。因为，在一个文明的社会里，个人的自虐行为并不是纯粹的绝对个人自由，他的行为如果引起周围的人不能忍受的话，政府就应当去管。即使一个人把自己的房屋外墙涂成令人难受的色彩，政府也应当有义务进行管理（至于政府以环境保护或其他为理由，是另一回事），因为他的行为已引起其他人的反感。

准确地把握好这种尺度，就是法治精神与人文精神结合的美妙境界。中国古代有人文关怀而无法治秩序，而当代中国如果图法治秩序而欠人文精神，同样是一种悲哀。

2002年6月30日凌晨1点于杭州

律师的社会角色与职业精神*

今年是中国律师制度 100 周年，所以今晚和大家谈谈律师的社会角色问题。律师业在中国的发展可谓长路漫漫。今天，律师日渐受到关注和追捧，但也常常受到讥讽甚至排斥，总体来看，其职业的社会角色没有得到充分和准确的认识。我们常常会被提问：好律师是好人吗？回答这个问题，涉及两个标准：职业主义标准和大众主义标准。如果用大众主义的角度审视，律师为犯罪嫌疑人辩护，时常被民众认为是替坏人说话，甚至是被告的帮凶。其实好律师是有职业主义标准的，而好人则只是大众的标准。

回答上述问题应该区分“行业”（trades）与“职业”（profession）两个概念。人类历史上最早的大学就是以培养律师和法官为目标的，1088 年在意大利出现了波伦尼亚法学院，后来在波伦尼亚出现了医学院和神学院，于是三个 College 构成了 University，出

* 本文由刘霄根据 2012 年 11 月 6 日星光论坛的讲座整理。

现了波伦尼亚大学，培养了一代又一代的律师、医师和牧师。可以认为职业就是从大学培养出来的。这些职业的成熟必须具备四个特点：一是知识与技能靠一门学问来支撑，二是职业门槛（如司法资格考试），三是自治性，四是职业的特殊伦理（比如律师知道委托人案外的罪行但不得揭发），这四方面不可或缺。Occupation通常分为两种，一是“所谓Trades，它不须多事训练，如工匠之类；至于医士、教师，则为Profession，须多量之修养，又其努力之对象，不为小已之利益，而为群之幸福……”[1]

法律职业有自身的评价标准，它基于一种“技术理性”而不是“自然理性”。后者是大众理性，来源于人的自然成长过程，所谓“吃一堑长一智”就是自然理性。因此评价标准不同不以，问题在于，我们在什么时候用什么标准？在议会立法中，需要更多地考虑大众理性，而在司法问题上，则更多地考虑技术理性。

这种技术理性促进了法律职业或法律家活动的自主性或自治性。一个手无寸铁的黑人小女孩为上学的平等权而起诉州政府，为什么能够胜诉？因为她背后有律师支持，而律师与法官都是法律共同体的成员，所以法律人以他们的高度自治性获得了诉讼的胜利。而我国现行的《律师法》没有把律师定位为职业，在第2条是以“执业”来取代“职业”；又如《律师法》第43条规定，“律师协会是社会团体法人，是律师的自律性组织”，而不用“自治性组织”概念。第46条规定律师协会的职责之一是“制定行业规范和惩戒规则”，而不是制定“职业规

〔1〕郑晓沧：《大学教育的两种理想》，原载《浙大日刊》1936年9月30日、10月1日第16～27期。

范”。不承认律师的“职业”定位和自治性特征，就造成诸多问题的被动。

从某种程度上说，律师的社会角色是冲突的。大家都忘记了一首《律师之歌》（作者胡乔木），其中形象地说明了冲突的特点——“你戴着荆棘的皇冠而来，你握着正义的宝剑而来，律师，神圣之门，又是地狱之门”。律师的角色冲突常常纠缠于人性和职业伦理之间，特别容易触及道德敏感神经。律师的局部职业特性包括：有偿服务、对抗竞争、中介代理、维权解纷、制约公权、建构制度。这些局部特点确实具有商业特征，接受有偿委托，最大限度地维护委托人的合法利益，它受商业伦理支持。但我们不能单方面而应当双方面地来看待律师职业特性。其中最重要的职业特性是“对价性—公义性”。不因迎合委托人而无视法律公正和法律精神，这就是公义性。

青年时期的郑晓沧先生

中国律师职业之弊端体现在执业制度不完备（《刑法》第306条第1款，律师成为伪证罪的主体）、出庭律师的用武之地受限制、“英雄律师”与“铜臭律师”并存（落差很大）、经济收入格局不平衡、区域分布不平衡、信任危机长期存在、律师自我感受压力大等方面。当代中国社会转型期社会矛盾突发，法律制度受制于社会环境，也扭曲了法律职业。一批律师内心具有英雄情结，我们当下社会和公民需要这样的律师。不是所有好律师都必须成为法律英雄，但所有好律师都应当是法律绅士。

如何成为法律绅士式的律师？我认为律师应当坚持这三方面的精神：第一，专业与独立，律师代表委托人，但有独立的职业立场。独立意味着冷静（正如医生），而不是参与甚至煽动群体事件。第二，正直与称职。正直（competence），像“法律教士”一样为公众服务，为法律专业服务，不畏权势，自身利益则摆在最后。称职，不仅指专业技能、职业伦理，还包括道德资格。第三，诚信与勤勉，这是由律师职业的对价性和信托性决定的。诚信，指律师应当在法律允许范围内，对委托人讲诚信，忠诚不二，不受任何因素影响。勤勉，指对工作对业务的钻研精神，有热情，积极主动地发现问题、解决问题。

这些精神构成了律师职业精神的要义。具备这样的职业精神的律师，才是真正意义的好律师，因此也必然是好人。中国当下大学法律教育还没有重视职业意识和职业伦理教育，因此，律师的职业意识和职业伦理意识都比较弱，当律师受到讥讽和排斥的时候，便没有了驳词。

今天中国的法治推动力，已不是单方面的，除了执政党和政府的自上而下的官方主导力之外，还有来自基层百姓的民间原动力，更值得我们关注的是以律师法官检察官为代表的法律职业共同体的专业建构力。律师应当成为这个时代法治的主体力量，事实也告诉我们中国已经出现这样的律师，他们在法治建构中成为法治秩序的建构者。

律师的什么主义？*

人世上可能再没有什么职业比律师更充满矛盾的了。这尤其表现在律师的职业责任方面的多重冲突。律师第一要面对委托人，承担市场意义上的法律义务；第二要面对国法，承担国家意义上的法律义务；第三要面对职业共同体，还要承担职业意义上的法律义务。在中外律师发展历史上，这三方面都曾分别被作为诠释律师职业性质的关键词。李学尧博士曾对律师的职业定位及理论基础做了研究，他分析了存在于各国的职业实践及理论之后，将律师职业定位的理论归纳为三种类型，一是国家主义，二是职业主义，三是商业主义。

考察中外律师史，这三种定位的一些特点也是意味深长的。国家主义的律师职业定位大致扮演过或被解释为这样的形象：（1）国家法律工作者；有时还成为（2）政府的代表，所谓“官方律师”；甚至（3）阶级统治的刀把子。它具体表现为：法律服

---

* 原载《律师文摘》2005 年第 6 期卷首语。

务产品由国家统一分配；律师事务所国营化；律师原则上是自治的，特殊情况下与国家或政府的意志存在特殊关系。

作为律师当然最希望的是三方面都兼得，“商业主义”的对价道德、“职业主义”的技术垄断、“国家主义”的权贵地位，这样一来金钱、技术与权力三种最有诱惑力的财富都集于一身了。当然随着体制改革社会变迁，律师的国家公职身份被否定了，可是律师少了一份官方公职地位却还有两项财富可能被他拥有着呢！

商业主义的律师职业定位大致扮演或被解释为这样的形象：（1）商人；（2）中介经纪人；（3）第三产业。持这种观点的律师数不胜数，其内在原理是：法律服务产品由市场决定价格、供需；律师业在特权和地位方面与其他服务性行业没有本质的区别；遵循等价交换的商业伦理，而无须承担社会责任。这样的原理支配下当然会出现唯利是图的律师。

那么，职业主义的律师职业定位看来是最合乎人们先验的法治理想的。这种律师职业定位大致被解释为这样的形象：（1）法庭的官员；（2）正义的维护者；（3）公共利益的代表；（4）公共阶层；（5）作为法官的律师；（6）法律技术员；（7）职业枪手。它遵循的规则是：（1）由一批获得执业资格的人垄断法律服务市场；（2）律师既独立于国家，也独立于当事人，对公众利益和普遍正义负有特定的责任；（3）遵循的是一种英雄式的伦理；或者（4）律师独立于国家，但对当事人负有积极辩护的义务，即在法律的范围内应当事人要求做任何事情；甚至（5）遵循的是一种对公众无责任的技术性伦理。可是这样的定位也会带来诸多问题，比如律师职业技术性带来的异化，使律师的职业满意度不断下降，比如容易被某些强势利益主体为实现自身的利益所利用，再如，它还会引发职业伦理与大众道德的频繁冲突。

因此这三种职业定位无论单独抑或结合，都不是最理想的，所以说律师职业是个矛盾体，是充满冲突的。中国律师一方面缺乏真正“职业主义”传统；另一方面简单对价的“商业主义”又自发地到来，这就是雪上加霜，律师群体在未塑造其职业荣誉感之前即已沦落或被认为已经沦落了。

既然这样，不如结合中国道德文化传统，采纳西方律师制度的出庭律师、诉状律师这样的划分（英美法系作这样的划分，是否具有某种明智选择的鲜为人知的背景?），加上某些国家已有的官方（政府）律师这样的制度，我们可否对我国现有的律师进行分解？即在我国区分三种执业范围的律师，即法庭律师（以技术主义为原理的）、诉状律师（以商业主义为原理的）和政府律师（以国家主义为原理的）。这样是否能够解决律师职业角色的人格分裂和冲突？也便于梳理职业责任关系并建立职业内部的伦理规则?

法律伦理的特殊性*

有学者认为，懂法律的人做坏事，比不懂法律的人做坏事更具有危害力。确实，如果没有法律伦理，法律的纯粹技术性功能可能会产生负面效应。这是因为，法律的程序技术是可以在隔离道德等法外因素的前提下操作的。正因如此，法律业内业外的人士都认为，法律伦理十分重要。但是，人们谈论法律伦理的角度与出发点却是不同的。从业外大众的角度来说，强调法律伦理是希望法律业内人士在职业道德规范的约束下廉洁奉公，即强调它的约束功能；从法律业内人士的角度来说，强调法律伦理是期待社会大众能够理解他们职业伦理的特殊性，即强调职业特点。

事实上，法律业内人士所遵循的伦理与大众所崇尚的伦理是有一定区别的。比如，在刑事案件中，律师替一个他明知有罪的人辩护是完全妥当的，而且还可以收取费用，完全不必为此受到良心的谴责。相反，如果这位律师因知其有罪而拒绝辩护，则可

---

* 原载《人民日报》2007 年 7 月 13 日理论版。

以在一定程度上说他在内心里“私设公堂”。另外，法官为民解决纠纷，不像行政官员那样“免费”服务，而是要收取诉讼费；法官在审理案件时，不得对当事人抱有同情心；法官在法庭上对于实施过暴行的犯罪嫌疑人不得嫉恶如仇、拍案而起，而应当保持中立态度，进行无罪推定；等等。可见，法律职业者不可能像大众那样去思考伦理冲突，也不能完全用大众的道德标准来检验自己的职业行为。

之所以出现这样的情况，是因为法律伦理来源于法律职业的专门逻辑，这种专门逻辑有别于大众生活逻辑。法的发展是按照法律活动专业化和自治化方向进行的，它所带来的结果是造就了法律职业的专门逻辑。法律职业专门逻辑包括两部分：一是法律人的“技术理性”，即法律人特有的语言知识体系和技能思维方法；二是法律伦理中的程序伦理。法律职业特殊的道德要求主要表现在法律程序中，所以我们称为“法律人在程序内的伦理”，亦可简称为“程序伦理”。

无论律师或者法官，其职业伦理都具体化为法律业内人士的职业道德规范，为法律规范所吸纳，并受一定的限制。比如，律师可以为其明知有罪者辩护，但又受“依法维护委托人的合法权益”“特定情况下允许拒绝辩护”等规范的限制。再如，法官凭借其审判技术对事实与法律进行推理和判断时，也要受到“认真听取双方意见”“判决必须说明理由”这样的规范约束。在许多情况下，法官判案并不只是凭法律条文、程序或原理，还要凭良心，足见法律伦理与法律技术规范都是非常重要的。

法律业内人士的专业技术与职业伦理，换个角度看，也就是“才”与“德”的关系，两者对于法律业内人士无疑都是不可或缺的。当然，法律职业道德素养的培育不是一朝一夕的事，它是伴随着法律教育的过程而进行的。真正的法治符合道德、倡导道德。这种倡导不是通过以道德代替法律，而是把道德的力量附于法律业内人士的身上，让他们成为“德才兼备”之人。

成也青天，败也青天*

在过去，包青天曾经是一个人；在今天，“包青天”更多地象征着一种腐朽的法律体系与理想的政治道德的结合体。

“包青天”是个复杂的社会现象，它代表着民间百姓对政治道德与法律制度的看法、态度、心理与观念。民众看透了一些官员的腐败，对一些法律的滞后无可奈何，因此自然会怀念起包青天。当然也有人说，法治社会仍然需要包青天。不错，任何时候，不管法治发达到什么地步，人类社会总是离不开优秀政治家、公务员和司法官员身上的道德素养。但是政治道德与法律制度毕竟不是一回事，不能混为一谈，更不能在功能上互相替代。

从政治道德意义上讲，“包青天”代表国家、政府、官员的为政道德。的确，自古以来，包青天式的清官并不缺乏值得称颂的道德优越性，比如铁面无私、疾恶如仇、执法如山。而且清官为民服务所采取的手段和方式也非常能够满足百姓对英雄人物的

---

* 原载《北京日报》（责任编辑：字秀春）2006年4月10日。

道德上的诉求：比如微服私访、挺身直谏、扫奸除恶，其传奇式的办案方式、程序与判决，令老百姓叫绝。不可否认，包青天式的道德优点在今天仍然是有效果的。

从制度状态上看，“包青天”是指包拯这样的清官所生存的那种法律体系和制度空间，它是一种“无法治”状态。其表现形式是：规则的来源是个人意志而不是一套制度机器，规则的内容可能是对人民保密的；规则内容、规则效力、规则可预测性都是高度不确定的，都可能因一个人的因素而改变；规则的执行者因此成了关键因素，并完全都可能是因人而异的，而掌握权力的个人可以决定规则效力的存与废；规则的执行者有多重级别并最终受制于最高级的某个个人；尽管这种法律体系中也可能以实体正义为目标，可是正是实体正义这美妙诱人的目标暗中阻碍规则至上原则的实行与正当程序精神的确立，正是这迷惑人的实体正义，使我们的清官们在不知不觉地抛弃普遍正义的同时，还不知不觉中放弃甚至排斥法治。

“包青天”如果在今天被恢复或继承和接受下来，那么我们是在以下两个意义上作了继承：一是作为清廉的政治道德的“包青天”，一是作为“无法治”的制度状态的“包青天”。你想享受“包青天”们带来的人治的好处，就必然同时去承受与之而来的那种“无法治”的社会状态，甚至它是直接危害到你自己的自由与生命。

所以我们可以说，成也包青天，败也包青天！其实在法治社会，我们需要的是以包拯为代表的一类政治道德榜样，我们需要包青天身上的道德品质，我们需要他这种铁面无私、爱民如子、疾恶如仇、执法如山的为政道德。但在法律和制度意义上讲，我们不需要寄希望于包青天这样的个人，我们除了要通过规则的治理和通过程序的治理之外，还要通过法律职业共同体的治理。法律人之治，不是人治，而是法治！

在过去，包青天曾经是一个人；在今天，“包青天”更多地象征着一种理想的政治道德与腐朽的法律体系的结合体。

配图：丁聪

法官是怎样思考的*

记：孙老师，你曾谈过法官大脑内部的活动与众不同，法官具有独特的职业思维，能否具体来谈谈？

孙：的确，严格意义上的法官与普通人在很多方面有区别，比如法官的权力职责、行为举止、礼仪服饰等，这些区别当中最重要的，也是最容易被忽略的，莫过于大脑活动的差别。职业思维各具特色，我们知道医生在自己的诊所见到一位客人进来，他可能会假设这个客人是有病的。因为这样的思维定式对就诊的人而言不仅没有害处，而且还有利于医生保持高度认真的态度对其进行严格检查。可是一个刑事法官在法庭上见到一位刑事被告人（或被指控的犯罪嫌疑人），法官绝不能像医生那样，因为那么样的思维假设不仅有害于被告人的人权，也不利于法官保持中立、公正地进行判断。法官应当假设被告人无罪。甚至一个民事法官在见到一位民事被告人时应当假设他无民事过错、无责任，这样

---

* 《孙笑侠教授关于法官思维特征的访谈》，载《人民法院报》2002 年 4 月 15 日。

才能保证不先入为主。这就是说，法官的职业思维有独特之处。

法官的思维是职业思维，是根据职业的专门逻辑进行的，它不同于大众的生活逻辑。所以英国一位与海瑞同时代的著名法官柯克曾经说过，法官具有的是“技术理性”（artificial reason），而普通人具有的是“自然理性”（natural reason）。这种独特的思维是经过长期的专业训练养成的。

我把法官的思维特征概括为以下六个方面：第一，运用术语进行观察、思考和判断；第二，法官只在程序中思考，严守程序逻辑；第三，法官的思考遵循“向过去看”的习惯，表现得较为稳妥；第四，注重缜密的逻辑，谨慎地对待情感、情理等因素；第五，只追求程序中的“真”，不同于科学中的求“真”；第六，判断结论总是非此即彼，不同于政治思维的“权衡”特点。

这六个方面对于法官来说是职业素养之一，也是本行的基本功。对于行外人士而言，了解法官思维特点，给予法官工作更多的理解，减少对司法的干预、指责和误解，也很重要。

记：法官用大众语言不是更贴近人民群众吗？

孙：法官这个角色不像政府行政官，它并没有贴近民众的必要。相反，法官是专业官吏，是职业化的人员，他们应当与民众相对隔离才对。这种隔离也包括专业语言形成的“专业槽”。否则花那么多本钱让法学院来培养法律职业人员干吗？让想当法官的人到居委会或村委会深入生活以后再自学法律，岂不是大大降低人才培养成本吗？

记：法官以法律术语进行思维有什么的意义？

孙：法律是一种专门的技艺，法言法语是这个专门技艺中的最基本的要素，是法官区别于其他人的“基本功”。法言法语具有三个功能，一是交流功能，二是转化功能，三是阻隔功能。当我们在一个律师事务所见到一位当事人向律师述说案情时，他花了2个小时仍然令接待律师“丈二和尚摸不着头脑”，相反，一位律师将案情向法官陈述时，只需要几分钟的时间就使律师与法官交流双方都抓住了要害。这说明使用法言法语进行交流，能够促进交流与沟通，能够使争论点快速凸显。

所有的社会问题，不论它们来自民间还是官方、不论具体还是抽象、不论是春秋大义还是鸡毛蒜皮，一概可以运用法言法语转化为法律问题进行分析判断。比如，“110报警台接到懒汉请求帮助买早餐”事件，大众与媒介众说纷纭、不一而终。民警对该不该为懒汉送早餐的问题也有不同看法，但都不具有说服力。这是一个普通的社会问题，似乎与法律问题无关，但是，如果要解决这个问题，通过法律语言转化，则问题就很清楚，它是可以解决的。我们把它“翻译”成法律语言就是——110报警台是国家机关的派出机构；一切国家机关或机构在成立之日起均必须有明确的职权与职责，所谓“无法律授予权则无行政权力”，即使你国家机关做好事的权力，也必须是有法律授权的。而110报警台在成立之时因“为人民服务”的政治热情冲淡了依法行政的法治观念，以“有求必应”“有难必帮”“有险必救”等“四必”口号代替了法律对职权职责的界限划定。至此，问题的关键就很清楚了，要解决问题，也就有了突破口。这就是法律语言的转化功能。

不仅是普通社会问题，甚至连不容易或不应当转化的政治问题，也完全可能地被转化为法律问题而提交法院解决。两个政治家为了统计选举票数发生争议，居然不是采用非常规的政治手段开展斗争，而是采取法庭程序让法官来判断。托克维尔曾敏锐地指出，在美国几乎所有重大的政治问题都被转化为法律问题而交由法院审理。

法律语言还起到阻隔非专业的思考，排斥法律外因素的干扰。法律的发展日益与道德和政治因素相疏离，这主要是由于专业化程度的提高，而法律活动的专业化又取决于一种专门的技术知识的形成。所以我们说法律与法律活动就会较少受到社会 生活的波动而激烈变化，而受法律团体内的话语实践的制约；即使有变化，法律现有的知识传统和实践传承也会使法律和法律活动保持相当大的连续性。大众话语带有情绪化、泛道德化和大众化的倾向，而职业话语式的法律解释则显露了理性化、形式化、职业化的倾向。前者不仅以政治、经济、道德或习惯等领域中的价值理念为基点，而且其语汇如“民意”“需求”“情理”等，也是普遍取自这些领域。比如过去刑事案件判决书中常常有“不杀不足以平民愤”就是一例。后者虽然最终是以政治、经济、道德或习惯等领域中的价值取向为圭臬，但它总要以法律内在的逻辑与语汇的使用为标志。显然它可以阻隔大众话语的介入。

不懂得运用法律术语就不配为法官。虽然我们不必强求今天中国所有的法官都像大陆法系的法官那样在法学院开始训练“原理性思维”（尽管这样的要求是合理的），但是，至少，法官应当学会用法律术语进行观察、思考、表达和判断。今天中国的法官与律师当中，仍然存在不习惯于运用法律术语“讲话”，可能还存在不屑于这样做——在社会中混摸滚爬多年后“俗”惯了的情形，或者是羞于这样做——因为某些人并不以职业专门化为荣的多种情形。

记：你说法官只在程序中思考，难道法官在下班回家路上就不思考了吗？

孙：通过程序进行思考，是指程序在思维中占据优先地位，法官以程序为依托进行思考。比如说，足球“黑哨”事件争论期间所有关注此问题的人都在思考一个实体问题——足球裁判员究竟是否构成犯罪，或构成什么罪。而以法官为代表的法律人应当怎样思考呢？他们应当考虑一个程序问题——这个令人发指的“黑哨”事件有没有法律程序可以将其纳入正规调查，那么谁应当负责启动法律调查程序的按钮？某些行政官说：“我们认为有必要让司法介入的时候一定会让司法介入的。”这种话似乎暗示着国家司法大权掌握在他们少数人手中。去年底有关媒体让我谈看法，我说应当由检察机关来启动调查程序的按钮。因为检察机关作为司法机关可以主动进行调查，这一点不同于法院。事实上，最高人民检察院已于4月12日发布决定将“黑哨”纳入检察调查程序（至于该法律解释把“黑哨”定性为商业受贿罪，是否有未经正当程序调查而提前作出认定的先入为主之嫌，则另当别论）。这就是我们所谓通过程序进行思考的特点。

法官通过程序进行思考，还指法官在法律意义上的有效思考只能通过程序。因为正当法律程序中存在“对立面”设置和“作茧自缚”程序自治效应。两造竞争、封闭思考就是为了排斥任意性，排斥非法律因素的干扰，促进理性选择，形成法官稳妥的结论。因此法律思维的重要特点就是法官习惯于在两造对簿公堂的状态下听取不同意见，取得“兼听则明”的效果。而这种“兼听则明”的效果是指从对立的意见当中找到最佳解决方案，通过程序中的解释与论证使之成为具有规范效力的共识或决定，这种效果并非任何人都可以领会的中庸之道，也不是无原则的妥协而形成的所谓“平衡”。

记：我们的时代是改革的时代，我们的时代伟人告诉我们要“面向未来”，如果法官像你所说的那样向“过去看”，求稳妥，不是太保守了吗？

孙：法官对待法律问题也好，对待社会问题也好，其态度是保守的。我们不能强求法官像行政官或改革家那样预测未来、设计未来，过于激进地思考问题。这是因为：一切规则都是昨天制定的，一切案件都是昨天发生的。我们从来没有见过明天制定的法律和明天发生的案件。

为了阐明法官的保守性，许多思想家甚至把法官看作法律借以说话的嘴巴。许多著名思想家都曾有过类似的观点。西塞罗的《论法律》第 3 章第 122 节：“官员只是说话的法律。”科克爵士在卡尔文案件中说：“法官是说话的法律”。18 世纪有句法律格言说：“国王只不过是执行中的法律。”孟德斯鸠在《论法的精神》中认为：“国家法官只不过是讲法律的嘴，仅是被动物，没有能力削弱法的强制性和严格。”在美国，大法官马歇尔重述了这番话，他把法官说成“只是法律的代言人”，不能随意行事。判例制国家遵循先例的原则被当作尊敬前辈、传承经验的最好方式。有句格言说，“老路是安全的路”（拉丁文为 *Via antiqua via est tuta*，英文为 The old way is the safe way），就是指这个意思。法官的保守性格与法律家遵循既定规则的“教义式”的职业思维特点有关，因而它恰恰与法律内在的品质——稳定性有着天然的联系。法官的这种保守或稳妥有时还表现为遵循业已形成的传统价值，因而，其思维总是向过去看，不求激进，甚至还表现为比较保守。

的确，在我们国家存在要求法官面向未来、具有改革精神的倾向。80 年代后期至 90 年代初，要求法官“积极地为市场经济保驾护航”，有的涉及改革案件的案件，要求法官“冲破法律禁区”。有的地方领导对法官的微词是“本本主义”“教条主义”“机械主义”。这就涉及一个问题——如果认识法官思维与政治、经济、社会的发展步伐不合拍？在法治国家，人们基本上都不指望法官成为革命家，或激进的改革者。有人分析说，这与法官在任命之前的长期的律师经历有关，到了他们成为中年或老年的时候担任法官，这种工作经验把他们塑造成了一个墨守成规的行业。这对于一个要健步发展的民族来说，是一种必要的调节器和安全阀。其实法官就应当坚持这种法律教条主义、法律本本主义。行政官或政治家应当给法官一定的自治性，包括给他们思维的自由空间，这就叫作司法独立。

记：你曾经谈到有一位女法官在审理老年夫妇离婚案件时遇到一个难题，如果严格依法判决，房屋只能判归男方所有，而女方只能流落街头无家可归。女法官脑海里想起自己是优秀党员、“三八红旗手”，于是决意将房屋一分为二判给两方当事人。这里涉及合理不合法的问题，这类情形是比较多见的。

孙：是的。我们不必纠缠于这一个案之中，它或许是一个有良好社会效果的判例。但是，我们应当批评这种思维方式。这种思维方式从东汉引经入狱以来，已绵延传承了几千年，至今现代中国法官仍然这样思考，那么还有什么法治目标可言呢？许多行外人士，包括地方领导，甚至法官本人，都会以目的合情、结果合理作为曲法裁判、违法裁判的挡箭牌。殊不知这个可爱又可恨的“情”字与“理”字，就是它阻碍了中国法治达千年之久。

记：那么，法官究竟应该怎样处理情理与逻辑、合理与合法的关系？

孙：法官应当谨慎地对待情感、情理等因素，原则上讲法官应当在注重缜密的法律逻辑的前提下，再考虑情理与情感。通常来讲，强调法官坚持三段论推理的逻辑主要是基于这样的必要：对法律决定的结论要求合乎理性地推出，应当对决定理由进行说明和论证，从而使当事者和全社会看到这个结论是出自理性的，即具有了说服力。法律推论不可能得出“放之四海而皆准”的必然结论。因此，法律决定的妥当与否取决于当事人各方及其代理人自由地进行对抗性议论的程度。

我国有两句相互矛盾的俗话叫“法本原情”和“法不容情”，它们显然是法与“情”之间复杂关系的写照。这里的“情”至少有三层意思，一是指情感，它是与逻辑相对的概念；二是指道德意义上的“情理”，日本学者滋贺秀三将它作“常识性的正义衡平感觉”解；三是指与法律相对应的“事实”，接近于“情节”一词。法律与道德在中国的过于密切的结合，才出现法律的非形式化、非自治化，进而导致法律事业落后。

虽然法律思维并不绝对排斥情感因素，但它与道德思维、宗教思维的情感倾向有着严格的界限。道德思维是一种以善恶评价为中心的思维活动，而法律判断是以事实与规则认定为中心的思维活动。因此法律思维首先是服从规则而不是首先听从情感。法律家也拥有情感并捍卫情感，但是都需要在法律规则的范围内，在法律术语的承载下来谨慎地斟酌涉及情感的问题。事实上西方法律家的技术理性中并非完全排斥情感因素，鲍西亚在威尼斯的法律规则之中运用严格的逻辑推理说服夏洛克（在多数人在情感上都会憎恨他并希望他败诉）放弃诉讼请求，兼顾了逻辑与情感。但是如果让包拯或海瑞或前面那位女法官来审理此案，他们或许只考虑这样的道德家式的推论：安东尼奥是君子，夏洛克是小人；情理决不容忍小人得逞；所以，“应当”判君子安东尼奥胜诉。尽管结果相同，然而案件解决过程中几乎没有法律的影子。所以我们要批评这种传统中国道德家式的法官思维。

法律家的专业逻辑与大众的生活逻辑之不同，还在于思维中的情感因素的分量。之所以需要程序，就是为了克服管理与决定的人情化。在中国法院向媒 体公开庭审全过程这一好现象的背后，可能隐藏着另一个问题，这就是：如何确保对话性论证的环境不被情绪化、防止舆论压力左右法官的推理和心证。

记：如果法官只局限于程序中的“真”，不追求事实上的“真”，会不会有不求穷尽之嫌，以致造成事实不清、办成错案的可能？

孙：法官坐堂问案探求事实真相不同于科学家探索真理，因为科学家探索真理不受程序时间与空间的限制，他可以用无限的时间，他去世后有他的学生继续探索，他学生去世后，由他学生的学生继承实验，他可以在实验室，也可到太空中。法律意义上的真实或真相其实只是程序意义上和程序范围内的。我们所谓“以事实为根据，以法律为准绳”原则中的“事实”并不是现实中的真实和真相，而是经过程序重构的事实。吉尔兹说：“它们是根据证据法规则、法庭规则、判例汇编传统、辩护技巧、法官雄辩能力以及法律教育成规等诸如此类的事物而构设出来的，总之是社会的产物。”职业逻辑与大众逻辑的矛盾最典型地反映在对程序内外的“真”的理解上。

在生活中，大众总是希望看清真相，这与科学家探索真理是相同的。因此行外人士就会指责法官说怎么搞的，这样的小案件连事实都搞不清楚？还办错案子。其实行外人士对法官不理解，因为法官不可能像科学家或侦探那样去主动取证，去搞清案情真相。法官的主要任务是对程序内的证据进行审查判断。

记：法官的判断结论为什么总是非此即彼，法官多一点政治家思维的“权衡”特点不好吗？

孙：有个寓言式的笑话，说两个老太太为一只母鸡的所有权而诉诸法院。审判该案的法官考虑到两个老太太为一只母鸡纠缠了这么久，费了那么多心血，觉得太可怜。于是在一次上班途经菜场时灵机一动，买了一只母鸡送给了原告，最后了结了这个案件。这里值得思考的是：法官的职责是什么？仅仅是平息纠纷吗？如果是，那么有一个政府就可以应付，还需要法院、法庭和法官干吗？法院、法庭和法官应当是对是与非、对与错、曲与直进行判断，这是法官的重要职责，也是区别于行政官的重要特征。没有这样的判断之前，就进行行政官式的或称“和事佬式”的解纷，等于法官在偷工减料，或者说是偷懒。

想到这里，我们有必要对中国调解制度作一点评论。调解固然有良好的效果，但是调解应当建立在事实判断的基础上，未经事实判断，基本事实不清的情况下追求当事人的调解协议的达成，的确有违法官工作性质。圣经中有个故事，说两个妇女均自称该婴儿为自己所生而诉致所罗门王，所罗门王假装欲将孩子劈成两半让她们各取一半。结果真实的母亲急忙放弃要求，以成全婴儿的性命，真假母亲遂明。所罗门王只能将孩子判给一方，而不可能模棱两可地搞权衡。如果让我们中国的某些法官来审理，则可能出现“每人抚养半个月”的判决。

波斯纳曾说过，法官的判决总是会伤害一方而有利于另一方，医生一般不会以牺牲他人来帮助另一人。因此程序中或多或少的对抗性就要求法官搞“一刀切”。诉讼的性质要求一方胜诉，另一方败诉，权利义务对半承担的说法在社会上十分自然，但在法庭上却是纯粹荒谬的理论。因此它“有时还使得公平也似乎受法律游戏规则的摆布”。这是因为法律必须对许多不允许妥协的问题作出决定。

英国法学家韦德对此曾有过名言：司法判决是依法作出的，行政决定是依政策作出的。法院尽力从法律规则和原则中找出正确的答案。行政官根据公共利益找出最有利、最理想的答案。……法官与行政官的思维方式是完全不同的，法官的方法是客观的，遵守着他的法律观念；行政官的方法是经验式的，是权宜之计。

在许多场合，妥协是可能的，但是损失也是严重的——这就是使法律规定所具有的确定性毁于一旦。法律无法以一种完美无缺的公平方法来适用于一切情况。因此法官的结论应当是非此即彼、黑白分明的。

60 年前《宪政》月刊的人与事*

60 年前有一本专门倡导宪政运动、传播宪政观念的刊物，叫《宪政》（月刊）。它创刊于 1944 年（中华民国三十三年）元旦，终止年月不详。发行人为黄炎培先生，[1] 主编张志让先生。[2]

1943 年蒋介石自召开国民党十一中全会后提出宪政民治的口号，黄炎培、张志让等创刊发起人，认为有必要从文化思想上尽力促进宪政，所以 1943 年 11 月 29 日在重庆打铜街原交通银行二楼召开发起人会议，商谈创刊办法。与会者基本上是发起人，包括钱新之、[3] 黄炎培、张志让、杜月笙、戴修瓒、康心如、吴羹

---

* 原载华东政法大学《法学》（月刊）2008 年第 1 期。有删节。

〔1〕 黄炎培（1878—1965 年）江苏川沙县人。

〔2〕 张志让（1893—1978 年）江苏常州人。

〔3〕 钱新之（1885—1958 年）原籍浙江吴兴，生于上海。早年留学日本。1917 年与蔡元培等人发起组织中华职业教育社，继任交通银行经理，后任国民政府财政次长、全国实业银行常务董事等职。1929 年辞官经商，任中兴煤矿公司总经理、中兴轮船公司董事长。长期担任复旦大学董事，1936 年任代理校长。抗战时期任国民参议员、交通银行董事长。1948 与杜月笙筹建复兴航业公司，任董事长。南京解放后赴香港，将复兴航业公司迁至台湾地区。

梅、陆鸿仪、陈时、卢作孚、杨卫玉、向乃祺等 26 人（出席会议的有 23 位发起人）。[1] 会议公推黄炎培任发行人（相当于今天的杂志社社长），张志让任总编辑，又称主编。出版机构采用出版社还是出版公司，则公推钱新之、黄炎培、张志让三人商讨决定。后来决定采取股份有限公司形式，命名为“宪政出版股份有限公司”。公司成立前夕由钱新之、杜月笙[2]、吴羹梅（上海中国标准铅笔厂总经理）、黄炎培、张志让五位先生具函通知各发起人认购股款并全数缴付银行。此后便成立公司。[3]

编辑委员依笔画繁简为序排列有：戴修瓒、褚辅成、杨卫玉、黄炎培、傅斯年、吴羹梅、章友江、章行严、陆鸿仪、陈北鸥、祝世康、江问渔、向乃祺、王芸生。发行所为“重庆张家花园五十六号国讯书店”。定价标明为“本号每册十元”。在定价后面还注明“定阅”问题，曰：“因物价时有变动，只受活期定阅。定阅费分六十元及一百二十元两种，按期照售价扣算，免收邮费，挂号快信照加。”

创刊号第一篇文章是《宪政月刊志趣书》，相当于今天常用的“发刊词”。因文字简短，故全文照列如下：

---

〔1〕 刊物的发起人在后来又有所增加，比如王云五、章乃器、胡西园等，至 1945 年月刊的发起人增加到 37 人。

〔2〕 杜月笙，上海人，原名月生，后改名镛。以贩卖鸦片起家，后加入黄金荣的青帮组织，为上海法租界青帮头子之一。后任上海地方协会会长、中汇银行董事长、法租界公董局华董和国民党政府行政院参议。抗日战争胜利后，任国民党上海市参议会副议长。1949 年逃往香港。

〔3〕 发起经过仅凭《宪政月刊》第二期封二所刊《本刊发起经过》，虽无其他资料佐证，但可视为第一手资料，可以信任。

同人感于我贤明领袖热忱闳愿，倡导宪政之实施，决定于抗战结束后一年内，召开国民大会，制颁宪法，先就国防最高委员会，成立宪政实施协进会，自民纪三十三年元旦，开始发动全国人民研讨宪法草案，并授协进会以重大使命，力谋沟通政府与民间关于宪法问题暨其他有关政治问题之意见，其文，则宪法也。其事，则宪政也。其方法，则民治精神之所寄也。国父之释政权云：政是众人之事。况有倡于上者，安可无和于下者。爰经集议，愿以民间地位，响应政府空前盛举，集合群力，创为本刊。在领袖领导之下，以客观态度，研究宪法与宪政诸问题，析理只求其真，论事只求其实，而一以国人所宗仰之三民主义为规范。依此志趣，自定其任务，具如下方：

1. 协助政府从事关于提倡实施宪政之宣传。
2. 对全国有志研究讨宪政者，贡献所见，以资博采。
3. 收者集国内外关于宪政各项资料，以供研讨之用。
4. 介绍世界关于宪政或民治之新著述，以广参考。
5. 供给专家以关于宪政问题交换意见之机会。
6. 广事征集各界关于宪政之意见而斟酌发表之。
7. 一般青年愿贡献其对于宪政之意见斟酌发表之。
8. 读者与本刊及读者与读者间，有关于宪政之通讯，斟酌发表之。

敬以至诚对读者诸君！

欢迎教正，欢迎投稿，欢迎通讯。

民国三十二年十二月。

宪政月刊创刊初期就有杜月笙这样的大佬作为发起人之一，我们凭想象总会以为办刊经费应当是不成问题的。然而情况并不是这样，此刊的纸张比今天任何一份报社的报纸新闻纸都要差得多，既薄又粗，现在翻看起来极容易破损，比明清时期的线装书籍还可怜。由此可见当年创刊者手头之拮据，创刊号就刊载了广告，但仅限于书籍广告，如《清宫外史》《托尔斯泰传》《钢铁是怎样炼成的》《人事管理之理论》《太平洋军事地理》。从第二期开始，广告开始多样化了，图书出版、银行信托、百货公司、标准铅笔、钢铁制品、电力电化，轮渡交通、纺织染料、味精淀粉，甚至擦面牙粉等。

张志让画像（作者手绘）

创刊号的作者及其文章题目为主编张志让（《中国宪政运动与世界民主潮流》）、邵力子（《苏联新宪法中的三个特点》）、黄炎培（《我所身亲之中国最初期及最近期宪政运动》）、吕复（《中国宪政运动之回顾及将来宪法之商榷》）、祝世康（《宪政与民生主义》）、陈顾远（《宪政与民权》）、向乃祺（《五五宪法草案之特点及其未来展望》）、陈北鸥（《英美苏宪法的比较》）、普利期托莱（《战争四年中英国民主政治的改造》）、白禾（译，《纳粹铁蹄下的民主革命》）、张尚之（译，《欧洲的民主组织》），另有一个附录，题为“最近宪政文献”。

当时的中国，宪政研究者不多，宪政文稿来源并不充足。两年期间，黄炎培发表文章 11 篇，张志让发表文章 12 篇。出版的 16 期里面有两期是合并为双月刊的。这等于是说，黄、张两位先生每期都发表文章呼吁宪政，可见他们两位是这个时期的宪政的最竭力的鼓吹者，真正令人肃然起敬。黄、张两位先生的文章主要是回忆宪政历史、讨论现实政治、倡导宪政运动、传播宪政观念。另外，向乃祺发表文章四篇，周谷城发表文章四篇，此外还常常出现的名字有吕复、王云五、邵力子、左顺生、林享元、萨孟武、张明养、孙科、杨卫玉、陈北鸥、祝世康、叶圣陶、张友渔等（还有蒋学模曾翻译了一篇美国自由世界杂志的文章《意大利反法西斯主义者为新政而奋斗》）。

从月刊得知，黄炎培先生经常走访调研基层民间，或在大学学生或知识分子中间作倡导宪政的演讲。他有《川西旅途中谈宪政》（第 4 期）以及《从宪政运动看中国前途》（第 7 ~ 8 期合刊，受邀在复旦大学给学生所作的演讲记录）。从他的言论与行动来看，显然是当年一位杰出的公共知识分子、社会活动家，而不单纯是一位学者。这不仅表现于此，他与张志让先生还定期邀请各界名流，在月刊社主持举行精彩的专题座谈会，倘若没有一定的感召力是难以做到的。

《宪政》月刊的“座谈会”自1944年1月至1945年4月短短的一年之间，共举行12次座谈会。第一次是在1944年1月4日下午2点，借重庆交通银行二楼会议室，参加者有银行、实业、自由职业、报社记者及学术等各界人员二十余人（其中有杜月笙），其中大部分为本刊发起人。座谈会当然由黄炎培和张志让任主席（后来形成惯例，除个别几次由黄先生主持之外，均由黄张二人共同担任主席）。

当时的意识形态在学术中的气氛并不浓厚，比如学者们谈苏联宪法，根本不忌讳其社会主义性质或共产党国家的特点，对苏联宪法给予好评的不少，甚至有主张借鉴学习苏联宪法的。[1] 历次会议研讨的主题可分为四类，其一为宪政一般问题；其二为保护私人企业与宪政；其三为宪政与人权；其四为宪政与中外时事。

颇为有趣的是，主持或参加《宪政》讨论的多为江浙沪一带的学者、工商领袖。黄炎培，江苏川沙县人，今属上海城厢镇人。张志让，江苏常州人。潘光旦（1899—1967年），江苏省宝山罗店镇人。钱新之（1885—1958年）原籍浙江吴兴，生于上海。沈钧儒（1875—1963年）原籍浙江嘉兴，生于江苏苏州。杜月笙，上海人；江问渔，江苏省灌云县人；杨卫玉，江苏嘉定人。戴修瓒与康心如虽然不是江

---

〔1〕 杨卫玉在第三次座谈会上谈到经济在宪法中的重要性，则肯定地评价苏联宪法，说苏联宪法“即是以经济贯彻了全部宪法”。参见《宪政》第4期，第37页。

浙人，但都在江浙沪一带工作过。戴修瓒（1887—1957 年）虽是湖南常德人，但担任过上海法学院院长。康心如（1890—1969 年）虽出生四川省绵阳县（今绵阳市）人，但在上海先后任上海民生图书公司、进步书局及上海浚川源银行经理。从月刊的创办背景以及参与者成分和地区分布来看，宪政与民营工商业的关系是十分密切的。

另外，杜月笙为什么会在发起人之列？最重要的原因，是因为黄炎培先生德高望重，他的话对杜来讲是很起作用的。比如 1937 年 7 月，黄炎培建议杜月笙利用其社会影响发起组织抗敌后援会，杜便与他的门徒、国民党上海市党部常委兼组织部长吴开先密商后发起组织上海市各界抗敌后援会。〔1〕杜月笙与黄炎培还是同乡（有人说是浦东同乡，大概是指后来），又是好友，此时黄先生要办刊物请杜大佬资助或列入发起人，他当然不会推辞，这也是情理之中的。另外，这还要讲到杜月笙当年的为人做事的特点。据说，杜是一位“会做人、能做事、肯花钱的人”。〔2〕他不仅在社

---

〔1〕 邵雍：《抗日战争中的杜月笙》，载《抗日战争研究》2000 年第 2 期。

〔2〕 他在赌桌上将刚赢到手的地契、房契当众撕毁，笑曰“朋友间输赢都是为了开心”，顿令赌博对手感激涕零，日后臣服于他。抗战中还做了些积极的支援抗战的工作。1937 年 7 月 22 日上海市各界抗敌后援会正式成立，杜月笙担任该会主席团成员兼任筹募委员会主任委员。7 月下旬抗敌后援会发出了征募救国捐的宣言，8 月 7 日杜月笙为此赴电台作了专题广播演讲。八一三抗战开始后杜月笙以高度的爱国热情加紧筹集资金，并输送给养支援前线，收容和安置难民，以各种方式支援中国军队对日作战，8 月 19 日他在报纸上发布征募救国捐和金银物品的告示。仅月余时间杜月笙主持的筹募会就筹集得救国捐 150 余万元，有力地支援了前方的抗战。24 日杜月笙又参与了新成立的救国公债劝募委员会总会的工作。他多次在报刊、电台发表谈话，呼吁市民“毁家纾难”“援助政府”。邵雍：《抗日战争中的杜月笙》，摘自《抗日战争研究》2000 年第 2 期。

会上抛头露面，而且也做一些与文化有关的事。比如在抗战期间为了争取最后胜利，杜月笙在上海沦陷后以市各界抗敌委员会负责人的身份仍在租界内坚持了一段时间。他曾不惜巨资买了不少中共党组织设法出版的《西行漫记》《鲁迅全集》等进步书籍，烫上“杜月笙赠”的金字送给租界内的各大图书馆，支持抗日宣传，为广大市民提供抗日救亡的精神食粮。可见他参与发起《宪政》月刊，就不足为怪了。

2003年12月初稿
2006年10月定稿

（左）黄炎培　（右）杜月笙

灾难性的审判*

带着对赛勒姆（Salem）的神秘感，带着对赛勒姆审判的好奇心，我与朋友驱车前往波士顿北部沿海名镇赛勒姆，大约一小时的车程就到达了这个著名的“女巫镇”。进入小镇后我看到，到处都是一个黑色图案——头戴尖顶高帽身穿黑色大褂手持长柄扫把的女巫。再仔细看，其实满城都是女巫图案和标志，商店卖的是女巫玩偶，雕塑和用具，报纸是以女巫命名的。博物馆都与女巫有关。唯独一个美术馆不是，那是一个新英格兰地区最大的美术馆，以两个方面著称，一是海洋艺术，展出与海洋、航海有关的艺术品，诸如海船上的雕塑、绘画、航海工具上的工艺设计、海洋民族的特色器具等。二是令人难以想象的，居然有一幢中国安徽民居——在这极现代性建筑风格的博物馆旁边，是一座中国古典的深宅大院，真是妙不可言。据介绍，此地是美国最早与亚洲交往通商的地方，是美国历史上的一个重要港口。

---

* 原载《法学家茶座》2008 年 11 月第 23 辑。

当我们走马观花式地在大街上逛着时，突然，传来一阵男女混杂的吵闹声。走近一看，是一群男男女女正逮住一位村妇，似乎想把她带往某处，而她声嘶力竭地全力反抗，却又无济于事，最后还是被这批人给带走了。从这些人的服装上看，他/她们不是当代人，而是几百年前的人的装扮，显然他们是在演戏——在表演着300多年前的那个令人不寒而栗的女巫系列案。

1691年1月，异常寒冷的冬季，Danvers村教堂帕利斯牧师（Reverend Samuel Parris）11岁的女儿贝蒂突然得了一种怪病，她行走踉跄，浑身疼痛，还会突然发作痉挛，神情恐怖。而且，平日里常和她一起玩的七个十几岁少女相继出现了同样的症状。村里的一位叫William Griggs的医生试了各种方法均无效，给出了一个暗示性的解释，认为是超自然的力量。在300年前，这个解释只能归咎于巫术。那么，谁在用巫术施邪呢？从这个问题开始，酝酿了恐慌和流言蜚语，还酝酿着一场灾难性审判。

历来有这样的传说：热带的巴巴多斯盛行巫术。而恰恰有一位神秘的女人来自巴巴多斯，她就是帕利斯牧师从巴巴多斯带来的女奴蒂图巴（Tituba）。于是，阴差阳错的事发生了，在村民们的暗示、挑拨、感染之下，女孩们果然揭发女奴蒂图巴是女巫。她们指认三个女人就是施邪的人：蒂图巴，一个女乞丐，还有一个孤僻的从来不上教堂的老女人。这三个女人恰恰都是几个女孩平时不喜欢的人。

当时的社会已经实行着来自英国的法治，政府为了查实此案还举行了听证会，让这些少女和被指控的巫婆对质。少女们活灵活现地讲述，说这些巫婆都带着一个光圈，她们看到巫婆的光圈就“中了邪”。当人们把那三个女人带到会场时，少女们发出尖叫后就僵硬、歪斜地如尸体般停止不动了。案件主犯蒂图巴最初虽然拼命辩解，但当她明白自己逃脱不了罪责时，她承认了自己是巫婆，为了救自己，她答应弃恶从善，揭发恶魔，“供”出了其他来自波士顿的“恶魔”。

赛勒姆的女巫被逮捕

随后不久，马萨诸塞总督费普斯先生从英国回来，他听说塞勒姆村的巫婆弄得人心惶惶，决定尽快采取法律行动。于是代表神圣法律的法院和法官介入这神秘的案件。法院组成了特别法庭，把审判地点转移到县政府所在的塞勒姆镇。这个法庭上共有5个法官，都是当地德高望重显赫一时的大人物。1692年6月，特别法庭开始到塞勒姆审理巫术案。法庭由法官和陪审团组成，首席大法官威廉 Stoughton 主持法庭审判。首先被审判的是塞勒姆的村妇毕晓普，她被判决有罪，于6月10日被绞死。

（左）法官之一 Samuel Sewall

（右）法官之一 William Stoughton

在审理过程中，法官们为了顺利审判这些案件，就决定："中邪"的人声称看到了巫婆身上的光圈的证词可以作为证据。为了验证，他们还决定在法庭上进行"触摸检验"，即命令巫婆嫌疑人当庭触摸那些自称是"中了邪"的人，看是不是发生了意料中的事。据说有位叫桑顿斯泰尔的法官反对这样的审判，愤而辞职。

那些因被怀疑为"施邪者"而遭关押的人很快发现，他们陷进了一个怎么也说不清的困境，稍有不慎就会给莫名其妙地被吊死。面对漫无边际的控诉和证据，求生的唯一机会就是认罪，并且揭发别的巫婆神汉和恶魔。因此他们纷纷模仿蒂图巴，痛快地承认自己是施邪的巫婆，并且不断揭发出别的女巫，用实际行动来证明自己要弃暗投明。于是出现了夫妻互相揭发的情形，甚至有的女儿检举自己的父母。后来的同类案件也都延续了如此这般的审理方式。

直到10月，公众舆论才发生了变化，塞勒姆镇受过教育的知识精英首先起来质疑审巫案。曾是哈佛大学（当时称哈佛学院）首任校长的波士顿著名牧师英克里斯·马瑟原先也赞成审巫，后来发现审巫案的株连愈演愈烈，当他的妻子也面临被指控为巫婆的境地时，他终于醒悟了。他为此发表了《良心案》一书，被后世称为"北美的第一部证据理论系统"。他指出："哪怕错放过十个巫婆，也不该冤枉一个无辜。"后来，他与一些政府官员共同向总督进言，说服了总督。这个专事审巫的特别法庭于同年10月被总督宣布解散，并禁止采信所谓看到"光环"的证据。

到此之前，已有13名妇女和5名男子被处绞刑。三个月内（1692年6至9月）连续有二十余人死去，近二百人被打入监狱。另有一个叫贾尔斯·科里的八十多岁的老人受到指控，但他拒绝接受这样的审判，结果被以藐视法庭的罪名关押了5个月，他仍然拒绝出庭受审。根据英国中世纪法律习惯，对待这样的藐视法庭者，当以巨石压身予以处死。80岁的科里就是在石头下压了两天后死去了。

在一个实行法治的地方，在一个有法院进行审判的地方，为什么仍然出现如此荒诞的审判和判决？为什么会在一个公认有法治的地方，经过正式的司法程序，处死了几十个绝对无辜的人？我们过去都以为，只有通过“焚书坑儒”“莫须有”“东厂锦衣卫”“文革”这样的非理性行动才会出现迫害无辜的现象，而没有想到通过法院的审判居然也能够演变成一场大规模的冤狱！而且这样的迫害无辜事件居然受到全社会舆论的认可和支持，被看作正义的审判！当时的司法体制、审判程序、证据规则显然存在严重缺陷，加上当时新英格兰的社会状态相对封闭，清教徒的宗教执著演变成一种意识形态上的偏执和狭隘，把一切异端都视作邪恶——当时人们的精神世界是确信撒旦的存在的。

1992年是塞勒姆审巫案300周年。马萨诸塞州议会通过决议，宣布为300年前塞勒姆审巫风潮中的所有受害者恢复名誉。赛勒姆审巫案给后人的警示在于：如果没有独立的法庭、严格的程序和科学的证据规则与方法，即使看起来确切无疑，也一定会导致冤枉无辜的悲剧。300多年过去了，当年被绞死在绞架山上的几十个无辜者，用生命写下了后世美国司法制度的一条重要原则：宁可放过十个，不可错杀一人。

2004年7月2日

（上）Salem witch

（下）Mattwitch

（上）女巫案审判法庭

（下）在女巫纪念馆

（上）灾难性审判

（下）法院本身也可能成为利维坦（Title Page from lewiatan of Thomas Hobbes，london，1651）

拱门鸟瞰老法院*

密西西比河西岸，630 米高的拱门（Gateway Arch），像一道银色的彩虹贯穿入云层。这是为纪念 1804 年的西部探险，于 1962 至 1963 年建造的纪念碑。据我理解，其寓意是“西部之门从此打开”，一方面纪念了杰弗逊组织和发动的西部探险与西部开发（拱门底部地下室是杰弗逊国家开发纪念馆），另一方面也暗示了圣路易斯在美国地理位置上的重要地位。如果不知道它的高度及其内部结构，你绝不会觉得它有什么美感；假如未曾到拱门之下，你绝不会产生对它的敬意。它的高度是圣路易斯最高建筑物的近百倍，当你坐着这里特有的电梯攀登至拱顶向下张望时，会发现自己像是从飞机的舷窗向外鸟瞰。

站在拱门顶部往西俯瞰，就是圣路易斯市，左边最醒目的是个像卷尺的圆形建筑，内环是个绿色的圆形，可推测它是个体育

---

* 原载《法学家茶座》第 10 辑。

馆。不出所料，后来当我经过大街时，周末的大街上很少见到人，但不断有人手持球票向我兜售。可见这里的球赛是城市的一道主要风景。右边最突出的是火柴盒似的建筑群，是该城市的金融工商企业写字楼。中间最吸引眼球的是一座古典式带圆形拱顶的白色建筑，四周是宽阔的城市中央广场，有雕塑和喷泉。这就是著名的 The Old Courthouse——老法院，这里曾经受理并判决过许多著名的案件，其中的斯格特案件（The Dred Scott Case）是引起美国南北战争的导火线之一。

一阵大雨把我留在了老法院。正好，可以耐心地了解那个被称为“臭名昭著”的案件。案件原告名叫斯格特。他大约 1799 年出生在弗吉尼亚（在正式文本里就是用“大约”，可能没有人能够准确地知道他的出生时间），他像其父母曾经是他人的财产一样，属于彼特·布劳家族。1830 年斯格特被布劳家族带到圣路易斯，但不久后，布劳家为解决资金问题而将他卖掉了。他被约翰·爱默生买走，被带到了伊利诺伊、维茨康星范围内的一个要塞，在这里，奴隶制度已于 1820 年由密苏里州禁止。在这个特殊要塞，斯格特遇到哈里特·罗宾生，一个女奴隶，爱默生允许他们俩经合法仪式结婚，并买进了哈里特·罗宾生，以便他们能够待在一起。在路易斯安那短暂的居住期间，爱默生与一位叫桑福德的女人结婚。1842 年，斯格特随爱默生回到圣路易斯，不久爱默生去世，爱默生太太把斯格特雇给了另一个主人。

1846 年，斯格特为他的自由而起诉爱默生太太，自由诉愿在圣路易斯不是个平常事。在过去，密苏里法院支持这样的原则：“曾经自由，永远自由。”斯格特为什么在 1846 年提起诉讼，已不得而知，但至少他不是因为政治的原因。1847 年此案被送到圣

（上）拱门像彩虹穿入云层

（下）从拱门俯瞰圣路易斯老法院

路易斯法院审判，1850 年在这同一法院第二次审理，陪审团决定认为斯格特在密苏里州法律之下有权获得自由。爱默生太太上诉到密苏里高等法院，法院 1852 年判决认定斯格特仍然为奴隶。1854 年，斯格特向圣路易斯联邦法院起诉爱默生太太及爱默生遗产继承人，判决仍然是斯格特败诉。斯格特又诉讼到联邦最高法院。1857 年 3 月 6 日，首席大法官罗杰·布鲁克·托尼（Roger Brooke Taney）转达最高法院的判决意见，九位法官中的七位同意斯格特保留奴隶的身份，至此托尼还没有完，他还宣布，斯格特不是美国公民，所以作为奴隶是没有权利以任何理由向任何联邦法院起诉的。接着他还宣布，斯格特从未获得过自由，因为他是个人的财产；因而，密苏里的废奴决定是违宪的；联邦政府没有权力在新的地区禁止奴隶制度。判决做出后，美国公众对此案反应十分强烈，反奴组织感到这样一来奴隶制度不可收拾了。1854 年建立的新共和党为阻止奴隶制度的扩散，重新开始了他们为获得对政府与法院的控制所做的努力，1860 年民主党推选林肯参加总统竞选，南卡罗林那脱离联邦。可以说，斯格特的案件推动了美国南北战争的爆发。

这案件的戏剧性发展并不因判决而结束。可怜的奴隶斯格特，其任人摆布的命运仍然没有结束。1850 年，原爱默生太太改嫁给卡文·C. 加非，一位反对奴隶制的北方国会议员。在最高法院判决下达后。加非将斯格特及其妻子和两个女儿重新转给了他的老朋友——布劳，后者于 1857 年 5 月给了斯格特全家自由。

站在高高的拱门顶部鸟瞰这座现代化的城市，这个现代化的国家，是一片繁华。走进这经过整修改建后的老法院，陈迹斑驳的历史就呈现在我们的面前。我深深地为奴隶斯格特的勇气而感到钦佩，尽管他与罗马时代起义的斯巴达克斯是完全不同的，斯格特为自由的抗争是通过法律、法院和法官！斯巴达克斯起义失败，斯格特诉讼败诉，两人的结局大致相似，但是从斯巴达克斯到斯格特，这是人类历史走向了一种文明的进步。这种文明就是制度文明！

令人难以置信的是一个奴隶能够行使诉讼权利这一事实。这种制度是非常奇怪的。当时的法院怎么会受理这个由奴隶起诉的案件呢？这至今没有确切的解释。我的猜测是，在判例制度下，这种涉及奴隶自由的案件没有先例，而法官又不得因法无明文依据而拒绝受理案件（这是正当程序的一条原则）。因此法官有受理斯格特案件的义务。至少就受理案件的义务来说，本案第一审法院的法官甚至后来其他审级的法官也都是值得肯定的。这是法官的法律义务与职业伦理。

原告 Dred Scott

（上）Dred Scott 案卷宗封面

（下）从老法院遥望拱门

令人深思的是，圣路易斯居然把这个做出过“严重错误判决”的法院，树立为纪念馆，供人参观，而从来不曾批评当时的法官。我想大家都会感叹美国人对自己过去耻辱的坦然（还保留这个纪念性的老法院供人们参观，了解其审判史上耻辱的一页）。这个显赫一时的法院，或许它审理过数万个案件，做出过无数的正义判决。有人会认为就因这数万分之一的一个“错误”（只是被历史证明是“错误”的，并不等于说它当时是个错案而被推翻或不执行）判决，而把这些法官，把这个法院，甚至把当时整个美国法律家共同体钉在历史的耻辱柱上。你如果这么认为则是大错特错了。其实，从司法范畴内来看，它并不是什么错案。因为它是实体问题的争议，而不是程序问题上的错误——程序上的一点错误都会导致判决被宣告无效而撤销。然而，实体问题的争议是允许法官根据自己的职业技能、对法律的理解、对社会与人生的体验，通过正当的程序进行判断的。除此之外，法官的判断权是不应当受任何限制的。在这样的情况下，法官判断事后被证明错了，也不能认为它是错案加以平反昭雪云云。

其实我们不应该把审理过这个案件的法官统统钉死在耻辱柱上，因为法官是不会在实体上发生错误判决的。本案法官的判决只是认识上的错误，而认识上的错误是不产生法律上的责任的。在当年的社会、政治、经济与文化条件下，法官做出维护奴隶制度的判决也是合乎当时的历史情境的。这些法官绝对不会因案件的结局而受到责任追究。

美国联邦最高法院托尼院长的纪念照片仍然悬挂在纪念馆或一些法学院的墙壁上。可怜的托尼院长，他怎么长得一脸的沧桑、苦楚和内敛，莫非他老人家就在黄泉底下追悔莫及？不，我相信他是不会的，那是因为法律家的职业训练使他深谙法律、理解社会、同情人生所导致的！他那充满神性灵光的眼睛就告诉我，这位资深的法律家没有认为自己的判决是错判。而今天的美国法律人或民众也绝没有人对他像中国人对某些历史人物那样痛恨三分。给历史以理性反思，还历史以客观面目，这是当代人的应有态度。在这座老法院还举行过斯格特案件 150 年纪念活动。

法官史是人类历史的缩影，既然历史没有错误，那么法官也不会有错误。

（上）唐尼法官（Taney，Roger Brooke）

（下）圣路易斯老法院

哈佛结，诗人情

——霍姆斯大法官轶事

霍姆斯大法官是耸立在美国法律史和法学史的重要人物，也是20世纪最具影响力的公众人物。从1902年至1932年的30年来，霍姆斯先生的精彩智慧，对美国最高法院和美国法律制度产生不可估量的影响，所以他拥有“伟大的异议者”的美称。现任联邦第七巡回法院首席法官的波斯纳（Richard Posner）称霍姆斯是“美国法律史上最杰出的历史人物”。

爱默生说，伟大天才的传记最为简洁，因为他们活在著述中。我要补充地说，伟大天才还活在他们的生活轶事里。霍姆斯先生曾经是文学愤青又是坚贞诗人，是哈佛的逃课生又是哈佛教授，是东方留学生的忘年交朋友又是与总统有缘分的人，他还是出色的士兵，这是一位既“进法院”又“进法学院”的美籍“复转军人”。

作为哈佛人，霍姆斯与哈佛大学之间的关系似乎被命运之神捉弄，似亲又疏，往返流连，若即若离。他于1841年3月8日出生在波士顿的一个哈佛老校友家中。他的父亲老霍姆斯先生是一位哈佛的医学教授、小说家、诗人。他是家中三个子女中的长子，成年后的霍姆斯高大英俊，养着军人般的胡子。如同众多家庭那样，霍姆斯父子间相处和交流也总有些困难，他妈妈喜欢孩子，霍姆斯的自信显然来自母亲。霍姆斯在波士顿就读于一所私立学校，然后像他的父亲一样进入哈佛大学。但是，年轻的霍姆斯身在朝营心在汉，对当时的哈佛并无崇敬之意，他在哈佛大学担任文学杂志编辑，撰写了许多文字。由于高傲不拘的表现，他已经被学校公开地认定对一位教授有“不敬”，他甚至担心能否顺利

霍姆斯（Holmes）参加内战时的照片

毕业。年轻的霍姆斯认为学校的这一认定显然对他是一种侮辱，于是他离开哈佛，放弃了学业，去参加为内战而准备的军事训练。他所在的部队就叫“麻州第20步兵师”，阴差阳错的是这支部队没有立即被送往前线，霍姆斯被说服返回学校，结果还是接受了学校颁发给他的学位。

从哈佛获得学位后，霍姆斯先生便正式开始了服役从军生涯，参加到了南北战争的艰苦历程。他在战斗中三次受伤，并遭受多种疾病的折磨，但他后来仍然乐观而充满激情地颂扬战争。他所经历的内战严重影响了他的人生观、法律观。在那场战争中，他加入了基督教协会。这可能影响了他对生命、对法律、对死刑的看法（后来在哈佛任教时，霍姆斯支持废除死刑）。霍姆斯回到家乡波士顿后决定学习法律。1864 年他进入哈佛大学法学院。当初，虽然法科还并不一定作为他未来的职业，但是他很快便沉浸在学习之中，并决定将法学作为他一生的工作。

经历哈佛法学院三年的学习，霍姆斯于1867 年通过口试加入马萨诸塞州的律师协会。后来的 14 年里，他在波士顿作执业律师。但是他对法律学问的热爱甚于他做法律实务的热情。霍姆斯先生在 1872 年与 Fanny Dixwell 结婚。他和夫人没有孩子，据说是因为她婚后不久便患了疾病。1970 年，克里斯多佛·哥伦布·兰代尔（Langdell）受伊利特校长邀请担任哈佛法学院第一任院长。正是这一年，霍姆斯先生在哈佛法学院教授法理学与宪法学，直到1973 年离开。离开哈佛的原因是可想而知的，因为霍姆斯同兰代尔的法学观点有重大分歧。因为兰代尔院长认为法学是一门科学，赞同法律形式主义。而霍姆斯则是反对法律形式主义、坚持法律现实主义和实用主义的。他是现实主义法理学奠基人，“他的影响如野火般烧遍美国”（吴经熊语）。大家都知道，霍姆斯先生最脍炙人口的作品就是1881年出版的《普通法》，这本书的一个主要目的是要攻击以哈佛法学院兰代尔院长为代表的法律形式主义理论。《普通法》是一部包含12篇系列讲稿的著作，都是他应邀发表的演讲，要求他说明美国的基本法律。正是在这本名著中，霍姆斯提出了他最有名的命题：“法律的生命不在于逻辑而在于经验。”霍姆斯认为法律可以被理解为只是针对社会需求的规范，不符合逻辑甚至过时的法律，会因为找到了新的效用而获得新生，旧的法律形式正需要适应新的社会条件。

霍姆斯大法官

《普通法》出版后不久，1882 年，霍姆斯再次获得哈佛大学法学教职。但是，据说由于霍姆斯先生并不富裕的收入和生活，他与校方围绕着薪金问题经过了一番激烈的谈判。只经过了一个学期的教学，他就接受了麻州法院院长的任命而辞去哈佛教授职务。霍姆斯先生离开哈佛引起震惊，因为他当时是哈佛法学院 5 个全职法学教授之一。这段历史的事实还不太清晰，所以霍姆斯宁愿不当哈佛教授而要担任法官助理的决断令我们费解。

1897 年，56 岁的他出版了《法律的道路》一书，表达了他的现实主义的法官哲学，他对法律的定义就是：法律只不过是对法官判决的预测。

他成为美国历史上的伟大人物，原因是多方面的。与他有忘年交情的吴经熊先生曾在其纪念文章中分析说："霍姆斯成为一个如此伟大的法学家的重要原因之一就是，他兴趣广泛。也许听上去荒谬至极，要完美地了解法律，一个人必须知道比法律更多的知识。霍姆斯广泛涉猎哲学、科学、人类学、文学及历史。他是一位艺术鉴赏家，是丢勒的热情追随者。在他的信中，他提到许多事情，包括中国绘画、贝多芬的交响曲，弗雷泽（Fuazer）的《金枝》（*Golden Bough*），巴克的写作风格，华生的行为主义，威廉的著作——诗歌艺术，斯宾诺莎、莱布尼兹、詹姆士、杜威、罗素、柏格森、科恩、克罗齐等哲学家的哲学思想，歌德的《浮士德》和惠特曼作为诗人的重要性，及许多伟大精灵值得尊重的美德。确实，如弗兰克福特所说，'法学家'是一个蹩脚的词。他的个人品性，是思想和精神的完美结合，触及了人类深

处的本质”。〔1〕

有人说，霍姆斯成为历史名人还与这样一些传说有关——霍姆斯先生与美国数任总统有某种缘分，这只能说明了他在美国文化史上的显赫地位，但重要的是，如果没有他的长寿（1935 年 3 月 6 日仙逝那天，离他 94 岁生日只差 2 天），就不会有这么多任总统与他有缘。坊间传说包括这样一些轶事：

约翰·昆西·亚当斯（1825 年至 1829 年担任总统）是第二任总统约翰·亚当斯的长子。他是美国历史上第一位继其父亲之后成为总统的总统。他 20 岁就成了有名的外交官。亚当斯 1761 年生于波士顿，霍姆斯 1841 年出生在波士顿。在 19 世纪 40 年代后期，曾担任总统的亚当斯先生是霍姆斯家的常客，也是小霍姆斯的青年导师。

1864 年，23 岁的军人霍姆斯在挨着华盛顿 DC 的史蒂文斯堡，他对着一个高个子的人叫喊道：“坐下，你这个傻瓜！”可是没想到，真是巧——这个人就是林肯总统（1861 年至 1865 年担任总统），他还立即照办并坐下了。

在 1902 年，61 岁的霍姆斯先生，正被第 26 任总统西奥多·罗斯福（1901 年至 1909 年担任总统）考虑作为美国联邦最高法院的提名人选。霍姆斯被安排秘密前往总统的夏日别墅 Sagamore Hills，他看到罗斯福的孩子正在读霍姆斯年轻时候参加内战的故事。事实上罗斯福对霍姆斯先生的司法著作已有所知，并成为他

---

〔1〕 引自《怀念霍姆斯法官》，载吴经熊：《法律的艺术》（The Art of Law—And other Essays Juridical and Literary, Shanghai : Commercial Press, Limited, 1936），李冬松译。

提名的依据。

1933 年，已退休的最高法院大法官霍姆斯先生拜会总统当选者富兰克林·罗斯福。霍姆斯先生被发现正在阅读希腊语的柏拉图著作。罗斯福像对待老朋友一样地问道——您老最近怎么看起这些书了？92 岁的霍姆斯先生认真而俏皮地回答说——“为了改善我的思想”。

这让我想起霍姆斯先生说过的一句名言，“人生在世，重要的并不是我们在哪里，而是我们正向哪里走去”。(The great thing in this world is not so much where we stand as in what direction we are moving.)

吴经熊先生曾评价霍姆斯说他“在智慧上是年老的，在精神上是年轻的”。我的理解这是现实主义与理想主义的结合。吴先生还把霍姆斯和莎士比亚作比较，说他们的伟大在于“将细节的掌握与对无限的经久渴望结合起来”。

这位传奇式的法律家，还是一位充满激情的诗人。我就以他的一首诗作为本文的结束——1870 年 10 月 6 日，哈佛校友为南北战争中牺牲的校友捐资建造的 The Memorial Hall（纪念馆）举行奠基仪式，Oliver W. 霍姆斯大法官作了一首诗：

失去痛感的受伤心灵，
哀悼者为死亡而泣；
对痛苦已生厌倦的胸膛，
那是我们眼泪流淌过的绿草地。
大理石雕像上的苔藓，在不知不觉中蔓延，
隐藏了他们的姓名和生平事迹；

他们自豪的故事于永存记忆，
我们万圣节聚集在圣殿。
结束了征程，安静了战场，
是聋子的耳朵的声啼——
草地上遥遥升起石柱和拱门！
向未来诉说他们的光辉行动。
传说会消逝，
奠基石可能会崩溃，下跌；
然而他们是不朽事业的建设者，
我们，取穹顶为之加冕。

2003年4月22日初稿
2011年2月定稿

霍姆斯与布兰代斯在华盛顿，1930 年代

叁

学术上盲目创新是浅薄的表现*

今天是创新论坛的第三年，在祝贺的同时，也向同学们谈谈我对创新的认识。

求是、创新是我们的校训。“求是”的渊源可以追溯至浙大的前身求是书院。求是书院自创建之日起，就提倡“务求实学，存是去非”。1938年11月1日，竺校长在广西宜山的开学典礼上，作了《王阳明与大学生的典范》的演讲。在演讲中，他以王阳明的求是精神激励浙大师生在艰危中奋发进取，并提出要以“求是”两字为校训，以便更好地继承和发扬“求是”的优良传统，贯彻治学的精义。他认为科学家应取的态度应该是：“（1）不盲从，不附和，一以理智为依归。如遇横逆之境遇，但不屈不挠，不畏强御，只问是非，不计利害。（2）虚怀若谷，不武断，不蛮横。（3）专心一致，实事求是，不作无病之呻吟，严谨整饬毫不苟且。”

---

* 2006年3月9日在浙江大学博士生创新论坛法学分坛开幕式上的致辞。

“求是”校训在新时代下人们赋予它新的内涵。我认为它是一种方法，是科学方法。如果用到社会科学中，那么它就是实证主义的方法，在法学上就体现为规范实证主义与社会实证主义两种方法。

今天在这里讲一讲创新问题。

第一，创新的意义。创新是时代的要求，也是社会发展、科技进步、教育发展、学术进步的规律。我们改革开放近三十年的最高经验是什么？我认为是创新。我们突破了旧的制度、传统、意识形态的各种约束，都是一种创新。没有创新就没有今天的市场经济体制的建立，就没有今天的对外开放的局面，就没有像样的大学教育，就没有我们的法学教育……所以我们今天继续强调创新或创新精神。创新，也正是历史上许多杰出的科学家和杰出人才的共同特点。

第二，什么是“创新”。包括这样一些情形：（1）发明某个以前未曾存在过的东西；（2）发现某个存在于其他某处，但别人没有意识到的东西；（3）为做某事发明一个新过程；（4）把一个现存过程或产品重新应用于一个新的或不同的市场；（5）开发一个看问题的新方法（产生一个新观点）；（6）改变别人看问题的方式。我们不妨把这些创新的形式运用到社会科学之中。

第三，当然，我们应当慎重地对待创新。中国近三十年的创新历史，给了国人一种错觉，以为只要创新就是好事。而事实上现在许多的做法是盲目创新。我们可以对任何东西都进行创新吗？我们应当看到，今天大家都沉浸在创新的乐趣之中，四周都洋溢着创新的热情，我们似乎进入到创新的迷宫。比如司法改革发展到了各级法院自主开展“司法创新”阶段，比如某些人的论文进行“前无古人后无来者”的所谓“学术创新”，上不着天下不着地。

第四，学术创新是学术规范的灵魂，但学术上一味趋新是浅薄的表现。我想起余英时先生曾经说过，“一味趋新往往被同行看作浅薄的表现。西方人诚然重视创新，但是他们同时也承认创新之前必然有一个保守的阶段，创新之后也必然要加以保守。只有上帝的创新才是‘无中生有’”，人的创新永远是以前人的业绩为起点。我想在这里敬告诸位，我们生活中的许多事物是有定律的，学术创新也是要在学术规范的控制之下展开的。

知识分子的气质*

在这种自然与人文环境中，我的感想是：人只有到了四十岁以后，他才会对知识、对社会、对人性、对自己以及对朋友，对感情、对崇拜、对宗教、对哲学的理解，有一个质的飞跃。我们三位老师都是过了四十岁的，在想到这些的时候，我们的体会是与年少时候大不一样的。所以，孔夫子讲“四十而不惑”。其实“惑”是肯定有的，我们就算是到了五六十岁也还是会有惑的，这里所谓的“不惑”，我以为不同年龄有不同层次和侧面的惑，一般关于人生，即使有惑，也是自己能解决的。这是随着我们的知识，随着我们的认识能力而提高的一种能力，事实上，这个世界上使人困惑、费解的事情太多了。这就是我对“不惑”的理解。

一、要有“好看”的气质

什么叫“真正的知识分子”？我们大家都听说过法国的、俄

---

* 根据2005年12月3日与浙江大学法学院的研究生在弘道书院“读书问道”第一期论坛上的叙谈录音整理。

国的知识分子，英语中“知识分子”这个词就是来源于法语，来源于俄语。在汉语中，我们今天所讲的“知识分子”已经被滥用了。“知识分子”不仅仅是有知识有思想，他还有境界和情趣。陈丹青说过“鲁迅的好看与好玩”。他认为鲁迅是很“好看”的，他说“鲁迅是我几十年来不断想念的一个人。”想念他是因为他的思想，同时也因为他的后面两个特点，其中一个就是他“好看”。他说“我喜欢看他的照片，他的样子，我以为鲁迅先生长得真好看”。鲁迅，一个又矮又瘦，颧骨很高的绍兴人，为什么被陈丹青认为是很好看的呢？因为他的气质。萧伯纳到中国来，不得不见，“那就见一见吧”，这是鲁迅的原话[1]。很傲气，那种风骨就在他的语言中表达出来了。站在萧伯纳的面前，与他合影，鲁迅一点都不逊色于这个洋人，而且这个洋人还比他高出一大截。为什么？这就是知识分子的气质。所以说他“好看”。五四前后的老一辈文人，即便在被整被斗得丧尽颜面的时刻，他们一个个都还是文人书生的本色。

但是今天中国知识分子，有这样气质的人不多了。知识分子要有这样的气质，必须从为人为学上下功夫，只有这样才在社会上会有这样的口碑呀。

二、“好玩”也很重要

我着重要说的是关于这个“好玩”。陈丹青还说鲁迅是百年

---

〔1〕 1933 年 2 月 17 日，爱尔兰剧作家萧伯纳访问上海一日，鲁迅被“要”去“见一见”。事后，鲁迅在信中这样向友人介绍：“萧在上海时，我同他吃了半顿饭，彼此讲了一句话，并照了一张相。”

来中国第一好玩的人。

鲁迅确实是很好玩的人。和民国许多文人一样，鲁迅一辈子叫喊国事天下事，可是你说他热衷政治，他既不入国共两党，也不做官；你说他是个文人，他却私下和当时的乱党交接甚密，还入过左联。鲁迅先生经常在文字里装得“呆头呆脑”，其实很“刁”，鲁迅真正的可爱处，还是他的“迭宕自喜”。譬如老先生夜里写了骂人的文章，隔天和那被骂的朋友酒席上见面，互相问起，照样谈笑。好玩的人懂得自嘲，懂得进退，他总是放松的，豁达的，游戏的。“好玩”，是人格乃至命运的庞大的余地、丰富的侧面、宽厚的背景，好玩的人一旦端正严肃，一旦愤怒激烈，一旦发起威来，不懂得好玩的对手，可就遭殃了。

陈丹青认为，鲁迅那些批判性的、匕首式的、战斗性的革命文章，大多数是鲁迅先生只当好玩写写的，以中国的说法，叫做“游戏文章”，以后现代的说法，就叫做“写作的愉悦”——所谓“游戏”，所谓“愉悦”。

对陈的这种观点，我持不同的看法。这要谈到真正的知识分子为什么会“好玩”的问题。

知识分子真正的含义，有这么几层：第一，他有独立的人格，他们读书问道的同时，既超越个人利害，又对公共利益问题抱有深切的关怀。第二，他有自己成体系的思想，他们倾向于把政治、社会问题看作道德问题，他们觉得自己有义务对一切问题找出最后的解答。第三，他要能够批判社会，他深信这个社会现状的不合理，应当予以改变；自觉有一种罪恶感，认为国家与公共社会的事都是他们的个人责任。第四，很有意思，知识分子有一种性情，专业知识不复限于谋生，他们一方面对专业知识和思想怀有敬意、敬畏，另一方面他们又快乐地沉溺甚至浸淫于这种“读书问道”的思想活动。

其实古代文人就已经有这个特点，余时英先生的《士与中国文化》中，他认为“士”有几个特点，其中一个就是“游于艺”。“游于艺”这三个字从哪里来？“志于道，据于德，依于仁，游于艺”，出自《论语·述而》。我理解这“游于艺”就是知识分子的“好玩”。知识分子只有具备了“游”的精神，才能够达到乐道、乐学的境界。“士”作为古代知识分子就有这种精神气质，但今天很多人已经不具备了。我们许多人评上副教授、教授，还在大学讲课，好像就是知识分子。但其实来自天生的、本性的东西，在我们身上已经遗忘了，泯灭了。

三、做学问要有原动力

如果认为做学问完全是来自社会责任的外在压力，或是养家糊口的内在需要，学问是做不好的。学问要有来自生命本源的原动力。所以“游于艺”很重要。学习法律的人总是有职业病或者叫“专业病”，建筑起法律人自己的知识世界，脑子里只有法典、规则、概念，甚至有的人只懂官司、代理、酬金。你如果是法官和律师，也得懂得社会和人文的其他领域知识，何况大学教授呢。如果一个教授仅仅懂得这些，则是很难与其知识分子的身份相吻合的。所以法学院应该多元化，包括学缘多元、地域多元、专业多元、性格多元、知识多元，还应当在人文氛围上做些努力，创造智识生活的环境。

今天的主题是“读书、治学与做人”，对于法科的同学们，在学好专业之后，还有一个重要的问题，千万不能忘记：做人，做什么样的人。人是千差万别的，但有一个关键，品质要端正，至少要像一个“人”，虽然我们不一定都成为大人物，但小人物也应当有高尚品质的。做人的品质有时候是要从人际交往中体验出的，也可以从自然中体验出。在与自然、动物交往中，我觉得有很多启发，与大山、树木、清泉的交往也会有很多启发，也可以得到很多做人的道理。四十以后对“仁山智水”也有了深一层的理解了，然后把这种领悟反射回到人生与社会。

在这绵延的山脉中间有这样一座书院，这其实有着许多的象征意义。因时间的关系，我就说到这里。

鲁迅与萧伯纳

邀请德沃金先生来访

2002 年 3 月我通过 NYU 法学院的老朋友虞平博士，向德沃金先生发出邀请，希望他能够来浙江大学作一次访问演讲。虞平希望我提出选题，我说，谈权利吧，比如认真对待权利，或者权利与道德，权利哲学等。后来得知是应清华大学、浙江大学等法学院的联袂邀请，70 岁高龄的德沃金先生答应来访问中国。这是他首次访问中国，下飞机后对沿路现代化景象感到吃惊，问旁边的人说，咱们不是去中国吗？估计他会误以为是去了另一个地方。

我在发出邀请之后，同时也向学校提出聘请德沃金先生为浙江大学荣誉教授的建议。校方因不了解情况，希望我写一个简介，我把德沃金教授书面介绍了一番。5 月初的校长办公会议要我列席。会议上正好议到著名物理学家霍金下月到访并讨论聘其为浙大荣誉教授之事。浙江大学外聘教授有两种序列，第一级别是名誉教授，第二级别是兼职教授。在会议上潘云鹤校长问我，这位教授地位怎么样？我把随身带来的一份书面介绍递给校长，然后我用一句话来介绍，“如果说霍金是当今健在的爱因斯坦，那么，德沃金是当今社会科学界的霍金”。但与会人员中仍然有人认为对外聘任名誉教授的条件要严格把关，真是隔行如隔山，深感工科大学领导们的自负。于是会上有领导“首创”了一个新概念“顾问教授”，最后总算通过了，准备授予德沃金浙江大学“顾问教授”。

大约在5月23日，我参加了清华大学举行的“德沃金法哲学思想国际研讨会”，与会者除德沃金教授本人之外，还包括王晨光、朱苏力、季卫东、林喆等。这是我参加过的唯一一次研讨对象本人参加的会议。记得当时有学者在发言中认为德沃金属于自然法学派，后来德沃金先生说，我也不知道自己是什么派。估计他至少是不承认自己是自然法学派的。

德沃金教授在NYU法学院办公室

5月26日下午我和同事到杭州机场迎接德沃金一行，27日下午在西溪校区邵馆报告厅举行隆重的授聘仪式。我是演讲会的主持人，潘云鹤校长到会，颁发聘书，并为德沃金教授佩戴校徽，并发表了热情洋溢的致辞。之后应当是德沃金教授受聘后的感言致辞，我宣布“下面请德沃金先生致辞”。结果，德沃金先生拿起讲稿，一开口就说，“今天我给大家讲的题目是，关于人权哲学……”，台上台下面面相觑，大约有30秒钟停顿之后，在台上坐在德沃金教授旁边的虞平拉了拉德沃金教授的衣角，在他耳边低语了几句之后，德沃金教授才似懂非懂地转过头来看了一下我，笑了笑。我连忙说，“那好，下面以热烈的掌声邀请德沃金教授作演讲!”

仪式之后举行了德沃金教授的演讲“关于权利哲学”，他从东、西方的人权问题出发，提出了平等重要性原则和每个人都有实现个人重要性的责任，并分析了道德怀疑主义和文化相对主义。演讲到了提问互动环节，气氛十分热烈，师生纷纷提问，德沃金作了一一回答。

后来学校的报道中，罗列了他的诸种头衔“英国牛津大学法理学教授、美国纽约大学法学院索蒙讲座教授、美国福特基金会人权事务顾问，被誉为当今国际法学界、哲学界大师级代表人物的著名法哲学家”等。

德沃金先在哈佛学院学习，后在牛津大学学习法理学，在那里他发现自己真正的兴趣是法学，于是去哈佛大学法学院攻读JD，1957年毕业后在著名的美国法官勒恩德·汉德（Learned Hand）手下担任了2年助理。汉德法官后来称德沃金是自己的助手中让他最满意的一位。年轻时能够做著名大法官的助理，一般都要具备非凡的才能。

1958 ~ 1962 年德沃金担任纽约法律家协会会员兼纽约 Sullivan & Cromwell 律师事务所的助理。1962 年，他成为耶鲁大学法学院教授，1968 年成为 wesley N. hohfeld 法理学讲席教授。尽管德沃金在牛津求学期间曾经尖锐批判老师哈特的实证主义法学思想，但哈特在 1969 年仍举荐其接替自己担任牛津大学法理学特聘讲席，直至 1998 年。同时于 1975 年兼任纽约大学法学院教授直至去世。他还曾担任过哈佛大学、康奈尔大学、普林斯顿大学的教授。1985 年起他还兼任伦敦学院的访问教授。

德沃金先生像

他的第一篇文章是1963年发表于《哲学杂志》上的关于Judicial discretion（司法自由裁量）的文章。但是，他是自从1967年在《芝加哥法律评论》上发表文章The Model of Rules（后来改为Is Law a System of Rules? 在《法律哲学论文》上重印）之后获得名声的。这篇文章也就是后来出版的《认真对待权利》一书的第二章，也是令法科生们鼓起勇气初步阅读德沃金著作的一篇重要文章。正是在这篇文章发表两年之后的1969年，德沃金接替哈特担任牛津大学法学院法理学讲席教授。这个教席原来一直是一位美籍教授阿瑟·古德哈特（Arthur Goodhart），直到1952年哈特到来。英语法理学在当时正处于低迷时期，正如麦考密克当时说的“法律人已经停止对哲学、对法律哲学的兴趣，法理学只是成为日常读物或复述经典的教程”。

德沃金教授访问浙江大学法学院并受聘担任浙江大学顾问教授（2002年5月）

与你分享学位的喜悦*

各位导师，各位同学，大家好！

同学们，今天是你们穿上学位袍、戴上学位帽的日子，是大家用汗水和心血换来的喜庆日子。值此欢庆的时刻，我代表法学院的老师们，向你们——法学院2006届的本科毕业生、硕士毕业生以及博士毕业生表示最诚挚的祝贺，祝贺你们辛苦地、充实地、圆满地完成了学业、获得了学位！

涓涓细流汇成大河，你们的学业成绩汇聚成了法学院集体的荣誉。2004年，法学院获得学校首届本科生学术科研成果排行榜人均第二名，2005年获校第二届本科生学术科研成果排行榜人均第一名。本科生法学研究会获2005年“浙江省高等学校优秀学生社团”及“浙江大学十佳示范社团”称号，法学一支部获“浙江省高等学校支部建设创新奖”。3年来，法学院研究生在A类或一级刊物上发表论文160篇，在B类或二级刊物上发表论文

* 在浙江大学法学院2006届毕业生学位授予仪式上的致辞。

210 篇，出版专著、编著 6 部，获得 6 项科研奖励，其中，国家级二等奖 2 项，省部级一等奖 1 项，省部级二等奖 4 项。我们的博士生在各自选题领域成为了这个问题的专家，你们的学位论文得到评审专家的充分肯定和好评。

有这样的成绩真是不容易，此时此刻，大家一定会回想起前些年的寒窗生活。梅花香自苦寒来，宝剑锋从磨砺出，所以我们共同欢庆、共同分享学业成功的喜悦。如果在欧美的大学，同学们是以奔放的方式如游行甚至狂欢来庆贺的，而我们是以中国人特有的含蓄和矜持，庆祝着自己的学业成就，虽然没有狂欢的香槟，也没有全家的欢聚，更没有沿街的游行，但是你们的表情里面充满着东方人特有的喜悦和满足的美感。此时此刻，我被你们的喜悦感染了，我真诚地希望大家在今天能够尽情地、欢畅地、淋漓地为自己的学位而庆贺！因为你们已经付出了艰辛，因为你们已经获得了成功，因为你们已经踏上了新的路程！

今天是我和你们分享喜悦的日子，所以也顺便谈谈与学位有关的事。

在大学里授予学位起源于何时？开先河的仍然是我们所熟悉的波伦那大学。就是法学与医学、神学并列为最早可授予学位的专业。1158 年佛雷德里克一世颁发特许证书，允许波伦那大学对其神学、医学和法学的毕业生授予学位。到 15 世纪后，博士、硕士、学士学位之间的差异开始明显：神学、法学、医学的毕业生获博士学位，艺术、语法等科类的毕业生则取得硕士学位，仅完成四年制大学课程的学生只被授予学士学位。现代欧美大学或者有欧美大学传统的大学里，都有一个惯例，就是法学学位是最重要的、最难获得的学位。

学位，作为授予个人的一种终身有效的称号，是对其学术水平的一种评价结论。学位起源于教师任职资格证明，英文的（teacher）教师就是从拉丁文“docere”（博士）演变而来。最早的毕业文凭，其原有意义是说明这个学生已经具有当教师的资格，才给他发放一张证书。既然有资格当教师了，那么毕业前要举行一次试讲，这后来就演变成为毕业论文答辩。因此，学位首先是代表着你受教育的资质，代表你的学术水平，也代表你的艰辛学习的汗水与心血。

黑色的学位袍象征着学者成熟的思想、稳健的行动。因此，你的学位袍是黑色或深色的。为了区别不同的教育程度与学术水平，学位帽上的流苏颜色代表着不同的学位级别，博士的流苏为红色，硕士的流苏为深蓝色，学士服是最新发展出来的（1994 年当时国务院学位委员会还没有考虑学士服），流苏是黄色。

学位论文与学位尽管重要，但是人生的这篇大文章才更加重要！在你们即将走上工作岗位、开始新的征程时，我们要知道学位也是一种社会责任，学位是大学通过教育授予你的一种济世能力，也是国家与社会对你能力的认可。所以每一位学位获得者都应该理解学位里所包含的责任。有学位的人比没有学位的人更有社会责任，学位越高责任越大。因为你在事业上有更多更好的机会，你有更多的机会去效劳于社会。在永久保存这份学位证书的同时，心中应该时刻记着要回报父母、回报家庭、回报母校、回报国家、回报社会，作一个有益于他人、勇于承担社会责任的人。大家应该谨记“求是厚德，明法致公”的院训，要无愧于浙大“法律人”的称号，为我们的法治事业和理想作出自己的贡献。

正如血缘是不可终断的一样，你们与浙大、与浙大法学院之间的学缘也是永远不会分离的，你们是浙江大学法学院的终身成员，欢迎各位在任何时候光临母校！

明天，你们就要启程远航，最后，祝大家在今后的生活道路上，身体健康、生活幸福、事业成功！

谢谢！

向图书馆致敬*

——《光华法学图书馆简讯》发刊词

《光华法学图书馆简讯》要发行了，我很乐意接受邀请，为新刊写几句话。

图书馆之于学校、之于社会的重要性是不言而喻的，但图书馆对于法学院的特殊意义则并不是大家都已经认识到的。哈佛法学院兰代尔曾有这样的论断："图书馆是教授和学生应有的必要场所……它对我们，就像大学所有的实验室之于化学和物理学者一样，就像自然历史博物馆之于动物学者一样，就像所有的植物园之于植物学者一样。"自1915年起长达30年先后主持哥伦比亚和耶鲁法学院图书馆的美国图书馆业领军人物 Frederick Hicks 也曾经说过同样的话，他还认为在现代法学教育中，图书馆与课堂

---

* 本文原载2010年3月《光华法学图书馆简讯》发刊号，也正是光华法学图书馆修缮工程开工之初。目前这所图书馆已经过修旧如旧的文物古迹修缮，面貌焕然一新地耸立在之江校园，成为之江校区学生最喜欢待的地方，也成为杭州城内最新的人文景点。

具有同等重要的地位。

法学图书馆的主要功能包括：第一，法律训练职能，与法学教师一起共同培养学生的思考、推理以及研究能力；第二，法律信息职能，对法律文献的收藏、有序组织整理、利用。美国法学院通常是把这两方面结合在一起的，法律诊所与模拟法庭教育的第一个环节就是法律信息检索，所以法律训练与法律信息收集是一体化的流程。一名职业的法官或律师在办案的第一关也是检索与本案有关的法律信息，进而进行法律分析和推理。

修缮前的光华法律图书馆

所以，当时在光华法学院的建院规划中，图书馆的藏书量增长是学院发展最重要的指标，图书服务制度改革是最重要的管理制度之一，图书馆作为机构是学院机构最重要的部门之一，图书馆经费是除人事经费之外的最大宗的投入，图书馆大楼是校园设计与修缮中的核心工程，图书馆馆长和馆员的引进标准是最苛刻、最无可替代的……当时我们邀请了纽约大学法学院图书馆副馆长刘丽君女士帮助我们为图书馆做了非常专业而精细的规划和设计。此外，华盛顿大学法学院图书馆罗伟馆长、台湾大学图书馆副馆长林光美女士、台湾著名建筑师王夏维先生、上海著名建筑设计师金泽光先生等，都到之江校区现场考察并为我们提供了详尽的专业咨询意见。

现在，我很高兴地看到，在我的两位好友——纽约大学法学图书馆刘丽君女士和华盛顿大学罗伟先生的支持和帮助下，在我们何灵巧副馆长的领导与实践下，光华法学图书馆已经在向国内一流法学图书馆迈进了一大步。她们在服务目标上，从“资源建设”逐渐转变为“用户服务”。改变图书馆单纯追求信息资源增加的状态。她们通过专门的光华法学图书馆网站，丰富网络资源，服务器24小时开放，阅览流通一体化，每天开放14.5小时。这是光华法学院边受挫边建设过程中取得的重要成果之一。所以，我无论作为前任院长还是辞职后的普通教授，都要向图书馆及其工作人员致敬。

当今图书馆面对三项挑战，一是网络与电子书籍；二是富裕了的读者购买力与市场化发达的书店；三是现代人对知识的快餐式慵懒。从30年前我们没书看，到30年后我们不看书，这期间变化很大。这20年来，看书的人少，写书的人多；而写书的人呢，他写的书又比他看的书还多。大学的图书馆大楼外形盖得像超级工厂或公司写字楼，尽管很宽敞，可里面装了些什么呢？连图书馆都没有人文气质，那么大学还有人文精神吗？大学法学院已办到了600多所，可是能有几所办好法学图书馆的呢？其实也正是没有法学图书馆这个要求，才使办法学院变得很容易、很轻松。

我曾经在哈佛法学院的兰代尔图书馆受到启发后，解释过中国人讲究“书香”的意义，实物传统书是虚拟电子书无法替代的。其实读书人对书还有一种讲究，即讲究它的一种实物的存在形式，其一，实物的书籍带来气氛与灵感；其二，满足一种类似于古玩爱好般的奇妙的占有欲望；其三，书香还有某种象征意义，图书馆是学术圣殿的话，书香就是一娄朝拜的檀香。所有读书的人来此低声轻步地朝圣，俨然是对学术、对思想、对知识的敬畏。

博尔赫斯说：“天堂应该是图书馆的模样”。现在的社会能让人产生敬意和敬畏的场所太少了，我期待光华法学图书馆能够成为国内一流的法律图书馆，成为让人们产生敬意的图书馆。

2010年3月12日

（上）修缮后的光华法学院图书馆
（下）“天堂应该是图书馆的模样”（博尔赫斯）

夹缝中的法学人生

——缅怀沈宗灵教授

沈宗灵教授仙逝，我和大家一样非常悲痛，这几天一直缅怀这位长者。沈先生去世是中国法学的一个特殊损失。财新《新世纪》记者要我写点什么，我想，沈老师的为人为学令人敬佩，我就把他的为人与为学两方面结合起来谈几点，也作为对沈老寄托的哀思。我认识沈宗灵教授是在20世纪的1988年，当时我读研究生，导师支持我去北京听课，我经同学介绍，联系上沈宗灵老师，直接到他的家里，受到沈老的热情接待。在他一贯的严肃和严谨中，酣然流露出对年轻人的平等对待和细致体贴，这反而给了我无比的温暖和力量。我在北大选了他最早开出的法社会学课程。学生在法理学道路上一直得到先生的提携。我们可以从多方面来概括沈老的风范，比如，涉猎西方却立足本土，遭受厄运却厚积薄发，探索法理却关切实践，身处夹缝却风格独立……从他的学术人生中，我觉得有四点值得我们关注和总结。

第一，他是如何在夹缝里追求法学的科学精神的？在结合社会、实践与时势的法理学研究中，沈老绝不是随波逐流地追随，也不是趋炎附势地赞美，而是持独立、中立、科学的学术立场。在我看来，这是从沈老身上所看到的一种学术立场、科学精神和爱国情怀——尽管法学这几十年来一直或多或少地受到意识形态因素的影响，他却能在政治与科学的夹缝中探索那份小得可怜的法学真谛。这种顽强的学术生命力，恐怕只有中国老一辈学者才会具有。这可能就是他身上的那种把法学当科学的学术精神——尽到科学家的职责，守住学者的本分。法学与政治的关系是天然的密切联系，但同时，能否在政治性与意识形态性之间作出区分，这是沈老与同时代的许多法学家的区别。沈老的论著中，这一特点是非常显著的。中国法学脱胎于苏联“维辛斯基法学”，现在回想起来，整个 80 年代的法理学实质上就是要不要“去苏联化”、要不要“去意识形态化”的左与右的拉锯战。沈老的《法理学》教材是当年在这两个“去”上作出最早定型的教材之一。这也体现了他在法理学和法哲学研究的夹缝中求生存的智慧。

第二，他是如何在掣肘中追求法学的中立立场的？深受政治运动折腾的沈宗灵教授，尽管命运多舛，但是，他在学术成就上却为什么仍然达到如此的高度，而且还游刃有余？与他的同时代知识分子相比，无数的人都放弃法学学术，无数的人在恢复法制和法学之后，已经没有底气，也没有学术积累了，可是沈老厚积薄发，依然耸立在时代法学的潮头。我把他这个特点的原因归结为：在掣肘中寻求法学的中立性立场。这种中立性尽管他没有表达出来，但确实是早已被他洞察到的。他在法理学知识体系的科学化、中立化、多元化方面，作了重要的贡献。比如他把法律解释理论、法律推理、判例制度、“法的规范作用”等具有技术性的法理学问题引进到我们的教材，使中国法理学的科学性和中立性得以增长。他对西方法哲学思想的娴熟自不必说，令人钦佩的是，他高超的学术判断能力是结合了中国本土问题的，是去除了西方学者的意识形态与偏见的。经过沈老的精心筛选和提炼，这些西方学术思想在不同程度上释放出科学、中立的光芒。我相信他这个学术功夫是有来历的，那就是他长期的学术积累、国情体验，以及运动经历。正所谓在夹缝中努力争取学术生命线的经历，磨砺了他这个特殊的功夫。

第三，他是如何在压力下追求法学的开放视野的？80 年代末至 90 年代以来，思想界仍然时多时少地有一些禁锢和反复，可是沈老能够不顾风险、接二连三地就把哈特的理论、佩雷尔曼的正义理论、塞尔兹尼克的法律社会学、波斯纳的经济分析法学、卢埃林的现实主义法学、拉德勃鲁赫的相对主义法学、霍菲尔德的权利理论、哈特与德沃金的理论分歧等，引介到中国法学界。同时也把各法学流派介绍到中国，启发了中国学者，包括历史法学派、分析法学（注释法学派）、美国现实主义法学、相对主义法学、人文主义法学派、女权主义法学、伊斯兰法、法律全球化理论。这一系列的引进和研究都对开阔法学者的视野和思路、促进法理学的多样性起到举足轻重的作用。我们知道，当时的法学界官方领导对沈老虽有敬重但却并不信任和欣赏，因为沈老没有提供官方短期所需要的那种法学作品与观点。

第四，他如何在厄运后追求法学的本土实践？前 30 年的政治运动中，他几乎停止了法学研究，可是在 70 年代末 80 年代初恢复法制与法学之后，他很快进入状态，虽然个人命运遭受到历史的不公正待遇，但是他没有悲观地泄气，也没有愤怒地谩骂。对过去的厄运，我们从来没听他埋怨过。他虽然以研究西方法理学—法哲学著称，但他内心有着强烈的中国情怀。他关心中国现实问题，在不同时期都把学术视角投向鲜活的中国法制建设实践，严谨地探索中国法治的本土性问题。80 年代初时值我国法律体系初建，他撰写了著名的《论我国社会主义法律体系》。法学界热烈讨论法的阶级性和共同性问题时，他发表了《研究法的概念的方法论问题》。1986 年抓精神文明建设，他发表了《论法律与精神文明》。1988 年，当时民主风气甚浓，理论界关注人与法的关系，实务力量重视法制、关注法律实施，沈老发表了《论法律的实行》和《“法制”、“法治”、“人治”的词义分析》。1990 年前后全国上下又一次讨论人权问题，沈老发表了《人权是什么意义上的权利》和《二战后西方人权学说的演变》。1994 年，发表《为促进社会主义法治社会的形成而努力》，比中央确定“依法治国建设法治国家”方略早了 3 年，随后还发表了《依法治国与经济》等与法治有关的文章。在法学新学科的中国化创建中，他也起到了重要作用，比如中国的法理学、比较法学、法律社会学，他都有扛鼎之作，如《法理学》《比较法导论》《法律社会学的几个基本理论问题》。

沈老所从事的法理学—法哲学研究，对于一个从意识形态下走出来的学术界来说，这个领域是最具风险的地带。而沈老是这个地带的造诣杰出的法学家，因此他承受的风险也是最大的。夹缝生存，更显学者本色。国家的命运客观上限制了沈老这一代法学家的成就。如果国家的命运更顺利一些，以沈老为代表的中国老一代法学家的学术贡献也会更大一些。所以我们期待国家多一点宽容少一点控制，多一点开放，少一点禁闭，也期待新一代政治家的开明，期待民主与法治更顺利更成熟的明天。

2012 年 2 月 18 日
（原载“财新网”）

北京大学沈宗灵先生

兰代尔与哈佛法学院

坎布里奇的金色秋天，新英格兰特有的明媚阳光透过红叶射入校长办公室，洒在了会议桌上。哈佛大学法学院正在这里举行第一次正式会议。[1]

这一天是公元 1870 年 9 月 27 日。

与会人员有校长伊里奥特（Charles William Eliot）本人，还有三位教授，他们是 Washburn，Nathanial Holmest 和兰代尔（Christopher Columbus Langdell）。在 Washburn 教授的提议下，大家推选兰代尔为第一任法学院院长，从此开始了兰代尔 25 年（1870 年至 1895 年）的院长生涯。

说他是哈佛法学院第一任院长，是因为此前的法学院是不设院长的。这还得回到那一年的 4 月 8 日，哈佛大学法人集团采用了一个新的大学条例，条款有老的，也有新的。这条例对法学院

〔1〕 事实上人们总是以 1817 年作为哈佛法学院的起算时间。1817 年 6 月 12 日哈佛大学监事会同意在大学的资助下，在坎布里奇建立一个教道法律学生的学院。

产生了深远影响，其中至今还实行的一条是：每个职业性学院（professional school）都选一个 Dean，其职责是坚持本系科经历记录，准备公务，当校长缺席时主持本系科会议……可见院长一职是个无足轻重的形式上的职务。可是兰代尔改革理念想到哪里就实现到哪里，有校长掌腰，他使院长微薄的权力发生了巨大的实际效果。也就是从兰代尔院长上任这一天起，哈佛法学院开始了崭新的一页，开始了从传统法学院向现代法学院的转变，也正是由此开始，哈佛法学院成为领导世界法学教育甚至法学学术潮流的法学院。

兰代尔院长

兰代尔1826年出生在新罕布什尔州的New Boston。1851年至1854年在哈佛法学院学习期间，他花了很多时间作研究助理和学生图书管理员，坚持阅读大量的法律判决，由此他发展出一种法院判例的百科全书式的知识。在其律师生涯中，他表现得并不出色。他的基本才能是研究和写作。[1] 在他与阿姆斯（其下一任1895—1910年）的院长任内，哈佛法学院完成了法学教育和法学院的现代化过渡，发展成为一座现代法学院。如果用直观的概括来讲就是对传统教学方法的变革以及对法学图书数据的重视，这两方面集中体现在“案例教学法”与“法学图书馆”。而这两点是紧密联系在一起的。

体现实用科学精髓的众所周知的“案例教学法”就是在他任内确立起来的，尽管中国今天在整个社会科学（如经济学、管理学、社会学、教育学等）的教学中早已引进了“案例教学法”，可是很少有人知道法学界的兰代尔是这种方法的先行者。

在兰代尔之前，法律是按照“德维特方法”（Dwight method）来教育的，它冠以哥伦比亚大学一位法学教授的名字，这是一种讲授、背诵材料和练习相混合的方法。法学生为上课作准备得靠对专题论著的阅读，厚重的教科书只是解释着法律和综述领域内的精华思想（把某一专题领域内的精华文献集中复制颁发给学生的做法至今仍然是法学院的重要教学环节，相比较而言，我国目前连这一点还难以做到）。那时的考试就是靠背诵的记忆力。兰代尔的进路完全不同，在他的合同法课堂中，他要求学生只阅

---

[1] David A. Garvin, Making The Case, Professional Education for the World of Practice, *Harvard Magazine*, September 29, 2003, pp. 56–58.

读原始的资料即案件，并描述他们各自的结论。为有助于学生学习，他收集一批案例并予印刷出版，只附上一两页的导言。兰代尔的教学进路是受当时盛行的经验主义的极大影响。他相信法律家能像科学家那样依靠对某种原则或原理内核的深入认知来开展工作。接着，这种认知通过法院判决的途径得以最好的发展，从那里法的原则首次成为有形的实在被触知。国家法可能会改变，但是正如法律家所知的那样，法的原则或原理必须在任何地方被不断实践。用兰代尔的话来说就是“精通这些原则或原理，并以一贯的娴熟与确信将它们实际运用于人际事务的一团乱麻，是真正法律家的一种素质构成”。[1]

到兰代尔1895年离开院长职位时，案例教学法已经在哈佛及其他六所大学牢固地建立，芝加哥、哥伦比亚、耶鲁及其他精锐的法学院热衷于案例教学法，兰代尔的学生们也不断地广泛传播这种方法。到1920年，案例教学法成为占主导地位的法律教育方法并延续至今。

案例教学法并不能代替法学教育的所有方法，特别在制定法为主要传统的国家。事实上案例教学法在美国也不是全部方法。我们决不能迷信它。但是兰代尔的案例法与他的另一个更重要的思想是同出一辙的，那就是案例法所依赖的条件是法律数据，而法律数据就需要一个图书馆。案例教学与法学图书两个基本理念都是基于兰代尔的两个观点：一是他认为法学是科学；二是法学科学的一切可利用的材料在于出版了的书籍。所以他极为重视图

---

〔1〕 转引自 David A. Garvin, Making The Case, Professional Education for the World of Practice, *Harvard Magazine*, September 29, 2003, p. 58。

书馆，认为法学教育的中心是法学图书馆。他曾有这样的名言：“图书馆是教授和学生的应有的必要场所……它对我们，就像大学所有的实验室之于化学和物理学者一样，就像自然历史博物馆之于动物学者一样，就像所有的植物园之于植物学者一样。”当然现在有人认为他混淆了作为经验的科学和作为理性活动的科学。至少兰代尔当时始终坚持对这两点不动摇。

每次进入这座图书馆，我都会有一种油然的敬意，唯独不知的是这种敬意是对兰代尔，还是对兰代尔所代表的那一代人？抑或是对图书馆，抑或是对这学术的圣山？

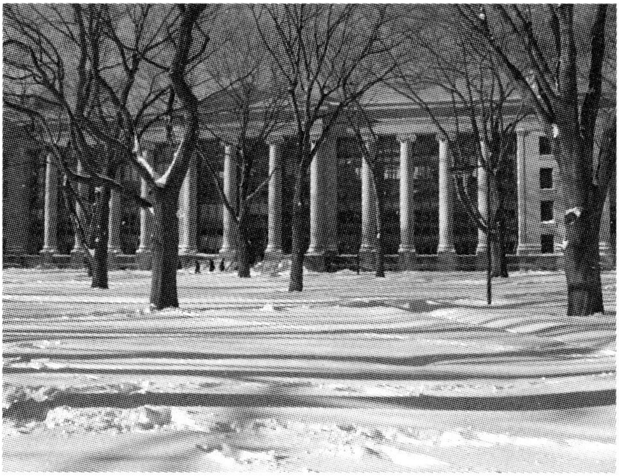

兰代尔图书馆

我很清楚的是，办法学院首先就是法学图书馆，而绝不是办一个律师楼！

我对于兰代尔的基本理解是，他坚信经验主义与实用主义，这在当时是十分见效的，但是也有一些值得探讨的或在其他国家需要谨慎对待的。比如他在改革中把长期形成的对法科学生的品德审查制度取消了。他认为没有必要强调法科学生的品行。这是个很复杂的问题，我必须在设定条件的情况下同意他的看法。这里有两个条件：一是这个外界社会的道德或信仰状况普遍较好；二是法学院及其法学教授们能够在职业教学内容中融进职业伦理的精髓。

尽管我并不认为兰代尔所有的法学教育措施是同样适用于包括欧洲与中国在内的世界各国的，但是作为院长，作为法学教育家，他的改革精神与敏锐观察力是值得我们每一位从事教育的人学习的。一个法学教育家站在时代的先列，关键的时候有一种理念的钥匙开启了一个崭新时代的大门。换种说法，就是一种改革与创新精神，这使一项伟大事业在历史长河的转折点上告别历史迎向新的一页。

仔细想来，其实如果只靠兰代尔个人的改革力量，那也是有限的，这就不得不提到当时的校长伊里奥特。1869 年伊里奥特成为哈佛校长，他当了 40 年的校长，这就是说他的任期是在1869—1909 年。而“兰代尔时代”（兰代尔加上阿姆斯两人的任期）是 1870—1910 年，这位校长的任期与兰代尔加阿姆斯的院长任期惊人地相吻合。似乎他就任的校长一职就是上帝安排来为法学院服务的。伊里奥特的活力与能量在于，对法学院发展的富有判断力并持续 40 年的兴趣。他对教师要求的深入了解，他那冒险创新的愿望，他对法学院兰代尔和阿姆斯的持续不懈的支持，都是这两任院长发展改革成效的必要条件。别的不说，你光看那法学院的地块，占了查尔斯河北岸主校园的几乎三分之一。

法学院、医学院、神学院这是欧洲古老的 university 的三大最古老的职业学院，没有它们“三院”成不了“大学”。现代呢？虽有世事变迁，可是法学院作为其中的一院仍然雷打不动地屹立着。哈佛法学院光有兰代尔时代辉煌的历史不行，它今天的法学院仍然是使哈佛之所以成为哈佛的一个重要因素。不仅哈佛如此，一流的名校都如此。没有法学院它们就不是哈佛，就不是耶鲁，就不是哥大，就不是斯坦福了。

有人问，为什么校长选择兰代尔而不是其他人？以致如此有效果，有报应？原因是，伊利奥特与兰代尔有共同的对当时科学主义的理智的信条。

2003 年 10 月 20 日初稿
2007 年 3 月 16 日定稿

泰坦尼克号上的哈佛学生

明年是泰坦尼号首航遇难 100 周年。许多人都知道泰坦尼克号，但许多人不知道，这艘船上遇难者中还有一位年轻的哈佛毕业生。他虽然在海难中死去，但他的名字却与哈佛的一座最大的图书馆永远地联系在了一起。

位于哈佛老院中心位置的韦德纳图书馆，全称是 The Harry Elkins Widener Memorial Library，它是哈佛大学图书馆中的旗舰馆。这个图书馆是由埃莉诺·埃尔金斯·韦德纳（Eleanor Elkins Widener）女士捐资而建，用此来纪念她的儿子哈里（Harry Elkins Widener）——哈佛大学 1907 届毕业的一位热衷于藏书的年轻人。

哈里·埃尔金·韦德纳，1885 年 1 月 3 日出生，乔治和埃莉诺·韦德纳的儿子，就读于 Pottstown 的私立学校黑尔（Hill）中学，毕业后进入哈佛学习，1907 年毕业。哈里是当时著名的缮本书收藏家。他的藏品包括了莎士比亚全集原始版本以及古装本《圣经》等，他还曾经通过早期书籍研究历史上的戏剧服装。显然这是一位有意志、有趣味的书生。

27 岁那年，即 1912 年春天，他和父母一起赴英国旅行，其实对他来说旅行中最重要的事莫过于购买英国图书，特别是古籍版本。据说，他后来确实买到了第二版的培根（Francis Bacon，1561—1626 年）的 Bacon’s Essais，这是一部出版于 1598 年的名著。哈里与父母亲一起搭乘首航的泰坦尼克号。正是在这次远洋行程中，他失去了年轻的生命，也牺牲了他从英国购买回来的他那些心爱的书籍。

哈里与父母亲一起，在瑟堡登上泰坦尼克号。韦德纳家的舱室为 C－80－82。4 月 14 日晚上，正如电影里所描写的那样，船上确实有欢乐非凡的船舱派对——哈里与父母参加了船上的一个纪念史密斯的派对，一些最富有的乘客也都参加了。后来发生的事，就如电影中所叙述的那样……

搭载泰坦尼克号的 Harry

晚上出事的那一时刻，哈里帮助母亲登上了四号救生船，然后，作为男人，他平静地等待着他的命运。他一度曾被安排进入了救生船，但哈利对帮助他的人说："我想我会坚持在大船上的，比利，给个机会吧。"关于这个细节另有一个小插曲式的版本，也是韦德纳太太未证实的故事，就是关于哈里充满浪漫地选择死亡的那一刻：当他正要迈入救生船的刹一那间，他想起了他新近获得的 Bacon' s Essais 的难得的版本，于是跑回去寻找这本书。

泰坦尼克号老照片

韦德纳太太把哈里的藏书全部捐献给哈佛大学。韦德纳太太为了完成儿子的梦想，同时向学校捐献了 2,000,000 美元巨资。这个图书馆于 1915 年竣工，图书馆规模扩大到了能够容纳 50 多英里的书架和 300 多万册，成为世界上最大的私人图书馆及全球第三大图书馆。据说，哈佛大学接受了这笔捐赠的同时，也接受了这位母亲的若干条规矩，并写进了捐赠合同：

首先，韦德纳太太要求在图书馆的中央永久地设立一个书房，该书房按照她儿子哈里在家里的书房一模一样的方式布置，每天打扫并插有鲜花，就像她儿子生前一样。这条原则从 1914 年始执行至今。

现在，在韦德纳图书馆的中央，第一层和第二层之间的夹层，是哈里·埃尔金·韦德纳纪念室。在哈里的画像旁供放着鲜花，作为礼拜仪式用。室内是英国栎木装饰和雕刻的家具，哈利韦德纳的个人收藏善本 3500 册。这表明，他生前收藏已经达到相当大的成就，藏书多数是 19 世纪英国作家的作品以及 19 世纪的插画本。

图书馆永久性展出的是哈里收藏的对开本的莎士比亚首发版本及 Gutenberg 圣经。后者是作为韦德纳家庭的礼物于 1944 年捐献给图书馆的。这本书印于 1450 年和 1455 年之间的德国 Mainz。这本漂亮的书籍佐证了当时活字印刷技术的成就。

其次，韦德纳太太规定图书馆不能改装，一砖一瓦不准挪动，以保存这座纪念图书馆的完整性。

为了保证遵从这位母亲的愿望，哈佛图书馆扩建时，扩建的进入该图书馆的走廊，是从窗户进去的，或者说，从窗户进去，才是合乎一砖一瓦不准挪动的要求的。我确实亲眼见证了这一点，当时没有想那么多，可现回味起来觉得特别亲切并感触良多。

韦德纳太太捐赠的条件中最后还要求，所有哈佛人都必须在毕业前学会游泳。这位伟大的母亲把对儿子的爱追加至广大的青年学生身上，这与她捐赠一座图书馆的举动，具有相同的意义——伟大的母爱延伸至永远。这也如同母亲拯救儿子不息的祈愿，哈里的灵魂才能被拯救，我想。据传，这条原则在强制执行了10年以后，才在家属允许下取消。

今天，韦德纳图书馆收藏已达320万册。藏书楼共10层，多达500英里的书架。它每年增加约6万册。作为哈佛的中心图书馆，它是哈佛大学文理科图书馆。收藏涉猎有文学、历史学、民俗学、语言学、经济学、社会学、哲学、心理学；还有特别门类的书籍，包括犹太、中东和斯拉夫的书籍；还拥有大量非西方语言的图书资料。

在HILL学校，韦德纳牌匾上写着：

哈里·韦德纳·埃尔金

黑尔1903年，哈佛1907年

生于1885年1月3日死于1912年4月15日

慷慨捐献艺术收藏善本。优秀的涵养、精湛的技艺使他成为白马王子。

在泰坦尼克号会见死神时，他勇敢面对，毫无惧色。

此牌由其同学献制

图书馆内 Henry 的纪念房间

梭罗与爱默生的友谊

从我居住的哈佛神学院往西北驱车三十多分钟，便可以到达康科德镇。这里曾经居住过两位思想者，他们的名字就是梭罗与爱默生。

梭罗·H. D.（Henry David Thoreau，1817—1862 年）生长在波士顿附近超验主义思想运动中心康科德村，父亲是小业主。20 岁于哈佛大学毕业，曾任教师，从事过各种体力劳动。在学生时代与爱默生相识，在爱默生影响下，阅读柯尔律治、卡莱尔等人的著作，研究东方的哲学思想，同时以爱默生倡导的“自助”精神进行思考，形成了一套独立见解。梭罗的著作都是根据他在大自然中的体验写成。1839 年他和哥哥在梅里马克河上划船漂游，写成《在康科德与梅里马克河上一周》（1849 年），发挥了他对自然、人生和文艺问题的见解。他的代表作《瓦尔登湖》（或《林中生活》）（1854 年），记录了他于 1845 年至 1847 年在康科德附近的瓦尔登湖畔度过的一段隐居生活。在他笔下，自然、人以及超验主义理想交融汇合，浑然一体。他是 19 世纪超验主义运动的重要代表人物。梭罗的文章简练有力，朴实自然，富有思想内容，在美国 19 世纪散文中独树一帜。他的思想对英国工党、印度的甘地与美国黑人领袖马丁·路德·金等人都有很大的影响。

爱默生·R. W.（Ralph Waldo Emerson，1803—1882 年），思想家、散文作家、诗人。1803 年 5 月 25 日生于波士顿一个牧师家庭。1882 年 4 月 27 日于马萨诸塞州康科德去世。17 岁毕业于哈佛学院。1826 年进入哈佛神学院学习，次年被获准讲道。1828 年成为波士顿第二教堂牧师，属于当时在新英格兰居优势的唯一神教派。后因不赞成这一教派的某些教义，放弃神职，于 1833 年赴欧游历，拜访浪漫主义运动的先驱人物兰道尔、柯尔律治、华兹华斯等，与卡莱尔结为知交，并深受康德先验论哲学的影响。回国后于 1836 年出版《论自然》一书，这部书几乎包含了他所有重要的思想的胚芽。1837 年 8 月 31 日，爱默生在美国大学生联谊会上以《论美国学者》为题发表演讲，抨击美国社会中“灵魂从属于金钱”的拜金主义和资本主义劳动分工使人异化为物的现象，强调人的价值；提出学者的任务是自由而勇敢地从皮相中揭示真实，以鼓舞人，提高人，引导人；他号召发扬民族自尊心，反对一味追随外国的学说。这一演讲轰动一时，对美国民族文化的兴起产生重大的影响，被霍姆斯誉为“我们思想上的独立宣言”。

1838 年 7 月 15 日，爱默生在剑桥的神学院发表题为《神学院致辞》的著名的演讲，遭到新英格兰加尔文教派、唯一种教派等势力的抗议和攻击。爱默生的哲学思想中保持了唯一神教派强调人的价值的积极成分，又吸收了欧洲唯心主义先验论的思想，发展成为超验主义观点。其基本出发点是反对权威，崇尚直觉；

其核心是主张人能超越感觉和理性而直接认识真理。这一观点有助于打破当时神学和外国的教条的束缚，建立民族文化，集中体现了时代精神，为美国政治上的民主主义和经济上资本主义的发展提供了理论根据。爱默生的著作大多用散文所写，重要作品还有《论自助》、《论超灵》等，收在《论文集》（1841 年）和《论文集：第二辑》（1844 年）中。1847 年和 1867 年分别出版两部《诗集》。此外还有《代表人物》（1850 年）、《英国人的性格》（1856 年）等。

爱默生与梭罗的交往过程大致是：

1817 年梭罗出生在康克德市。1833 年，由于家中只能供养一个孩子上大学，而排行第三的梭罗较具学习天赋，便让他进入哈佛大学学习。

1835 年，爱默生与第二个妻子 Lydia Jackson 结婚并迁至康克德市。他和他的四个孩子都住在康克德，开始了他的交谈、阅读、写作、演讲的生活，有了一份能够维持舒适生活的收入。

1837 年，爱默生致信哈佛公司总裁昆西，力荐梭罗，使他荣获 25 美元的奖学金。爱默生家总是门庭若市，一些朋友如 Elizabeth Hoar、Margaret Fuller 等，总是来住上几个月，打点家务，交谈聊天。

自 1836 年开始，爱默生、阿尔科特、里普利等人在波士顿的康科德不定期地聚会，讨论“神学与哲学的不良状况”。这可以说是超验主义运动的起点。

1838 年，21 岁的梭罗毕业于哈佛大学，他打算去肯塔基找工作，因哥哥的原因而未成行。此后便成了爱默生家的常客。1839 年，爱默生帮助创办先验论者季刊《日晷》（1840—1844

年），发表文学作品和主张改革教育、伦理、政治等方面的论文。爱默生一度担任该杂志主编，是超验主义运动的主要代表。爱默生在文章中说道："我的亨利·梭罗将成为这种社交聚会的大诗人，并且总有一天会成为所有社交聚会的大诗人。"

1841 年 4 月，24 岁的梭罗因哥哥生病，关闭了他开办并任教的康克德学院，开始住到了爱默生家，干些零碎杂活、照料花园长达两年之久。其间，他借阅了爱默生的藏书，阅读了希腊与东方文学。他曾想求得一谋生之道，买下一破落农场，梦想着到弗林特湖畔生活。但弗林特家族拒绝了他至湖畔造小木屋。

1842 年，25 岁的梭罗因《日晷》而结识作家霍桑。冬天里，他与爱默生、霍桑一起滑冰。1843 年代替爱默生编辑《日晷》，五月担任爱默生兄弟威廉子女的家庭教师。

1845 年，28 岁的梭罗于是年 3 月，开始在瓦尔登湖属于爱默生的林地上建筑起小木屋，7 月 4 日搬进其中并开始动笔写（与哥哥）河上游记。

1846 年，29 岁的梭罗开始写《瓦尔登湖》。当年 7 月被警察监禁一夜，理由是抗议政府延续奴隶制而拒交人头税。次日早晨有亲戚替他交了税款，但他拒绝出狱，逐被强行赶出。爱默生不赞成他的做法，在日记中写道："别再胡作非为了。只要国家对你好，就不要拒绝付钱。"在他余生中，她姑姑担心他进一步与政府冲突而长期替他纳税。

1847 年，30 岁的梭罗完成了《瓦尔登湖》后便离开了爱默生的家族领地，离开了小木屋。

1849 年，32 岁的他和爱默生的友情趋淡。爱默生日记中说："梭罗的个性中少了点雄心壮志……"梭罗对自己渐长的名气和声望给爱默生带来的影响心存疑虑，同时又对别人指责他不过是爱默生的追随者而苦恼，甚至对爱默生没有大力宣传他的河上游记一书感到不悦。

1850年，梭罗33岁那年的7月，受爱默生嘱托赴纽约寻找《日晷》主编玛格丽特·富勒遭遇海难后的尸体，至此两人分开。

十二年后的1862年，45岁的梭罗于是年5月6日被肺结核病夺走了生命。据说病逝前能听得清的话是“麋鹿”和“印第安人”。

2004年7月6日

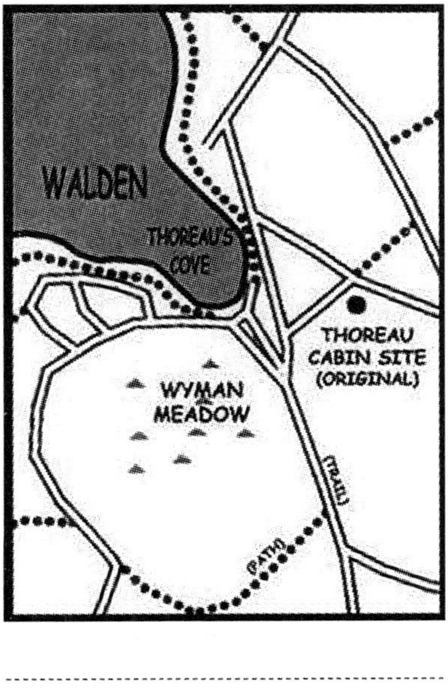

瓦尔登湖地图

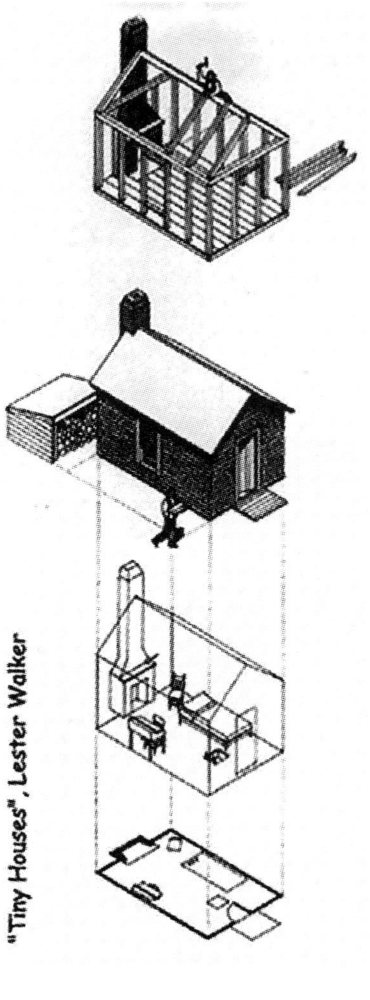

梭罗的建筑步骤图

（上）年轻的梭罗

（下）梭罗的小木屋

中年的爱默生

从哈佛老院到剑桥公园

Harvard Yard 是哈佛大学的老校园。它坐落在剑桥的哈佛大学中心位置，有一面紧挨着哈佛广场。院落内的草坪上耸立着的老树，十分的高大，四周是红砖砌成的古典欧式楼房以及古意浓浓的镔铁纹样的校门。草坪上、木椅上、树梢上、屋顶上到处躲着、蹿着、嬉戏着可爱的小松鼠。这个院落现在只供低年级的学

哈佛老校门

生作宿舍，唯少数几幢是办公楼和教室。老院大约只有一个足球场那么大（有资料记载是 22 亩地）。哈佛的其他学院以及公共设施都围绕着这个老校园而建，它几乎是哈佛大学的中心。

著名的 Massachusetts Hall 建于 1720 年。1995 年哈佛 275 周年校庆时，住在楼上的一年级新生，在此迎接包括他们校长在内的行政人员进驻这幢大楼办公，来做他们的邻居。建于 1726 年的 Wadsworth House 是一幢木结构的建筑老古董。它在 1775 年时曾是乔治·华盛顿将军的指挥部。现在它是大学的校办、图书馆、校友会等办公场地。设在 Harvard Hall 的几个教室，非常引人注目。

哈佛老院

因为它是哈佛大学唯一用 Harvard 命名的楼馆。此外，这个老院落里还有一座白色尖顶的教堂，叫纪念教堂（Memorial Church）。它原为纪念哈佛的儿子参加第一次世界大战，在教堂内部墙上还刻着同样为纪念捐躯于第一次世界大战、第二次世界大战以及在朝鲜战争和越南战争的毕业生。现在此教堂是供哈佛师生举行基督教礼拜以及艺术活动的场所。老院落旁边还有一个新院（New Yard），坐落着著名的韦德纳图书馆（Widener Memorial Library）（1913—1915 年）。新院另有一幢叫 Sever Hall 的楼，是美国著名的建筑设计师理查森（Henry Hobson Richardson）设计的，建于 1880 年的古典罗马风格的建筑，现作为教室。其半圆的拱型大门令人印象深刻。

Harvard Hall

大学馆（University Hall）前面，就是哈佛最重要的建筑物——约翰·哈佛的黑色铜雕像。它是1815年由Charles Bulfinch设计并完成的雕塑作品。有人统计每5分钟就有一批外地或外国游客到来这里，并在哈佛铜像前注视、评说、留影纪念。雕像下方的石碑上刻着：

约翰·哈佛，大学创办人，1638年

（上）Memorial Church

（下）哈佛校长像前

这三个字样通常被认为是“三个谎言”，因为上述三项声明是不真实的。第一，1638 这个数字并不符合约翰·哈佛；第二，约翰·哈佛并不是哈佛学院的创始人；第三，塑造雕像时哈佛先生的照片找不到了，因而也无法确认哈佛先生是什么样的形象。可是哈佛大学压根不忌讳这所谓的“谎言”，并公开刊载于媒体供人们调侃取乐。

因此，流传着这样的未被证实的轶事：为纪念哈佛先生，人们准备树立塑像，却发现哈佛没有留下照片可供雕塑家塑造形象，于是只好在全校范围内，由学生投票表决出一位最像哈佛的人，并以他的形象为模特塑造铜像。这就是今天耸立在哈佛雅德（老校园）的哈佛雕像，全校学生“选举”产生的。难怪他如此英俊（甚至有点“酷”）！

校长的幸运脚

17 世纪初，英国首批移民来到北美东海岸，开拓自己大英帝国麾下的“新英格兰”。1630 年继“五月花”号帆船载着 102 名英国清教徒靠岸在波士顿以南的普利茅斯之后，又一批英国清教徒 1000 人乘 11 只帆船从英国横渡大西洋，靠岸在北美大陆波士顿以北的 Salem，然后迁移到波士顿，成为美国最早的永久移民，北美大陆上的第一座城市波士顿开始诞生。

一百多名在英国的牛津和剑桥大学受过古典式的严格教育的清教徒们，为把大英帝国光辉文化在这块新开垦的土地上开花结果，为使他们的子孙万代继承传统式的英国教育，于 1636 年建

星条旗下的哈佛

立了英国式的高等学校，专门为培训神职管理人员而设。一位名叫约翰·哈佛的建校委员，把自己财产的一半还有一个图书馆捐赠给了一所学校。为了纪念这位捐献者，校名于1639年改成了哈佛学院，这就创立了美国历史上的第一所高等学府。1780年，美利坚合众国建立的第一年，有一百四十多年历史的哈佛学院升格改名为哈佛大学。

哈佛的校训是“Amicus Plato，Amicus Aristotle，Sed Magis Amicus VERITAS”。把这拉丁文译为中文，就是“与柏拉图为友，与亚里士多德为友，更要与真理为友”。所以，哈佛的校徽上就是“Veritas”，我把它译为中文“求是”（并不仅仅是与浙江大学的“求是”校训一样，或许所有的大学在这一点上都应该是

想考及格就摸哈佛的脚

一致的）。据说这个校徽设计草稿图早在 1643 年就已经被提出，却无意中被搁置于档案中，沉睡了近二百年。直到 200 年校庆，校长昆西在寻找校史资料时，才在偶然中发现了这一图案，继而，才把它重新介绍给哈佛师生。

穿过哈佛老校园，便是哈佛广场（Harvard Square）。这是剑桥的一个有五六条主干道交汇的地方。地下便是地铁哈佛广场站。

哈佛广场的周围有许多餐馆、商场和书店，服务设施琳琅满目，店铺鳞次栉比，用汉字题名的“燕京”小饭店以及“小香港”饭店，镶嵌在充满英伦或南美情调的大街上，显得特别突出。这里还集中着五六家特色书店，Harvard Coop 书店位居中心地带，是规模最大的一家书店。这片总体呈三角形的小小地块里，

Harvard “Veritas” 校徽

各色人等熙熙攘攘，有行色匆匆的学生，也有优雅漫步的长者以及东张西望的旅客，来此弈对消遣的居民、化妆诡秘的街头艺术家、激情似火的街舞者，还有每天准点来此“上班”的流浪乞讨者更是此间特色。空气里不仅充满咖啡、香水、西点混合出的一股奇特且浓郁的香味，似还弥漫着书香。各种音符与人声交织在一起，像是“联合国式”的多元文化杂烩合鸣，在空间里轻快地流蹿，并没有予人丝毫不和谐感。悠扬的琴音、节奏强烈的鼓乐声，夹杂着街道里各类莫名的磕磕碰碰的声响，竟别具一番令人难忘的情致。外来的、本土的音乐，甚至是中国京胡，无不自豪地各领风骚尽管奔放。

剑桥 common 幕落之间

广场周围最吸引人的地方，是那些古老的文化遗址。这里有剑桥最古老的教堂，17 世纪首批英国移民建造的具有英格兰风格的祈愿建筑；埋葬着上两个世纪此地区众多名流的墓地等，使驻足者可以直观地了解波士顿的历史，甚至窥视早期美国的人文历史。

1700 年，波士顿逐渐成为贸易港口，迅速地发展着与欧洲与非洲大陆的海上贸易往来。1763 年，英国王乔治三世颁布法令，限制作为英国殖民地的波士顿独立与海外自由贸易，遂引起波士顿自由商人的反英情绪。1765 年，英国殖民统治者增加了对北美殖民地的税收，再度激怒了波士顿移民，反英情绪火速升温。1770 年，英国殖民政府，对波士顿移民的反抗活动开枪镇压。1773 年，50 名波士顿移民化妆成土著印第安人，夜袭了停泊在港口的英国货船，并将船上运载的茶叶全部掀进海里，此事件便是著名的反抗英国殖民统治的“茶党”活动。1774 年，波士顿移民开始武装自己。同年 4 月 19 日英殖民政府派出 800 名军人至波士顿郊区的莱克星顿（Lexington）追缴移民武装的武器，和那里的“民兵”发生冲突，“民兵”开枪还击，点燃了历史上称之为“列克星屯枪声”的反英战争导火索，由此引发了持续 8 年的美国独立战争。1776 年，移民武装控制了波士顿，英国殖民政府宣布撤退。

最令剑桥人骄傲的是这里与华盛顿将军有关。1775 年 3 月，乔治·华盛顿将军，在剑桥就任大陆革命总司令，发动了美国独立战争第一战役。如今，民众公园里矗立的“和平纪念碑”及“作战大炮”，都是这一历史的标志物。

2003 年 8 月 14 日

（上）晚霞下的剑桥公园

（下）剑桥广场上的人权（饥民）雕塑

哈佛法学院的建筑

哈佛法学院成立于1817年，是现存的美国历史上最悠久的法学院。今天，大约有1850名学生、100名教员和325名工作人员工作、学习、生活在法学院19座建筑里面。

哈佛历史上的第一堂法律课是在学院2号大厅举行的，又称韦伯农舍，它在法学院建筑中的地位一直到1832年建成戴恩馆（Dane Hall）为止。因为戴恩楼后来成为哈佛法学院的主楼或活动中心。1881年开始建筑奥斯汀楼（Austin），这幢典雅的建筑完成于1884年，从此它取代了戴恩馆作为法学院活动中心的地位。目前，奥斯汀楼与Gannett馆（1838年）及黑斯廷斯大厅（1889年）并列成为哈佛法学院的重要建筑，它们常常让人记忆起法学院的历史沿革的历程。

奥斯汀楼是美国最古老的并迄今被继续使用的法律教育建筑之一。绛红色、土黄色、乳白色的砂石，古城堡式的大石块墙体与尖顶，半圆形的拱门、拱廊、拱顶，半立体镂空的浮雕，局部细节上镶嵌着欧陆古典花饰、脸谱及棋盘图纹，构成庄重、华贵、古朴、典雅、暖色调的建筑风格……总之，它被称为具有“罗马复兴式”的建筑风格。三个典雅的拱型大门，上面雕刻着华丽的图案。呈拱型哥特式的走廊，令人对建筑与建筑的功能产生了奇妙的联想。20 世纪主要建筑的修复完成于 1985 年。据说当时是非常忠实于原设计者理查德森的完美设计。它的一楼有三个大教室，今天的学生，仍然充满期待地在此研习法律，他们的四周悬挂着英美著名法官画像，这些画像是法学院独有的艺术收藏品。哈佛大学法学院的法律诊所办公室（Office of Clinical），设在奥斯汀楼的一楼大厅。拾级上二楼，你会发现阿姆斯审判庭——一个以法学院院长詹姆斯巴尔·阿姆斯（James Barr Ames，1895—1910 年）命名的审判庭。二、三年级的学生在此间的模拟法庭中进行辩论、演习审判。美国最高法院的法官，通常会主持阿姆斯模拟法庭的最后一轮比赛。阿姆斯审判庭原来配在法律图书馆，直到 1906 年建成 Langdell Hall。阿姆斯审判庭经历了几次修缮，最近一次是在 2001 年。

法学院奥斯汀楼

（上）奥斯汀楼的设计师 H. Richardson

（下）奥斯汀走廊

（上）Gannett 木屋

（下）奥斯汀大厅

奥斯汀楼（Austin Hall）是由亨利·霍布森·理查德森（Henry Hobson Richardson，1838—1886 年）设计的，他毕业于哈佛，又为哈佛法学院设计了奥斯汀楼的理查德森。亨利·霍布斯·理查德森 1838 年出生于路易斯安那。他的祖父是氧气发现者、著名的科学家 Joseph Priestley。他曾经在新奥尔良的 Tulane University 经过几个月的学习，据说年轻时候的他本来希望去西点军校学习以从事军人职业。后由于某种不太说得明白的原因，他被拒绝入学，退而改选了哈佛。1856 年 2 月进入哈佛大学学习，1859 年毕业。1860 年他赴法进入巴黎美术学院学习。但美国内战导致其家庭经济恶化辍学，于 1865 年返回美国，在纽约开始执业建筑设计师生涯，一发而不可收了。他短暂的一生筑就了许多辉煌的作品，它们当中有教堂、图书馆、学术场所、法院、民用建筑等。1886 年 4 月 27 日，理查德森因患慢性肾脏疾病逝世，年仅 48 岁。除去读书学习时间，他实际只工作了 21 年，却令人惊异地在世间留下了多达 31 件建筑作品！这也就是说，平均每年设计并建成近一幢半建筑。

Gannett House 于 1838 年由 Samuel William Pomeroy 设计，它是校园里最古老并被保存下来的建筑。哈佛大学于 1897 年买下它，并以 Reverend Caleb Gannett 冠名。该房子曾经有过多种用途：早在 20 世纪初年，它是学生宿舍，每年住宿费只要花 125 美元至 250 美元；1925 年起又成为《哈佛法律评论》（Harvard Law Review）编辑部。从我到达哈佛这一年起，它再次另作它用了。Gannett House 最初是面朝 Harvard Square 的，可能是因为太嘈杂，1938 年间，它被作了 90 度的转向，使之大门朝向法学院校园内侧。

黑斯廷斯楼原是作为宿舍设计的，是沃尔特·黑斯廷斯（Walter Hastings）赠送给哈佛大学的礼物，他祖上的家就在这附近。该学生宿舍拥有可供 96 个学生居住的 60 套房子。低层房子为出版中心，大多数的行政出版物在此出版；八个由法学院学生主编的学术刊物也出自这里。

Griswold Hall 是 Erwin Griswold（1904—1994 年）于 1979 年秋季捐赠给哈佛的。当时正值前法学院院长（1946—1967 年）、美国前副检察长 75 岁生日。Griswold 设有院长办公室、师资办公室和其他行政机关。这个馆的建设和庞德楼均由波士顿剑桥的建筑师本杰明·汤普逊（Benjamin Thompson）设计，著名的波士顿海滨的昆西市场就是由他修复后重新启用的。

法学院学生食堂有时会搬至兰代尔图书馆前的草坪上

Areeda 楼，作为 Langdell 的附楼建于 1929 年，于 1995 年春天荣冠法学院菲利普 Areeda 教授（1930—1995 年）之名。此楼设有若干个教师办公室。走廊上陈列了许多大型肖像画类的艺术收藏品。

初至哈佛，正面有 16 根巨大柱子的兰代尔图书馆，一定是大家最先涉足的地方。无论是建筑气势、地理位置，抑或是人气，它都是哈佛法学院的心脏。

哈佛法学院大多数建筑物，都有地下隧道，幢幢相连。在新英格兰的冬季大风中，这无疑是相当切合实际的体恤。

兰代尔图书馆是 1905 年时任法学院院长的阿姆斯主持设计的一幢新建筑。它准备集教室、教师办公室、图书室为一体，其设计师也来自设计奥斯汀楼的同一家设计公司。1907 年兰代尔楼南厅正式投入使用。北厅和西厅于 1929 年在同样建筑师的指导下竣工投入使用。整个大楼以克里斯・哥伦布・Langdell 命名，他是哈佛第一任法学院院长（1870—1895 年），也是法律案例教学法之父。

1997 年 Langdell Hall 由原设计师所在公司再次进行全面整修。现在，除了两头的两个大教室，图书馆占据了整幢建筑。收藏有 150 多万册图书，支持着法学教学和研究，并成为全世界法律学者的取之不竭的资源。设于四楼的阅览大厅是对公众开放的。来宾经许可由图书馆前台的流通处进入。阅览室的最北端是 Caspersen 厅，学校收藏的一些稀有的书籍、手稿、绘画等在此展出。

在 Langdell 图书馆的正门大堂入口处，有一尊高大的雕像，雕像下方镌刻着 Joseph Story 姓名字样。约瑟夫・史多利是哈佛法学院的教授（1829—1845 年），曾经担任美国联邦最高法院大法官（1811—1845 年）。有趣的是，史多利教授雕像的雕塑者是史多利的儿子威廉·韦特莫尔·史多利（William Wetmore Story）。

刘易斯国际法中心大楼，是国际法律研究中心图书馆，其中包括大约整个法学图书馆 1/3 的国际法藏书。这也是研究生课程之家，每年大约有 150 名律师和学者，其中大部分来自国外，来此寻求一个硕士学位或 SJD 学位，或把时间花在研究和写作上。刘易斯楼是 1993 年由 1968 年级已故的刘易斯先生捐赠的。刘易斯曾经担任 TLC 比特丽斯公司的 CEO 和董事长。可见哈佛法学院的法科学生，并不一定去从事法律工作，还可以在非法律职业诸如商业领域、政治领域取得骄人的业绩。他是第一个在哈佛以名字命名设施的美国黑人。

像 Griswold 大楼一样，庞德楼也是由波士顿剑桥建筑师本杰明设计。它用前法学院院长（1916—1936 年）罗斯柯·庞德的名字命名。一楼是法学院教师的肖像走廊，同样还有以“法律上的妇女”为主题的图片展览。庞德楼包含了一楼的数个教室和二楼的数个大型会议厅。三楼是一些行政办公室和学生服务处。

法学院最沿大街的还有一幢孤独的小楼叫贝克楼。它是优雅的维多利亚式别墅，1981 年法学院将其买下来进行了翻新。贝克楼现在用来作为哈佛法学院的互联网中心以及哈佛法律援助中心——俨然也仿佛是一幢小小的律师楼。

Harkness Graduate Center，也是一幢特别有意思的大楼。这个集学生宿舍、食堂、书店、休闲和社会服务中心于一体的建筑是由设计建筑师沃尔特设计的。这大楼的门厅大堂里有法学院全体学生的信箱，整个大厅里充满了一种人丁兴旺、人流穿梭、乱中有序的气氛，学生们行色匆匆，墙壁与广告栏里贴满了学术广告与学生信息，不时会有一些学生社团组织的公益活动，诸如环境保护、和平呼吁、救济贫穷等，大厅里还有 coop 商店，像个小百货公司。门口的 Harkness Commons 是一个供学生自由聚集、吃饭、喝咖啡、聊天的露天公共空间。

坐落在兰代尔图书馆左侧大草坪上的 Hauser Hall（我把它称为豪舍），是自 1970 年建庞德楼以来的最新的校园建筑。它由波士顿的一家著名的建筑设计公司设计；以两位捐赠者（Gustave 和 Rita Hauser）中的一位先生的名字命名，他们都是法学院的校友。该建筑巧妙地结合了奥斯汀楼的圆形拱门的设计元素并形成自身强烈的新型现代风格。1994 年，此楼获得美国建筑师学会成就奖。它设有 35 个教师办公室，三个 seminar 教室，三个会议室和两个阶梯教室，底层设有法学院的计算机实验室和学生资讯科技服务办公室。大法官霍姆斯先生画像就挂在此楼的主入口处的正面。

斯坦福的爱、信念和智慧

进入斯坦福，必会为其古朴典雅、大气磅礴的校园所折服，这是我的断言。据说，斯坦福先生是将他开采加利福尼亚金矿之所获，以及建造横跨美国东西部铁路的盈利，加之和他在旧金山的 8180 英亩的农场土地，创建了斯坦福大学。

显然，这座大学需要巨资来建造，然此外更重要的是爱与智慧。

说斯坦福大学必然提到 Leland Stanford，也必然提到他对他唯一孩子小斯坦福的爱。

斯坦福以经营港口、金矿及铁路著名，是旧金山铁路大王"四巨头"之一，曾任参议员并带领加州加入了林肯总统的联盟。Leland Stanford 与妻子简（Jane）婚后 18 年，方得独子小斯坦福（Leland Stanford Jr.）。小斯坦福多才多艺，聪明可爱。他熟悉自家农场的所有农机，自己修建了一条 400 米长的小型铁路。父母亲送他到了欧洲留学，能讲流利的法语，喜好艺术和考古。然而不幸的是，一场伤寒病夺去了小斯坦福的生命。始终守在病床前的斯坦福在爱子去世后悲恸至昏迷了，醒来后的他对妻子说：

“加利福尼亚的孩子，都是我们的孩子！”此话就是创办斯坦福大学的信念，一个痛失爱子之父的爱的信念。所以世人称：“斯坦福大学因爱而生！”

谈论斯坦福大学不能不提到“信念”这个神奇的东西。

首先，就是斯坦福的“大学”信念。斯坦福于 1885 年 11 月签订了新办大学的原则意向。格中原则后来被认为是斯坦福大学的“宪章”。他认为高等教育的原则应是使学生“受到人道和文明的熏陶；明晓法律约束下的自由之可贵，懂得热爱和尊重人生，从而享有生存、自由和寻求幸福的权利之神圣原则，以此推进公众福祉。”

（左）斯坦福夫妇　　（右）小斯坦福

还有值得一提的是，首任校长乔丹的治校信念。乔丹担任校长长达23年（1891—1913年），他是引导斯坦福大学走向学术辉煌的大教育家。斯坦福先生直到大学开学典礼揭幕前半年，才通过康乃尔大学校长到Indiana（印第安纳）大学物色首任校长。结果，斯坦福先生与乔丹博士一见如故。Stanford夫人后来曾说："世界上只有一个乔丹校长。"

乔丹校长在开学仪式上说："我们，作为教师和学生，在本大学的第一年，要奠定一种基础，使之能随着人类文明的延续而永在……它不为传统所禁锢，不为外物所阻碍，它一往无前!""我们要把受过教育的人的无价之宝传给学生，把获得真理的力量传给学生。"于是，首届学生中就出了一位总统（胡佛，Herbert Hoover，斯坦福大学采矿专业毕业，美国第31届总统）。

斯坦福先生

斯坦福先生于 1893 年 6 月 21 日去世后，祸不单行，全国性的金融危机接踵而至，斯坦福的财产被冻结。他的顾问们劝斯坦福夫人停办这所大学。经过两个星期的闭门思考，斯坦福夫人召见乔丹校长，告诉她，她不打算停办学校。据说，高大的乔丹校长跪在夫人面前吻她的手，以示尊敬，随后一起应付危机。斯坦福大学从开办起就免收学生的学费。在金融危机的艰难情况下，仍不改一贯的承诺。直至 37 年后的 1930 年起，才收 120 美元。乔丹校长后来说，这所大学生死的千钧一发，全系于一个善良夫人的爱。

斯坦福夫人

要说斯坦福大学最具视觉冲击力的，要数校园和校舍建筑。

这是一种智慧，融入一砖一瓦的智慧。她出自一位年轻的建筑艺术家之手。这座大学的校园建筑是如此超凡脱俗！1886 年开始建筑规划设计。斯坦福先生请来设计过纽约中央公园的著名建筑师 Frederick Law Olmsted 作规划，由 28 岁的杰出青年设计师 Charle's Allerton Coolidg 作具体设计。1887 年 5 月 14 日是小斯坦福 18 岁的生日，斯坦福大学在这一天举行了奠基仪式。一座座带长廊的四方形建筑开始出现在“农场”的绿地上。

“黄色的砂岩拱门和回廊，蔚蓝的天空，红色的屋顶”，这是 1891 年 10 月 1 日斯坦福大学揭幕时，首任校长乔丹对校园所作的描述。据我个人对建筑风格的了解，它是一种建筑美学流派的首创，对于美国是个建筑奇观，甚至对于欧洲，也是建筑风格上的空前创新。建筑行家称之为“西班牙加罗马式风格”（Spanish-Romanesque），其实这一说法只表明了斯坦福建筑风格的系谱渊源的传承归类，全然没有确定这番传承背后的创新价值及对建筑史的发展所具有意义。然而，建筑之美，的确难以言表。

2004 年 5 月 11 日

（上）要奠定一种基础……使之能随着人类文明的延续而永在
（下）西班牙加罗马的建筑风格

肆

共享法律*

其实西方语言与西方文明中的许多词汇的含义是需要认真去品味的。你要是了解 common 的名词意义，你会更深层地把握 common law 的意蕴。英美的 common law，在汉语中被译为“普通法”，其原有的意蕴其实并没有被揭示出来。仔细想来，如果较真的话，我们可以说这是个不够准确的汉语译词，只是因为长期使用这个并不准确的概念，大家都习惯成自然了。

common 作为名词，它是指被一个人以上平等地拥有和分享的事物。[1] 我住所附近常常看到各种各样的 common，比如 common room，这几乎在每幢大楼里都有的供大家共用的正式聚会或非正式聊天用的室内空间，如果说我们一个家庭的各成员的共同休息场所是客厅的话，那么 common room 则是一个组织机构的

---

* 本文原载哈佛燕京中国校友会主编：《人类文明中的秩序、公平公正与社会发展》，北京大学出版社 2009 年版。

〔1〕 作者系浙江大学光华法学院教授。Black’s Law Dictionary (Fifth Edition), West Publishing Co., p. 249.

“客厅”。除这种室内的 common 外，还有露天的 common。比如在法学院，兰代尔图书馆与庞德楼直角相交接处有一个 common，那里有一些木制的桌椅摆放在露天里，通常有许多学生坐着喝咖啡、吃快餐、抽烟、聊天，它是法学院师生共用的公共场所。还有更大的露天 common，比如 Cambridge 市紧挨着哈佛校园就有一个 Cambridge Common，它是一个公共绿地或称公园，1775 年，华盛顿独立军的兵营就驻扎在此。它不是私人的，也不是哈佛的（虽然紧挨着哈佛），而是属于全市公民的。再到波士顿其他各市镇去看，发现更多的 common。以波士顿的 Copley 的 common 为例，东面是著名的教堂（贝聿铭先生的借景建筑设计代表作就是以该教堂为景摄入现代化的玻璃幕墙），北面是公共图书馆。据燕京的一位从事建筑与文化研究的同事的陈述，西方传统市镇都有这种 common 的规划设计并至今保留承袭下来，这个传统就是，一个 common 周围总是有几样不可缺少的建筑，诸如教堂、法院、图书馆、博物馆，等等。这位朋友还坚定地相信：common law 的 common 与作为公共空间的 common 是同一个意思。我想，不管是否属实，其实这些公共性建筑物也都是公共或共用的，也具有 common 的性质。尽管我还没有时间去考证西方城市建设与建筑设计方面的文献，来验证他的这个说法，但是这并不太重要。因为 common 所具有的“公共”“普遍”或“共用”的属性是不可否认的事实。所以 common 作为形容词，它有“通常的”“平常的”“习惯的”“多人共用的”“多人拥有的”的意思。

我们还需要了解当时那样一种法律为什么会被命名为 common law 的原因。18 世纪英国学者马修 · 黑尔（Matthew Hale）1794 年在《普通法的历史》一书第三章中专门对“为什么称之为 common law”作了解释，他解释了三个方面的理由。第一，之所以这样命名，是与其他已经在王国境内通行的法律相对照而言。首先是与成文法（制定法）相区别对应，其次是与习惯法相区别对应，最后是与私法、教会法、军事法。第二，爱德华三世统治时期，诺曼人征服之前，存在着多种法律，因而是多种性质的法律，它们在王国的不同地区实施，比如商法、丹麦法、西撒克逊法。这位国王为使王国限制在一种法律下，正如当时在同一位国王统治下一样，全国只应该有一种法律被遵守。所以伦纽尔夫·西兹伦斯被亨利·史伯曼从名单中选定来从事法律统一工作，经过历史变迁，最后由候登完成普通法，可能是祖父首先集中这些法律于一体，然后经过爱德华加以创作加工并命名为 common law。第三，也是最确切的，就是这种被称为 common law 的法律是这个王国中共同自治的法，或曰它是正义的统治。这种法律对所有的人、事、案件都是具有公共性和普遍性的，并对适用于特别主体和地区的特别法具有统制作用。[1]

黑尔的第三点有说服力地解释了 common law 中的 common 不是“普通的”（general）意思，而是“普遍的”“公共的”“共同的”意思。

今天，有英美法传统的法学院教授在解释 common law 时，常常把它与三个词汇放在一起进行辨析与对比，这三个词汇就是 equity law（衡平法）、civil law（大陆民法法系）和 statute law（成文法）。的确在使用这个词的时候因语境不同，所指也不同。

---

〔1〕 Sir Matthew Hale, History of Common Law, Vol I, 1794, Reprint 1993, pp. 128 – 131.

与衡平法对应时，它原意是指以令状制度为核心的法律。与大陆民法法系相对应时，它是指英美法系。当 common law 与 statute law，（议会制定的法，即成文法）相对应时，它指的是包含法院判决的那一部分法律，而不同于被议会制定的法律。在这个语境下，common law 一词的应用解释是有来历的。在诺曼征服后的这个世纪里，英王的法官在全国范围的各种地方进行巡迴审判。这意味着法官在不同的区域却建立起全面划一的法律图景，通过扩展实际有用的原则的适用区域，并舍弃某些较少实际意义的原则，他们能够使全国的法律一元化。另一种说法则是，法律被一元化据说是它总是具有全国共性的，所以它变成大家熟知的 common law。[1] 同时我们也需要指出，common law 的 common 虽然具有“公共的”这一层意思，但是我们也不能把 common law 理解为现在所谓的公法（public law）。公法它是与私法（private law）对应，而不是与 civil law 相对应的一种法律。[2]

我们的常识里面都把 common law 当作英美国家特有的法律，其实 common law 并不是英美法系独有的。伯尔曼在《法律与革命》中谈到 common law 时曾说道，“正是亨利二世统治时期司法权的历史性扩张标志着英国 common law 的起源——English Common Law 这个短语也同样由此而来。的确，在 12 世纪和 13 世纪，短语 common law（Jus commune）首先是教会法的概念。它是教会法的一部分（主要部分），可通过基督徒适用于教会法院，它

---

〔1〕 Ian McLeod , Legal Method, Macmillan Press LTD, 1999, London, p. 22.

〔2〕 在英美法系内部，与 civil law 相对应的则是 criminal law（刑法）。

与适用于地方的地方教规（补称为 lex terrae，属地的法）相对应而适用于地方。罗马法同样也称为共同法（common law），因为它被看作是理论上原则的体现，并在任何地方有效。”[1]

读《法律与革命》的时候我们还会注意到，伯尔曼还多处提到欧洲其他国家的 common law，如法国、德国。[2] 这是我们很少注意到的。欧洲大陆国家怎会有 common law 呢？

关于欧洲国家的 common law，还有一本非常有意思的书，就是鲁本·阿瓦拉多（Ruben Alvarado）的 *The Common Law – The Law of nations and Western Civilization*。在导言中，他谈到这本书的写作开始于艾德蒙特·伯克（Edmund Burke）的一本书叫《法国革命的回应》。伯克在书中提到的一个短语抓住了阿瓦拉多的兴趣，这个短语就是 the old common law of Europe。他还看到另一个回应这一观点的书叫《古老传统和法国革命》，作者是著名的法国思想家托克维尔。托克维尔说到他发现一个现象时的十二分惊喜——在中世纪法国、德国和英国的法律及制度中存在着“显著的相似之处”，所有三个国家的行政都源自于同样的普遍原则；托克维尔在结论中说道：“我想，这样说是不会言过其实的，14 世纪欧洲的政治、社会、行政、司法，以及财政制度，以至于文学作品的生产，各欧洲国家曾经拥有比现今时代更多的相似点。”托克维尔把这种共同的社会结构的特征描述为“欧洲的古

---

〔1〕 Harold J · Berman , *Law and Revolution – The formation of the Western Legal Tradition*, Harvard Press, 1983, p. 456.

〔2〕 伯尔曼还在此书第 480 页提到法国的 common law，他说“在（当时）法国全境存在一些统一的习惯，因而它们在表达上被称为 common law”。在第 503 页和第 517 页中提到德国的 common law。

代宪章”。[1] 在托克维尔看来，这种“欧洲的古代宪章”就是 the old Common Law of Europe。还有值得一提的是鲁本·阿瓦拉多这本书的封面，选用伦勃朗的作品 *The Conspiracy of Claudius Civilis*（可译为《克劳丢斯平民的共谋》），封底注解的大意是：

伦勃朗的这幅作品捕捉到了普通法历史的转折点。荷兰统治阶级吸收教会自由的传统，把它与世俗意志结合在一起。“真正的自由”，自由作为其自身的目标远比某些事物的部分更伟大。取代次级自由成为更高目标，正如 common law 传统一样，荷兰共和主义者以及他们的追随者后来的历史，把自由看作是从这种更高目标下的解放，更把它视为目标本身。

几点归纳性思考：

第一，凭借 common 一词的含义来分析，恐怕把 common law 译为“共同法”“公共法”会更妥帖一些。它已经是约定俗成的概念，我们只能保留最初的译词，但是，我们不妨在词义理解上作些纠正和强调。

第二，只有承认法律可以被共享，才会有法治。正因为有这样的理念，才会有公开的立法程序与法律公布与公开之法治原则，所以朗·富勒把法律的公开与公布原则作为“法律的内在道德”之一，所以各国的法治都遵循法律公诸天下的基本准则。如果没有法律的公开与公布，则法治是没有任何可能性。

第三，我们有理由揣测并展开研究：导致西方社会走向法治的原因或因素有很多，其中是否与古代 common law 有关？古代

---

[1] Ruben Alvarado, *The Common Law – The Law of nations and Western Civilization*, Pietas Press, 1999, pp. 1 – 3.

common law 是不是英国与欧洲的走向法治的社会性基因？在探讨西方法治历史的诸种经典著作中，似乎都没有明确地提出古代 common law 对于西方法治的遗传基因式的意义。

第四，法律应当是一个共同体的共同规则和共同意志。Derek Roebuck 在其《普通法的背景》中说，在原始社会，“人们的生活以相当不同方式显得很有秩序，社会的经济关系不是对国家而是对种族群体是共同的。我把这种社会称为共同体”。[1] 重温恩格斯《论住宅问题》的那段关于法律起源的名言：“在社会发展的某个非常原始的阶段，产生了这样一种需要，把每天重复着的在 common rule 之下进行的产品生产、分配、交换的，每个个人都服从这种生产和交换的共同条件。这种规则最初是习惯，不久演变成了法律。”恩格斯的 common rule（共同规则）从实在法形式上看当然是国家制定的，所以它具有“统治阶级意志”的特点。但是从这些规则的社会渊源来看，它不仅仅是国家意志、统治阶级意志，它还是社会公共意志。不管它属于习惯还是已经成为法律，其内容的“共同”性质是不会变的。

第五，法律应当被全民共享，而不应当为某个强势阶层所独享，无论贫与富、强与弱，法律都应当是天下公器，是人民的公共资源，决不能容许把法律变成某个阶层独享的资源。我们到什么时候，才可以把法律的本质理解为人民共享的资源呢？其实法律它本来就应该是来自底层生活的、来自民间的，她是民间生活的反映，是市场规则的载体，是坊间习惯的记录，是民众意愿的

---

〔1〕 Derek Roebuck, *The Background of the Common Law*, Oxford University Press, 1990, p. 5.

的再现。尽管法律需要具备“技术理性”（artificial reason）的少数人——法律人来操作，但是，法律的本质仍然是为人民谋福祉的。法律作为一种社会公共资源，它不是一部分特殊人群独占的专利，而是普天下人民共享的公器。

2004 年 2 月初稿于哈佛查尔斯河
2007 年 10 月定稿于杭州六和塔下

Sir Matthew Hale

西洋工具与中土灵性
(Western Tool and Chinese Soul)

一、 工具在西洋与中国的不同发达程度

原始的初民在劳动的时候，人手甚至人本身沦为工具是很正常的事。相反，在另一种情况下，人的手却因有了分类齐全的工具的存在而不再是工具了。

最近我有一户邻居在请人整理房前的院子，两个工人开过来的车上放满了工具，光是耙类的带柄的工具就有 20 把之多（我后悔当时没有拍下照片来）。美国工人使用他们的工具时，人就显得十分轻松自得，潇洒如意。他们虽然做着整理院子的粗活，却像外科手术医生那样精巧地使用工具，毫不夸张地比喻，这院子的地皮就像手术台上的活人那样被精细地对待。我并不是表扬美国人的细心（其实他们很粗心，大大咧咧的），而是在关注西方文明对工具的重视这一现象。

而我在国内看到的工人，即使是精密机器的修理工也难得会

有如此齐全分工精细的整套工具。其实我们找这种证据不必太费心思，就在日常生活中我们就发现西方人与中国人在工具意识上的区别。中国人不重视工具的一个重要例证就是餐具。吃西餐的工具有各种刀、各式叉、各种勺以及其他必要的附属物品，而中餐的工具只要一双筷子——这两根细木棍就能够完成所有就餐程式，取代一切就餐动作。而我们的功夫都在于烹饪的技艺，才会发达出令中华子孙颇为自豪的中国烹饪艺术。类似的例证还有，比如中国书画，它不在乎绘画工具的复杂精细，而功夫贵在用单一的黑色在薄薄的宣纸上画出传神之笔。而西洋画却注重颜料、画笔、画布等工具。

正是因为中国人不重视餐具，才导致中国美食讲究色香味；也正是中国人不重视画具，才导致中国画强调意境、意蕴。

可能与轻视或缺乏工具互为因果关系，中国人因此发展出了一种特别精细的手艺，比如唐三彩、泥人张，比如景德陶瓷、潍坊风筝、东阳木雕、陕西剪纸，等等，现在都被列入或即将被列入世界非物质文化遗产。而且这种手工技艺是以垄断为原则的，既不适于师徒教授，也不善于文书记载，更不提倡外界传播，而是在合法继承人那里得到秘密的传承，比如父传子、子传孙。当手工技艺的嫡系正宗传人死亡之日，也就是这项手艺从世界上消失之时。我们虽然知道意大利有顶好的手工制作的皮鞋，但是我们没有听说过皮鞋制作技艺只是在家族成员之间传授的。我们常常听说中国的某项手工技艺因历史或人为原因而失传，但从来不曾听说西方的某项技术因某个人的死亡而终结。这都是因为我们中国人总是把一项技术或技艺当作个人身份的附属，是个人修养（技术居然成为个人修身养性的组成部分）的一部分，而没有把它与工具结合起来，因此“奉帮”裁缝不能与缝纫机结合，张小泉不能与裁布车床结合，指南针不能与航海探险结合，乃至烟花爆竹不能与武器弹药结合……因此，在词典里头，手艺被解释为“即以双手与简单的工具相配合所产生的手工技艺和艺术”，手艺“即是用手工从事的艺术或技艺，工匠们靠着常年熟练的功夫，制作出各式各样的艺术品、器物、和装饰品”。

而这种手艺不同于西方的建筑、设计、油画、雕塑等艺术形式那样因强烈的工具依赖而获得了一整套关于技术的理论。因此技术与手艺也就有了分野：后者没有系统理论，它只是经验，可以体会，不可口授；不仅如此，而且，前者还会因此工具的革新而日新月异发生再变革，再再变革，无穷尽地发展……由此可以推测，为什么以技术变革为核心内容的工业革命会产生于西方，并且在世界其他地区普及的时候，却在中国没有得到很好的发展的一个重要原因。

二、实用主义哲学与工具理性

第一次进入哈佛雅德（老校园，现为新生宿舍区），我朋友就指着草坪跟我说：“这是很实用的。”这个老雅德是先按照人行之需要，设计出一条最佳捷径并切出道路后再种植上草坪的，而不是先种植草坪再被人踩踏出一条符合最佳捷径原则的道路来。其实这只是美国各地草坪的一个例子，它是美国人行事原则的一个缩影。自这以后，我每次去哈佛广场经过雅德老园就会考虑余君的这一说法，就会思考实用、实用主义、杜威等。

美国之所以发达成为当今世界第一大国，可能有两个主要原因，一是哲学，二是制度。而美国的制度也深受哲学——实用主义哲学的影响。实用主义对形而上学的鄙弃是基于这样的逻辑：对“实在”的形而上的思辨或理论分析都是无意义的，这种“实在”只是打上主体的印记的实在；有意义的物件是主体活动的结果，主体在“本然之物”为“为我之物”过程中的作用。实用主义把实在（本然之物）人化了，即为我之物。杜威说：“自然变成可以任意塑造的供人使用的东西。”[1]。其实在我看来实用主义是非常注重人的主体性的，重视主体价值的，同时也强调了客体的效用的。

由此可以知道胡适深谙中国传统的弊端，也就以实用主义为良方，传入中国以对症下药。皮尔士与杜威都注重问题在探索中的意义，并把探索过程理解为解题。胡适与皮尔士、杜威的观点不同的是，他把“问题”划分为实用上的困难与理论上的疑难两类。前者是指与行为过程相联系，后者是具有超乎直接的行为之意义。“需要”被提到重要位置——既是假设与问题之逻辑关系的判定者，又是检验假设价值的试金石。从疑难的产生到疑难的解决，整个过程完全处于认知关系之外，而仅仅表现为从需要出发提出假设，又根据需要判定假设。胡适的阐述是：“人遇到困难时，他自然要寻求应付的办法；当此时候，他的过去的经验知识里，应需要的征召，涌出一些暗示的意思来，经验好像一个检察官，用当前的需要做标准，一项一项地把这些暗示都审查过，把那些不相干的都发放回去，单留下一个最中用的；再用当前的需要做试金石，叫那个留下的假设去实地试验，用试验过的成败

---

〔1〕［美］杜威：《哲学的改造》，许崇清译，商务印书馆1958年版，第62页。

定他的价值。”

如果以前述哈佛草坪为例，人行的需要与花园漂亮的需要两者之间，经过比较权衡，并对这个权衡结果进行选择，确定以人行的需要为重。漂亮是次要的。我们还可以发现美国人在服装化装等方面都是这样的，保暖或凉快、耐磨或耐脏，就是好，这就是实用至上，而漂亮被看作极次要的。同样，美国制造的家用电器或水管五金，也都是经久耐用的，但外观设计却极不重视，所以显得笨拙而浪费。我估计这个“需要”就是实用主义哲学的一个重要范畴了。

崇尚工具哲学实际上是体现主体本位精神的。重视工具的目的就是以作为主体的人的利益为出发点的。胡适曾经对科技与人的利益的关系分析得很透彻：

这样充分运用人的聪明智慧来寻求真理，来控制自然，来变化物质以供人用，来使人的身体免除不必要的辛劳痛苦，来把人的力量增加几千倍、几十万倍，来使人的精神从愚昧、迷信里解放出来，来革新再造人类的种种制度以谋最大多数的最大幸福，这样的文明是高度理想主义的文明，是真正精神的文明。[1]

从某种意义上说，实用主义哲学就是工具哲学。实用主义哲学还进入了政治与法律领域。出现了实用主义政治学与实用主义法学。“工具理性”的前提首先是对工具的需要和追求，其次是与工具创造与使用相匹配的理念、原则或规则。比如前述关于草坪道路设计问题体现了工具创造中的理念、原则和规则。再比

---

〔1〕 这是胡适1928年的话，转引自《科学发展所需要的社会改革》，载《胡适与中西文化》。

如，电梯作为工具引进以后，没有作相应的电梯使用规范的教导，比如升降电梯先出后进，自动扶梯靠右站立，等等，至于汽车交通规则、西装领带怎么穿着的礼仪讲究，则不必多说了。

三、 中土灵性的险境

其实，中国与西洋文明差异既不是所谓的物质文明与精神文明的差异、机器文明与精神文明的分野，也不是什么唯物的文明或精神的文明之区别。依我看来，与西洋人的追求工具（tool）现象相对应的是中国人的探究灵性（soul）现象。接近于哲学人类学的儒家仁学特别标示修身，通过“六艺”修养身体，这叫劳其筋骨磨其心智。宋明大儒定义儒家的人学为“身心之学”“性命之学”，穷究天人之际的学问。因为儒家所谓的人是包括身体、心知、灵觉和神明四层次的人，因此以“天地万物为一体”。

当然其中有诸多妙不可言之处，比如中医是探究人的灵性的，她把治疗疾病与人体的脉络、穴位、精气联系起来了；气功是探究人的灵性的，因为她把物理的健身武术与人的精神、人体的所场融合了；国画是探究人的灵性的，因为她从绘画物件的景、形、象中追求情、神、意；等等。这些都是我们中土文化中的精华，有积极的价值，并具有世界性意义。最为复杂的是中国古代的修身（selfcultivation）之说。正如一切文化都有利弊双面性一样，这一思想也可作两面分析。正面的积极的价值和作用当然不必赘言了。这里只说说儒家修身的负面影响，对此胡适早有评论：

人世的大悲剧是无数的人们终身做血汗的生活，而不能得着最低限度的人生幸福，不能避免冻与饿。人世间的更大悲剧是人类的先知先觉者眼看无数人们的冻饿，不能设法增进他们的幸福，却把“乐天”“安命”“知足”“安贫”种种催眠药给他们吃，他们自己欺骗自己，安慰自己。……人们享不了物质上的快乐，只好说物质上的享受是不足羡慕的，而贫贱是可以骄人的。这样自欺自慰成了懒惰的风气，又不足为奇了。[1]

其实探究灵性的现象本身是人类文明的产物，西洋也有这样的非宗教性的思想宗派，比如苏格拉底宣称他拥有的最有价值的东西是闲暇，又说那些需要最少的人，最接近诸神的境界。这与中国传统文化克俭物欲的观念是颇为接近的。当然，美德与真理一样，当它超过必要限度时，就会成为谬误。苏格拉底的弟子、犬儒派代表安提西尼（Antisthenes）把导师的信念发展到极端，他把财富视为有害无益，并把嘲笑财富当成一条行为准则。他认为，由于欲望会妨碍一个人对真理的认识，而财富又会助长一个人的欲望，所以明智的人应当回避财富。安提西尼老爱穿着破烂的斗篷示人，以此炫耀自己的财富观，还故意把斗篷翻过来，好让上面的破洞更明显，苏格拉底就含蓄地批评他说：“从你斗篷的破洞里，我窥见了你的虚荣心。”[2]

胡适对这种所谓“精神文明”的批评还是很有道理的。他说：“于是有狂病的人又进一步，索性回过头去，摧残身体，断臂，绝食，焚身，以求那幻想的精神的安慰。从自欺自慰以至自

---

〔1〕 胡适：《我们对于西洋近代文明的态度》（1926），载胡适著：《胡适与中西文化》，水牛出版社 1967 年版。

〔2〕 ［美］彼得·弗郎斯：《隐士：透视孤独》，立绪文化出版公司 2001 年版，第 28 ~29 页。

残自杀，人生观变成了人死观，都是从一条路上来的：这条路就是轻蔑人类的基本的欲望。朝这条路上走下去，逆天而拂性，必至于养成懒惰的社会，多数人不肯努力以求人生基本欲望的满足，也就不求心灵与精神上发展了。”

胡适曾赞美西洋科技，但是实际上西方的科学技术、制度原理到了中国，只能是“用”，居支配地位的仍然是“中学”之“体”。张之洞坚持认为西学只是“用”。用玄奥的中学来接纳西洋的科学，才是令老人家们放心得下的。

四、灵性哲学与中国人的脸面

中国的灵性哲学恰恰没有发展成为宗教，却进入了世俗社会，成为人们生活的组成部分。下面我们来看看灵性哲学在中国人生活中的一个特殊的表现。

为什么中国人会用“脸面”来指代复杂的社会的心理及行为？据说达尔文在《人类的由来》（1983 年版，第 869 页）中讲道“我们文明人讲美貌，把脸当作鉴赏的中心，野蛮人也是如此，于是脸就成了斫丧的集中之所”。此外，脸的另一作用是表情，是心理的一种反映。尼采说：“人者，能双颊发红之动物也，识羞耻故。”虽然人类都有脸面问题，然而，中国人却把脸面的文章做到了极致，从一种人类个体的生理与心理问题演变成为一个群体种族的社会学与人生哲学问题。

中国古代高度发达的人文学问博大精深，因其对人生终极目标的探求与解答而忽略了过程、工具、手段等问题。一切学问都成为道德之学，一切都从道德的路径来观察与分析，日常生活中的简单问题也被复杂地道德化，导致了中国人生活态度方面的特征。比如某人考试不及格就会与对不起父母相提并论，那么国家队的跳高选手不能得冠军就没有脸见祖国人民，也就成了理所当然的事。这种经典学问和社会经验发展为“礼”。

中国人对灵性的诉求并没有上升为宗教，而是发展出一套“礼”，人性的自我冲突本来应当在自然状态下协调地解决，可是它却被强制性地通过事先规定好的僵死的教条来束缚。“脸面”是注重灵性的中国人生哲学在现实生活中的一个物化的缩影。

群体交往与归属需要中，不同民族语言都或多或少表达着人与人面对面的交往关系。中国关于脸面的词汇极多，而英文极少，只有一些与中国人所讲的脸面无关的词，诸如“face to face”“in face of ”“show one’ s face”。

有本书叫《中国人的脸面》，从文化人类学角度说，“脸面”被赋予丰富的文化色彩，这种色彩就是中国传统社会的“礼”。《礼记·冠义》中说：“凡人之所以为人者，礼义也，礼义之始，在于重容体、齐颜色、顺辞令。容体正，颜色齐，辞令顺，而后礼义备。”他说传统中国人对礼的重视不只重内在德性修养，而且很重视人的面部表现，这就是“礼貌”的实质含义。

这些衣冠、容体、颜色都有尊严之类“礼”的关系内涵。我们与人交往中特讲究尊严，一种莫名其妙的自尊，日积月累之后，以致过斑马线时还端着肩膀，踱着方步，显示其尊严。由此想到某日雪天路滑一高大的洋妞重摔于地，发出颇响的声音，许多人关注她，但她从容地从地上爬起来，还幽默着，自嘲着，全过程中丝毫没有表现出中国人所谓的丢脸或有失尊严的表情。其实，这一幕若在中国大街上发生，这中国姑娘早脸红得没地钻了。

“咱们传统的繁文缛节不免给西方人很深的印象。……法国人很幽默地把一切繁文缛节叫作 chinoiserie。这个字的精彩很快被英国人所赏识，于是就借去变成 chinesery。咱们还有时为顾全对方面子起见不肯当时表示异议，英国人管这种虚伪叫作 Chinese compliment。说到‘顾全面子’恐怕是我们对于英文最得意的贡献了。”〔1〕

五、20 世纪初所谓的“机器文明”与“精神文明”之争

“五四”以来，在讨论中西文化差异的问题上存在一种论调认为西方长于机器文明，而中国长于精神文明。这论调目的是想要“以东方文明来与西方文明相抵抗”。可见 70 多年前也有人论及西洋注重机器文明的特点，遗憾的是把中国概括为注重“精神文明”以此来贬损西洋文明是一种“唯物的”“物质性的”文明。1929 年 12 月 26 日林语堂在上海光学大华中国语文学会作了《机器与精神》的演讲。

林先生观点如下：（1）物质文明并非西洋所独有，中国也有，诸如朱门绿扉、深宫大院、亭台楼榭、苑囿圆池；（2）有机器文明未必无精神文明，比如西洋的政治制度、学术思想、科学方法、文学艺术都在“近三十年内”让中国人赞赏追逐；（3）并非“没有机器文明便有精神文明”，无论何方都有物质文明与精神文明两方面；（4）机器就是精神的表现，有了科学然后有了机器，有了西人精益求精的商业精神，才有今日人人欢迎的舶来货品；（5）机器文明非手艺文明人所配诋毁的，也无所用其诋毁；

〔1〕罗常培：《语言与文化》，语文出版社 1989 年版，第 47 页。

(6) 机器之影响于人生。

林先生认为机器文明只能与手艺相对。这也印证了我曾经提到过的观点——中国在缺乏工具意识的情况下发展出了手艺，恰好是对缺乏工具或机器的一种特色化的补充和替代。我虽然不处在当时的语境之下，但隐约感觉到：物质文明（机器文明）与精神文明不能并列为一对范畴，它们是先入为主的国粹维护者用来混淆视听的两个概念罢了。其实西方的机器文明产生于它对工具的重视，是功利主义和实用主义的产物。然而辜鸿铭所谓中国的“精神文明”并不是今天我们所谓的精神文明，我能够理解他的意思并把他转化为今日话语——中国注重修身养性，这种发达的“精神”是内在于人的身与性的，它们是齐家治国平天下的工具，所以人成为工具本身，就不需要外在的物理性工具了。如果某人性情品德修得很好，就是圣人贤人，如果某人手艺娴熟精湛，就是大师宗师。我们的观念中，能够吃苦、耐劳、勤俭是良好品德，而什么叫“吃苦、耐劳、勤俭”呢？就是指在工具条件差的情况下仍然坚持劳动。如果进一步解释就是说，传统道德特别赞美和提倡无工具或少工具的劳动。相反，在拥有工具的情况下，如果你过多地借助工具之力，则被评价为“懒惰”，如果使工具受损耗，那么传统道德又有另一种评价，这就叫作“浪费”或“奢侈”。因此，我明白了，儒家对社会各行各业道德水准高低做排列时，为什么把农民排在工人前面的原因了——因为在体力劳动中农民比工人更少地使用工具。可是商人与知识分子使用的工具更少啊？为什么道德排位却在最后呢？因为儒家根本就不把知识分子与商人的劳动当作真正的劳动，而属于“取巧”甚至“投机”。

六、从器到技，再从自然科学到制度科学

从鸦片战争、五四到新中国和改革开放以来，科学观念的广泛渗入，中国社会弥漫着技术主义（不同于科学主义）之雾，至今不散。

对林则徐和魏源们而言，西方文明之长主要在于“器”。比如魏源说，“夷之长技有三：一战舰，二火器，三养兵练兵之法”。尽管没有看到器具与技术之差别，但看到西洋器具之发达，已难能可贵。洋务派办工厂、修铁路、开矿山，区分了“器”与“技”，还把技术列入“学”的领域，开办了译书馆等机构，有组织地翻译了大量西方科学技术文献，如《谈天》《代数学》《代微积拾级》《重学》《植物学》《地学浅释》等。维新派则代表社会良心的知识分子，他们对科学的理解不仅有别于器具，还超越技术的理解，具有方法论意义的理解。把科学理解为直接制约人们以什么方式来把握必然之理与因果关系。因此科学从“器”“技”到了“道”的境界。“作为器与技，科学以物作为变革的物件；作为道，它则以主体的观念为变革物件”。[1] 五四运动期间的知识分子把科学与民主向中国社会提出来了。

可是我们今天对科学的理解在社会普及的范围内仍然没有超越五四运动时期的水平。我们1978年恢复高考时为什么那么多人报考数理化？这里有多种原因，科学救国论作怪，社会科学受意识形态影响，思想复杂易惹官司的教训也在作怪，等等。当“科

---

〔1〕 杨荣国：《实证主义与中国近代哲学》，五南图书出版公司1995年版，第213页。

学技术是第一生产力”成为政策导向的时候，我们的政策在作一种倡道的时候，并没有考虑到纠偏功能，所以人文社会科学被严重冷落。尽管后来的领道人提出“要重视人文社会科学”，但是这种状况乃冰冻三尺，非一日之寒，无论学界内与外，民间与政府，都难以改变这种厚此薄彼的“偏科”状况。

而最为重要的一点是，社会科学中所研究的制度作为一种西方文明，并没有受到重视。至此，我认为已经找到了中国制度文明缺乏的文化根源，它就是缺乏具有形式理性的工具意识。

结语　灵性与工具的新问题

在日趋现代化和国际化的今天，社会变迁所带来的严重后果是传统的灵性有濒临覆灭的危险。中国在今天的经济发展中，一切都商品化、工具化了，而人的灵魂在社会变革中四处流浪，又被称为信仰危机或道德滑坡。历来以精神文明之邦自诩的国家，人的精神与灵魂却在流浪，这是一种历史性的讽刺。所以，在灵性或精神方面，我们需要进行现代化建设，摒弃过去的灵性文化中的陈腐因素，继承和发扬我们灵性文化中的优秀成分。我们需要回归，需要继承，需要复兴的这是极为重要的。

同时，当代中国在工具问题上，存在以下三方面的现实问题：

第一，本末倒置，人被自己创造的工具套上了枷锁，所以晚近时期不得不强调“以人为本”。我们应当防止被人类自己制造的工具所威胁，甚至成为工具的奴隶。例如，经济发展与自然保护环境、人文资源保护的关系。发展经济的目的本来是为人的生存、生活创造更好的条件，可是这一过程却适得其反地起到破坏环境与资源的作用。廉价的经济增长带来的危害极大，其实我们宁可要成本更大的经济增长，保护环境的代价再大也不为过。又如，对大学与学术采取工科式管理，计量方法从工具的地位居然上升为统治学者甚至统治思想的工具，认为一切专案的研究都只是为了制造工具，以为其产出的成果都可以通过计量的统计方法得出其价值；人文科学与社会科学被当作工科来对待。再如，在教育中，我们强调人才的工具性，所以工具性的学生当然是单一性的，是统一模式的，而不是多元的、个性化的人才培养观念。

第二，工具伦理问题的严重缺乏。比如汽车、手机、电梯等工具的引进，却没有同时引进汽车、手机和电梯使用的伦理。通常情况下汽车与行人发生矛盾时，应当谁让谁的问题在伦理层面上没有解决，所以出现了违规者被撞死也活该的地方性法规。手机的引进却没有把伦理建立起来，不管什么时间地点都统统开机，随时电话成为时尚流行性的习惯。电梯的引进，却没有引进电梯使用伦理，即使是星级宾馆的电梯口仍然会出现进入者冲挤出口者的不文明一幕。

第三，在重视工具的实用价值的同时，工具的形式理性被冷落，以为对工具的目的理性的重视就是一切，借口目的理性来否定形式理性。这是不尊重工具本身规律的表现。这在法律领域中表现得最为明显。比如审判或行政程式中的决定者总是觉得程序可有可无，认为没有程式也同样达到准确的决定结果，所以就放弃对程式的遵循。程式作为工具，有其自身的规律，不应当只看重目的而不重视工具的形式与过程。

2003 年 12 月初稿
2004 年 4 月定稿

我的房子，我的位置

我的房子坐落在哈佛校园内的高汉街 37 号（37A Gorham street, Cambridge）。南边挨着神学院，西边是牛津街。这是一座三层楼的洋房，前后都有一小片花园。我的房间在三楼，隔壁的室友是一位来自北京的年轻大提琴手。我的卧房窗口直面着房前两棵树的树梢，四季的变化，便如信使，通过这细枝末节向我传递体现了。从专供我进出的边门出来，经过高汉街，穿过哈佛神学院右侧的木栅栏就到了神学院。神学院是一座古典建筑，完全用石头砌成的，正面像个教堂。神学院的左侧就是燕京项目办公楼，从住处走三分钟就到达 Venserge Bulding——燕京社提供给我的办公室；大约六分钟路程到法学院。且不说房子与环境本身的优雅，以及燕京社、神学院与路途的咫尺相距，光是在这三足鼎立之间，就足以令许多访问学者羡慕不已了。

（上）燕京社与欧洲所相邻

（左下）哈佛神学院　　　（右下）我的边门

来哈佛的心情就如同隐遁。洋文中竟也有与隐遁对应的词——Hidden，词意与读音皆与汉字“隐遁”十分的吻合贴切，哈佛之于我，真是隐居研读的好地方。

我给法理与判例网的学生编辑发去的第一张照片，就是在哈佛校园的第一天见的一只小松鼠的特写。这其实就是我对自己心情的描写——大森林中的一个小精灵，无人知晓亦也不想招摇的自由自在者，用感知体味这所处。想象着自己是魏晋时期的隐遁林泉的先行者。

我常常坐的神学院门口的木椅

在这里我好像是享受到了“自由”。当然，并不是指美国的自由制度，而是指自己的状态；是我用心情去体会自由的感受。因为不需要像在国内那样忙碌于行政和应酬，接无数的电话。人便觉得立刻贴切与自我，动静自如于完全的自在，无需被动亦无需勉强。当细慎的系绊随岁月丝丝捆缚至深时，累的本身也变成了机械的惯性，人便如身置温水中的青蛙，水温的提升，在不知不觉中将跳脱的力量耗尽，再想跳脱已无可能；即便依助力而跳脱，蛙也只能是一只不再具有跳脱能量的玩意儿了。我庆幸我是

神学院大门

在水尚未加足温度之前，下意识地借力跳脱了，恢复自身的灵动力，竟是在如此美妙的境地。可就在刚来的那个月还常常有错鄂——口袋里的手机又有震动了？其实压根就没了手机，无非再是过去的惯性作祟，时刻提心吊担心又有人通知去某处开会。好在，眼下我成了园中的松鼠，回归了我的自然。

当灵敏的感知恢复时，我便如同曾经的处子，发现周遭每人都是十分随便自在的穿着打扮。学生与教授似乎区别不太大，homeless 的乞讨者与书生之间除了前者手里多一个可乐杯装硬币从而发出声响之外也没有区别。人们的穿着似形成了一种哈佛小区的 fashion，一件圆领杂色 T 恤，加美国式的牛仔裤或大管裤。我说的这种杂色，也似乎是些因为反复出现而形成的流行色，诸如黑、灰、青、铁锈红等。穿干净衣服的人基本是外来访问的或打工的。人们累了便非常随性地席地而坐，绝不顾虑他人会怎么看待自己。这不由得让我觉悟——“美国人真正实践着人是为自己活着”这句话。回忆几年前访问伦敦大学、爱丁堡大学，似乎没有这种情况。更不用说日本京都大学教授们的西装革履了。×君非常敏感地告诉过我，在哈佛，人们不关心你穿什么，而是听你说什么。进一步说，这里是思想与行为双重的自由解放。服饰对他们只是保暖而已，如果不为这个目的，他们也许会扔掉一切附加在身上的束缚。据说 Harvard Yard 里每到考试季节，男男女女的学生都会在此裸奔数小时，以此为自己振作精神、树立信心或许愿保佑。赤裸对每个赤裸者来说会产生什么样的感觉？我猜测大概和中国人面临挑战前剃光头是一样的。可能还有另一种感受，那就是无我的境界吧。

哈佛任何一条小道都曾留下著名学者的足迹。曾在哈佛燕京留学或访问研究的中国学者据张凤女士考证，至少有百余人。我所知道的人就有赵元任、胡适、陈寅恪、吴密、陈岱孙、梁实秋、林语堂、竺可桢、梁思成、瞿同祖、钱端升、赵理海、余英时、王安、贝聿铭、曾荫权、张伟仁、马英九、庞朴、马友友。其中瞿同祖、钱端升、赵理海、张伟仁等，四位是法学学者。另外，还有90年代来到燕京的学者，据我知道的就有苏力。

今天，哈佛任何一条小道上走过的人，都成了“角儿”或即将成为“角儿”。有总统的老师、南美某国总统的儿子、哈佛名教授、生物学诺贝尔奖获得者、著作被译为多种文字的名著作者、腰缠万贯来读商学院的老巨贾。从中国来的，至少也是复旦、浙大或北大的前任学生会主席……对了，我就在这里碰到了我过去的两位学生。王钢桥，曾任我们法学院学生会主席，他去年毕业于哈佛法学院，现在法学院做访问学者；[1] 另一位龚乐凡，在纽约做律师，并在芝加哥大学获得了法学博士学位。

随着时间的推移，日日沉浸在哈佛各种图书馆博物馆宏伟庞大的气势中，不断发现学问家辈出的薪火传承的历史，渐渐地理解了诸如×君之流能够抛弃教授架子，而沉浸哈佛氛围中孜孜以求的缘由。是啊！在学问的圣殿里朝圣，谁还会拿自己的教授博导帽子当回事呢？

由此想到国内某类的教授，其特点是目中无人加无视学术进步与同行的成就；不仅面对国外同行封闭自我，且对本国同行也封闭自我；坐井观天，天也就像他的斗笠那么大；没有时间读书，写书却神速；说话口气之大，全赖无知的无畏！呜呼！

---

〔1〕 钢桥自2004年9月起在哈佛法学院读SJD。

我的居处离燕京社、法学院、神学院都这么近，真是有着某种神谕般的暗示：哈佛燕京社是西方儒学大营；哈佛法学院，是当今世界法家重镇。儒法之间的凡俗冲突，就让超越凡俗的神去解决吧。可是，假想一个满脑子矛盾冲突的中国学者，一边深陷于儒家，四处奔跑也脱离不了东方文明圈，血管里尽流着儒家的血；另一边又端着法家的饭碗，在现代文明与富国强民的压力下，只能寻西方文明之鉴而来，以透视制度之器的功效。这里边有几多冲突？几多悖论？透视百年学术论坛，儒法之争至今天仍然延续着，它不只是历史，也是现实，不只是学术，也是实践。在当代中国，围绕着国情与国际、本土化与全球化的主题，已经生发出这样的问题——中国在选择制度化道路上，该如何更清醒地认识自己的情理社会、道德传统与人治体制的相互关系及其危害性。

如此棘手的问题，不知“神”或“神学”能否给予暗示与启发？

2003 年 8 月 18 日
2004 年 4 月 1 日修改

（上）瑞雪—对面的房子

（下）夕照—对面的房子

初访昂格尔教授

今天是我来美国的第七个月的头一天，也算是正式满半年（六个月）的日子。以前，我总是以月份来计算着和记忆着我在哈佛度过的时光。此时回想起来深感可惜——还没有充分利用我的时间，尽管收获已不小了。不过我决定，往后的日子，要以日甚至以小时为计算单位了。好在今天做了一件重要的事，也算是我哈佛访学的第二阶段的开始。今天，我和钢桥如期与昂格尔教授在他的办公室见面。

昂格尔（Roberto M. Unger），哈佛法学院法理学教授，当代国际范围内最有影响的法学家之一，是美国批判法学运动的核心人物。

我故意不上网查找他的照片来做“事先认识”的准备，为的就是要抓住我见到他的瞬间那完全属于我的第一印象。读过他的著作，也听别人评论过他，我想象着他应当是这样的一个形象：像马克思，或至少也有韦伯那样的胡子。也许是因为我从他的著作里读到或认出卡尔·马克思和马克斯·韦伯的影子。

就这样，在没有任何直接的印象依据的情况下，我于下午2

点钟准时踏进了他的办公室——通过兰代尔图书馆后门，穿过后排房子的教授办公室走廊到尽头，左手最末一间 226 号，便是昂格尔的办公室。

一具中等偏小的身体，从计算机桌前转而欠起，迎向我；拘谨而有礼貌地把我们招呼进门。我怎么也想象不出来，这就是昂格尔！昂格尔，与东方文人特有的清瘦的面庞酷似的他，不仅没有马克思或韦伯式的胡子，而且还刮洗得十分干净；挺直的鼻梁上架着圆形眼镜（像柔石、瞿秋白那样的中国三四十年代文人气味的眼镜），梳理得非常干净的、粗硬稀疏中略带卷曲的灰白头发，精悍的身板，罩着精致的灰色西服，没有丝毫上年纪的发胖痕迹，眼精充满智慧，神情严肃而专著，似乎每一神经思考着。他正在接听一个据他说是来自巴西的长途电话，所以我有间隙来环顾他的办公室——其实这里叫昂格尔艺术工作室更确切，四周的墙是满当当的书架，书架下面的地板上零乱地放着三五幅中世纪或较晚时期的油画或印刷复印品，令人吃惊的是他的“办公桌”整个桌面上放满了奇异的石头。那些琳琅满目的奇异的水晶石、铁矿石、古化石、玛瑙石等。一位法哲学教授的书桌竟然如此奇特且另类，真是匪夷所思。由此次的深刻印象，结合之后看他的页面上的似中国画又似西洋画的背景衬托图案，是他本人的个性。这不仅是一位我所崇敬的法哲学法理学家，而且是这样的一位质朴的性情中人，有孩提般的一颗崇尚自然之美的纯朴心灵！尽管我知道他来自巴西，尽管我也知道巴西盛产矿石。

昂格尔 1969 年毕业于巴西一所大学后，1970 年来哈佛法学院读书并于同年取得 LL. M，1976 年获得哈佛 SJD（相当于 PHD），让人不可思议。不过看他的工作履历似乎更惊人：1971

年法学助理教授；1976 年，28 岁的他当上哈佛法学教授，成为有史以来最年轻的法学教授；据我了解，30 年来一直没有人打破这个纪录；2000 年起为“罗斯柯 · 庞德”法学教授（相当于哈佛首席法理学教授）。

作了自我介绍后，我说自己是燕京访问学者，所作的课题涉及儒家传统与当代法治。他立即说：“那么我们今天就谈谈对儒家的批判吧。我正好写了一些文章是关于对儒家的批判的。你看到了吗?”我说还没有来得及仔细读你的作品。他说，没有关系。你以后还有兴趣再去看我的文章。你能够听得懂英语吧？我曾经在年轻时候学习过三年的 Classic Chinese。居然学过三年古汉语！这又让我大吃了一惊。

昂格尔教授坐小飞机游亚马孙河

他说研究儒家有两种人，一种是儒家学说范围之外的人，不是来研究儒家，而是关注的是儒家对中国社会的影响；另一种是在内部的人，只关注儒家学说的内在结构。比如，杜维明他是儒家的捍卫者。好家伙，几句话就切中研究的取向及研究者的分类。几句话就把儒学研究的关键问题点出来了。

他认为儒家所谓的“和谐”是不吸收冲突的。他整个下午的谈话，把“和谐”与“冲突”作为一个中心范畴。他强调“社会冲突”不应当通过“危机爆发”来解决，像毛泽东时代那样每隔三五年来一次运动——这不是来自内在的“整合”，应当通过建立一种机制，使“冲突”与“对抗”内在地得以缓解。即“和谐”是在“冲突”中达成的。

谈话间，他的表情和身体姿态总是不完全放松的，但在他总是冷静严肃的表情下，不难察觉到兴奋与激情。说到关键处眼睛会炯炯发光，甚至有时俯下身，在思考的同时逼视着脚下。今年56岁的教授，让我联想到中国“愤青”一词那股激情，那般睿智！可以想象得出他年轻时代会是怎样的才华横溢、出类拔萃、咄咄逼人、一介俊才！

进而我们探讨了对来自西方的法治的看法（具体细节将在整理之后专门予以发表）。当我们预期一小时的访谈快结束的时候，昂格尔说：“我五分钟后需要参加一个会议。我们的问题没有结束，可能的话再约一次，谈下去!”他居然说出了我的愿望，真让我十分高兴，连忙说：那太好了，我们下次在邮件中约定时间。

结果是，一小时的谈话中我事先准备要重点提的问题，一个都还没有来得及提出来！是昂格尔他在引导这场谈话。

2004年2月12日

（上）昂格尔教授

（下）在哈佛大学访问昂格尔教授

浙商的自由精神*

法治需要有市民社会的滋养，因为有了这样的条件，方能孕育出一种与法治精神相契合的市民精神或公民精神。身处“长三角”的人们，一定会感慨于社会变迁快速的脚步声，感慨于民营工商企业家言行中透露出来的精神风貌，也总是欣喜地感受着“长三角”法治活跃的脉搏。我时常会想到一个问题：浙商这个群体，是否具有某种天然的抑或是后天的精神气质？是否恰好与法治精神相默契匹配？

法治对于中国而言是“舶来品”，法治精神原本就不是神州本土所固有的。所以一直以来我们总是有一种概念化的判断：在中国传统型社会中，民众缺乏法治观念，以为很难从中国人的意识观念中找到与法治相契合的东西。可是事实上并不是这样的。如果仔细考察浙江本土社会，认真审视浙江商人群体，我们不难发现，浙商这个群体从骨子里头拥有一种强烈的自由精神。

---

* 2009 年 4 月 26 日在“浙商精神与法治精神”研讨会闭幕式上的致辞。

我时常在想这么一些问题：浙商精神中是否存在能与法治精神相契合的元素？它是否正是法治所需要的公民的精神气质？浙商精神与法治精神在多大程度上相契合？近年来大家对浙商精神都谈了很多，我想借已有的一些结论，比如创新（冒风险）、诚信（讲信用）、开放（闯天下）、本分（守规则），把浙商骨子里的自由精神与法治精神联系起来作一点分析。

1. 浙商的创新精神，用法治原则来讲，就是“法无禁止即自由”原则。

20 世纪 70 年代末，浙江人都知道的温州闯荡市场的“八大王”，后被定为“投机倒把罪”，最后又在市委书记袁芳烈同志的主持下给予翻案平反。这“八大王”在当时其实就是浙商的自由精神的代表。浙商当年在恶法条件下追求创新的精神，在商海之中敢创新、冒风险。虽然法治越健全，创新的空间越小，但是法治有一条原则，相对于公民权利而言，“法不禁止即自由”。如果法律没有规定，公民有创新，法律就应当给予肯定，商人就有这样的自由，在法律的“夹缝”中寻求自由，戴着法律的镣铐舞蹈——完全是合法的、合理的。这是显著而独到的自由观——创新意识，在中国大地上是缺乏土壤的，可是在浙商这边，却表现得非常突出。更重要的是，浙商在协调规则与自由的关系上做得非常好，既尊重规则又追求自由。这是非常难得的一种境界。

2. 浙商有诚信精神，实际上就是“契约自由”精神。

商业诚信从商业伦理学上讲，就是将“义”和“利”的关系处理好。今天我们浙商讲双赢、讲博弈，就是“义”和“利”关系的协调，这是商业之道最本体的东西。浙商在处理诚信关系上深谙“义”与“利”的良性关系，想必这是永康学派、金华学派及最后的永嘉学派影响力所致。所谓“义利双行”，即“道义”与“功利”相结合，“以利和义，不以义抑利”。在法律上处理这种关系的观念就是契约观念或契约精神。即便是在仿冒制假风行的商品经济早期，人们也很少会把“坑蒙拐骗”与浙商联系在一起。浙商身份意识、身份观念非常薄弱，不论什么人，只要有生意做就可以。这种由身份关系到契约关系，就是尊重契约自由。由义利观和博弈观念衍生出契约自由观念。

3. 浙商走南闯北、四海为家，实际上就是崇尚法治国家所谓的“迁徙自由”。

四海为家可以理解为法律上的迁徙自由。“走出去、闯世界”并非改革开放后才有的。在旧社会就有浙商闯荡江湖、出洋谋生的传统，比如温州青田人在20世纪下南洋，闯欧洲，现在成为著名的侨乡。比如清代的绍兴，因人多地少的状况与明代相同，因此大批绍兴人不得不外出谋生，除了仍有许多人“入都为胥办”以外，更有很多绍兴人当了师爷，游幕四方。绍兴人是水乡之民，富于冒险性，乐于迁徙，安土重迁的观念比较淡薄〔1〕。在搞阶段斗争和无产阶级专政以及没有户口制度的年代，百姓不得随意自由地搬迁，外出跑“码头”、跑“担帮”是被禁止的，甚至连跑外地探亲都是要经过政府或政府授权的乡村管理机构（村革委会）来控制。即使是在这样的“政治国家”面前，浙籍的民众，却仍然一直有一个传统——尽可能地走出去，人口的流动在计划经济时代仍然是最频繁的地区之一。20世纪初有浙商闯荡上海滩的现象，21世纪仍然有这样的现象，浙商遍布长三角，遍布

〔1〕 李乔：《中国的师爷》，商务印书馆国际有限公司1995年版。

全国，遍布全球。这不能不归功于浙商最宝贵的精神——自由观念。1954 年《宪法》写了公民“迁徙自由”，但限于当时历史条件，做不到。现在我们的宪法没有“迁徙自由”的规定，但实际上是在实行着“迁徙自由”，这是市场经济带来的社会活力。农民不因身份的原因而迁徙受到过去那样的限制。

4. 第四方面情况比较复杂些，这说明浙商的自由精神也具有复杂性。浙商的守本分、重规则的精神，把尊重权力、敬畏规则与追求自由三者统一起来，带有中国式的官民和谐的特征，是非常中国式的公民自由意识，与西方公民追求自由的特点大有不同。

中国社会在这个问题上普遍存在两种情况。一种情况是有些地区的商人表现为盲目崇拜公权力，对政府唯唯诺诺，官本位思想和臣民奴性思想比较严重。另一种情况是与政府不相容，且不说是不配合政府，甚至可能是与政府对着干，有的地区并不乏刁民奸商。这涉及私人个体和政府之间的关系，浙商在政府面前是比较“乖巧”的，对政府权力的尊重是个普遍现象，但这不是唯唯诺诺。浙商一方面尊重公权力，另一方面又在追求私权和自由；一方面敬畏规则，另一方面又在规则允许范围内作好自由的文章，在法律划出的空间里充分运用自由权利。政府不该管的或者可以不管的领域，就自然产生了非政府组织，比如浙江的商会、行会是非常典型的，这一派景象令人赞叹！另外，对待自己和他人的权利和自由，都是严谨地研究规则、分析规则、遵守规则的。当政府对其有侵权时，浙商也并不会像臣民那样忍气吞声，维护私权的案件在浙江层出不穷，甚至直接针对政府的新中国第一个“民告官”案件就出现在浙江，这是大家熟知的苍南包郑照案件。

所以我认为，浙商的这几个自由观念是与法治精神相契合的。没有商人的自由观念，就没有市场经济，就没有市民社会，更没有法治秩序。虽然法治不是中国本土的东西，但是浙商却具备了法治所需要的自由观念和自由精神。留下一个问题是：这是一种地域人群上的纯粹天然的偶合，还是社会发展的必然结果？我确实还说不太清楚。

如果说法治需要市民社会，那么，当代中国的市民社会必定首先出现在“长三角”地区，这也就预示着未来中国法治进程——“长三角”很有可能成为先行法治化的地区。在“长三角”地区，先行法治化的可能性如何？其实事实已经证明了这一点。“长三角”地区的法治化条件除了经济发达的条件之外，还存在诸多方面容易被忽视的优势，刚才提到的浙商骨子里的自由精神，就是主体的优势，也是民间力量的优势。这是第一个优势。

此外，“长三角”区域的政府在全国范围内比较是有些特殊的。这个区域的政府在区域文化影响下，在民众要求下，在市场的影响下，它们显得更加尊重规则、更加尊重权利。这是第二个优势。

第三个优势是文化上的优势，江浙一带自古以来就是文明之邦，通常是引风气之先的地方。因此近代以来江浙地区的法治文化也积淀较深。比如近代中国第一个议会、第一个律师公会均产生在江浙。民国时期，江浙率先出现了政、学、商携手合作，共同推进宪政研究和法治思想的传播。黄炎培先生和张志让先生，两人牵头组织主编一个命名为《宪政》的刊物。在这个刊物周围便聚集着许多企业家，囊括江浙沪三省的著名企业家。所以，从历史、文化的要素来看，江浙沪地区的条件是非常有利于法治的发展的，是有这个氛围的。刚才仅仅是罗列了一些历史碎片，期待从中可以得到一些启发。浙商精神和法治精神的契合，这是个非常具有现代意义的本土话题，同时也是历史话题的一个延续。

2009 年 6 月 28 日定稿

关于在杭州建立宪法纪念馆的建议*

回顾中国百年宪法史，杭州是个不得不提的地方。半个世纪以前，西子湖畔孕育了新中国第一部宪法。1953 年 12 月 27 日，毛泽东同志率领宪法起草小组来到杭州，就在西湖西面，杨公堤 18 号的那座极具江南园林特色的私人庄园——刘庄内，在那座青砖叠砌、洋瓦盖顶的西式别墅——汤宅里，毛泽东与起草小组的成员先后起草了宪法初稿、二稿和三稿。后经中央政治局扩大会议讨论，并经由董必武同志组织研究小组，聘请周鲠生、钱端升为法律顾问，叶圣陶、吕叔湘为语文顾问，对宪法初稿进行研究和修改。最后于 3 月 8 日由中共中央政治局扩大会议讨论并通过了宪法四稿。至此，宪法起草小组在杭州的工作圆满结束，中华人民共和国的第一部宪法诞生。在中国百年宪政史上，中国人民

---

* 此报告是我们 2007 年正式向杭州市人民政府有关部门的建议稿。2008 年开始筹划，据杭州市法学会的领导讲，已经初步确定了纪念馆名称为“五四宪法纪念馆”并对选址的初步意向作了考察和论证。至本书发稿时从多方得知，此纪念馆已正式立项，选定原“汤宅”别墅（北山路 84 号）作为馆址。博物馆专家、复旦大学文博系主任陆建松教授将出任策划总顾问。

第一次行使制宪权，并且第一次以宪法的形式，规定了公民的基本权利和义务。

半个世纪过去了，共和国历经风雨。1954 年《宪法》迄今也大规模改写了三次。从 1982 年到 2004 年，中国的现行《宪法》又分别在 1988 年、1993 年、1999 年和 2004 年作了四次小规模的修正。除了特殊时期走的一段弯路以外，不可否认，宪法正逐步向着民主法治的方向发展。2004 年，在首都各界纪念全国人民代表大会成立 50 周年大会上，中共中央总书记、国家主席胡锦涛发表重要讲话。他强调，依法治国首先要依宪治国，依法执政首先要依宪执政。坚持依宪治国、依宪执政，不断推进建设社会主义法制国家的进程。

我们建议在杭州建立宪法纪念馆，这不仅作为一种纪念，还通过这种形式使整个社会了解宪法的核心内涵，把法治观念传播向社会不同的阶层。在浙江大学法学院部分教授、专家的倡导与指导下，这一建议得到地方党委和政府的支持，并在有关民营企业的资金支持下，开展了前期的考察与研究工作，我们的计划大致包括以下内容：

第一，这座宪法纪念馆将是“民营的中国唯一的以宪法为主题的国家级纪念馆”。

第二，宪法纪念馆的内容大致可以包括：宪法文本展、宪政人物展、宪政事案展、宪法制度展、宪法实践展、外国法治经验展等。

第三，宪法纪念馆的形式上可以设立陈列厅、模型厅、演示厅、参与厅、商品厅。

第四，宪法纪念馆的功能可以集展览、宣传、会议、旅游等于一体，既发挥法治教育与社会主义民主宣传作用，又要使其具有趣味性和大众参与性。美国、日本等一些国家都建立了宪政纪念馆以弘扬法治理念，树立宪政精神，其经验可资借鉴。

第五，宪法纪念馆的资金来源是杭州市的著名企业。

第六，宪法纪念馆的专业指导机构是来自浙江大学和中国政法大学、中国人民大学的法学教授组成的专家组。

依宪治国、依宪执政，这一论述深刻地指出了宪法在依法治国进程中的重要地位。突出宪法的重要地位，会对我国社会主义民主法治建设发挥巨大的促进作用。杭州这块美丽的土地见证了新中国第一部宪法的诞生，建于此地的宪法纪念馆将会成为法治教育、社会主义宪法精神宣传的重要基地，它将为推进民主法治建设和谐社会产生积极的影响。

“国家宪法纪念馆”专题论证组

浙江大学法学院

2005 年 3 月 25 日

杭州西湖国宾馆一景

（上）1954 年元月底毛泽东在杭州起草宪法期间登山

（下）毛泽东在杭州审改宪法草稿

（上）杭州北山街 84 号 30 号楼边的平房——毛泽东在杭州主持起草《中华人民共和国宪法（草案）》办公地址
（下）杭州西湖国宾馆（暨刘庄）一号楼

关于沈家本纪念馆筹备的咨询答复

浙江省法学会暨湖州市沈家本纪念馆筹备领导小组：

欣闻湖州要建沈家本纪念馆，这是我国法学界的大事。如何给沈家本先生评价上作个公允的定位，省法学会希望我给点意见。我们知道，有人说沈先生是“媒介东西方几大法系成为眷属的一大冰人”，“中国法律现代化之父”。北京大学李贵连教授称沈先生为“中西法学的‘冰人’”；北京大学饶鑫贤教授称“近代中国在法学和立法实践方面‘甄采中外’的第一”。浙籍法学家、台湾地区资深教授黄静嘉先生曾以《沈家本——我国法律现代化之父》为题著有一书。

我认为，沈家本先生有双重历史意义，一是他成为中西方法学沟通的媒人，故称“法学冰人”（冰人即媒人）；所以，简称“法学冰人”其实没有表达准确。二是他促成有上千年历史的中国法律步入现代化。但称“中国法制现代化”，不如用“中国法现代化”更准确。

总之，我觉得应当把他的双重身份表达出来，所以建议用两个词组将沈家本先生的历史评价进行定位：

沈家本——甄采中外的法学冰人、中国法现代化之父。

这样的表述和定位，包含有国内因素，也有国际因素，有历史因素也有现实因素。

以上答复供参考。

孙笑侠
2010 年 8 月 5 日

李贵连教授和沈家本先生四世孙沈厚铎教授在沈先生墓前

沈家本先生

北京 IVR 大会断想*

一、北京 IVR 大会的意义

IVR 是世界法律思想的奥林匹克大会。100 年来，它是世界各国法律思想家的高峰论坛，但从来没有在中国召开过。随着改革开放，从 80 年代中期起，沈宗灵、孙国华、刘升平、郭道晖、张文显、徐显明等教授先后代表中国法理学和法哲学界带队参加过。

个人认为，第 24 届 IVR 在北京召开的意义在于：

1. IVR 100 年历史以来首次在中国召开，具有历史象征意义。IVR 成立于 1909 年 10 月 1 日。是年，中国清政府正诏谕“预备立宪，维新图治”之宗旨。100 年后的今天，中国正朝着民主与法治的目标发展。在国庆 60 周年之际，以东道主身份举办 IVR，这是中国法理学界和整个中国法学界努力的结果。

2. 首次把中国传统思想的元素列入会议总主题，即把“和

---

* 其中部分文字原载于 2009 年 9 月 23 日《法制日报》。北京 IVR 大会，指首次在中国召开的国际法律哲学—社会科学协会第 24 届会议。

谐”这个关键词列入本届 IVR 的主题。原来确定的 24 届 IVR 主题是“全球化与法律”，后来在 2007 年 8 月的 IVR 会议上改为“全球和谐与法治”，是妙不可言的，但也经历十分曲折。

（上）1999 年在爱丁堡大学麦考密克教授办公室

（下）2007 年 8 月 7 日波兰 IVR 会议上麦考密克当选 IVR 主席

3．首次邀请国际法理学和法哲学的大师在中国围绕中国人设计的主题来讲述他们的法律思想，首次让外国法学家与中国法学家一起来回答中国人出的题目，并且外国专家到会人数超过中国学者，达到400多人。其中拉兹、阿列克西、杜维明等，都紧紧围绕主题来阐述他们的思想。

二、北京IVR大会上怀念麦考密克先生

2009年9月15日上午，在本届IVR第一场Plenary Sessions约瑟夫·拉兹演讲之前，IVR代主席向全体代表提议为已故的IVR主席麦考密克先生默哀时，我的脑海里闪现了他10年前在爱丁堡大学接见我的印象和两年前在波兰当选IVR主席时的情景。

麦考密克（Neil MacComick，1941—2009年）是国际著名的法学家，是IVR的主席，2009年4月5日（也是中国的清明节），因患癌症医治无效而去世。他年轻时期在牛津大学读书，后在牛津任教过，曾长期担任英国爱丁堡大学教授、副校长。在西方法学界，他因法律推理理论而著称。在针对德沃金的新自然法学理论的辩论中，进一步捍卫了分析实证主义法学的传统。他是一位在国际法理学和法哲学界深受关注的人物，我把他划归为分析法哲学派。当然他也被认为是制度法学的创始人之一，他和魏因贝格尔于1986年合著完成了的《制度法论》标志着制度法学的形成。此外，他做出贡献的领域还涉及苏格兰启蒙运动的法律理论、作为实践理性的一个分支的法律推理理论、欧洲联盟中的主权理论、社会民主以及自由主义和国家主义理论等多个方面。

90年代，尽管我读过麦考密克的论著，但我还是不知道麦考密克教授还兼任副校长职务。1999年年底，我陪同我的领导在英

国作学术访问，经朋友安排去爱丁堡大学访问时，校方安排一位副校长接见我们。我压根就没有把副校长与著名法学家联系起来，我原来以为这只是校方的礼节性接见，没有想到的是，我们在这位副校长的办公室见到的竟然是在欧美享有盛名的法学家麦考密克。就在自我介绍时，我才知道这位副校长名叫麦考密克，于是我就急傻傻地问他："您是研究法律推理的麦考密克吗?" 他爽朗地笑着点点头说："是的。" 这才让我惊讶而绝对地相信：眼前这位带有粗犷的苏格兰男人性情的教授就是搞法律推理的麦考密克，就是哈特的学生、与拉兹齐名的英国最著名的一位法学家。这次会见大约有一个小时左右，谈了他的大学和法学院，谈了他在学校分管的事，谈了苏格兰成立"议会"的事，他还关心起中国法学研究和教育的情况，拉家常似的。

北京 IVR 会议

2007 年 8 月 1 日上午，我在波兰雅盖隆大学的 IVR 大会会场门口再次见到了麦考密克，我与他在一起交谈不到 10 分钟的时间里，许多人向他致意或请求合影。8 月 5 日下午，在波兰 23 届 IVR 会议上他经选举当选为 IVR 主席。当时在会议大厅我们代表下届举办国的代表，向他表示祝贺并表达了希望他来北京出席 24 届 IVR 大会的愿望。此时，我也情不自禁地向他表示祝贺，这不仅是因为我知道他在国际法律哲学界的学术贡献和影响，也不仅是因为曾于 10 年前的 1999 年年底去爱丁堡大学访问时拜访过他，更是因为我很喜欢这位苏格兰法学家的性格，他贵为校长、身为大师，却富有激情而平易近人。第 23 届大会的告别晚宴是在柯拉克夫郊外的一个富有浪漫诗意的农庄，这个夜晚载歌载舞，作为新当选的主席，麦考密克向大家致祝酒词时比他平时更多了一份苏格兰男人的粗犷与豪迈，我按下了快门，在热情四射的晚宴气氛中为他拍下了最后的形象。我记得他曾经亲口答应过我，一定会在 2009 年到北京参加第 24 届 IVR 大会，他还说了一句“北京见”。自从 23 届会议结束后，我就一直在期待之中，期待能够在北京的 IVR 大会上再见到他，并且听到他那严谨的学术报告或者热情的主席致辞。可是他却走了，弃 IVR 而去，弃法理学—法哲学而去，真的令我难过。我相信所有热爱法理学—法哲学的人都会怀念这位富有激情、智慧、博学、值得尊敬的法学家的。

三、首次参加 IVR 大会的杜维明先生

现代新儒家学派的新生代代表杜维明，祖籍广东南海，1940 年生于云南省昆明市。1961 年毕业于台湾东海大学，师从牟宗三和徐复观。后获得哈佛—燕京奖学金赴美留学，在哈佛大学相继取得硕

士、博士学位，1976 年加入美国籍。先后任教于普林斯顿大学、柏克莱加州大学，1981 年始任哈佛大学中国历史和哲学教授，并曾担任该校宗教研究委员会主席、东亚语言和文明系系主任。1988 年，获选美国人文社会科学院院士，自 1996 年开始出任哈佛燕京学社（Harvard Yenching Institute）社长至 2008 年。杜维明的研究以中国儒家传统的现代转化为中心，被称为当代新儒家的代表。有人戏称他为波士顿三位儒家之一，由于其杰出的贡献，杜维明在 2001 年和 2002 年分别荣获第九届国际 T' oegye 研究奖和联合国颁发的生态宗教奖等奖项。历来儒学都以人文研究为主要领域，我们从杜维明先生的学术历程来看也是从儒家人文精神开始的，但是他的后期研究基本上已超越人文学科领域的儒学研究，而进入社会科学领域的儒学研究。这是他与过去儒学研究者所不同的。

杜维明先生

我们在哈佛燕京待过的学者大都喜欢尊敬地称呼杜维明教授为杜先生。作燕京高访学者的一年里，几乎每周一下午都有一个研讨会，杜先生常常亲自出席并参与大家的讨论。记得2003—2004年度最后一次燕京研讨会的主题是讨论下一年度燕京的研究主题，杜先生希望大家谈谈各自的意见。与会的学者谈了许多各自领域的重要课题。我也谈了看法，我主张儒学研究应当跨出人文领域，更多地面向社会科学，并向杜先生建议今后燕京社能否更多地关注儒家的社会正义观，我认为儒家传统思想里面有一种中国人特有的正义观念，与西方正义理论和正义观形成对应关系，我们当代华人学术界应当挖掘儒家正义观的现代性。我的这项建议当场得到了杜先生的充分肯定，最后在他的总结中确定了“儒家与社会正义理论”作为燕京的三个主题之一。其实我作为法律学者对杜先生的学说学习得很少，可是，我在他身边的一年里，与他就“儒家与社会科学”作了两小时的专题交流。从平时的听课和研讨，我发觉他虽然是位儒学家，但实际上他的知识面远远超越对儒学经典的注释，并且在近年来明显地从过去儒说的人文学科倾向转向社会科学倾向。他非常关注现实社会生活，包括政治、经济、文化领域的现实矛盾和问题，他非常了解当代西方政治哲学与法律哲学思想，他在许多演讲和文章中都充分运用社会科学的研究方法、社会科学的思想和倾向。

第24届IVR大会筹备过程中，我们第24届IVR筹备委员会的学术委员会由徐显明校长担任主任，当时我们在法大召开过多次会议，我记得在正式确定IVR大会主题发言人时，显明校长希望大家考虑一下邀请哪些人作为大会主题发言学者时，我在会上当即就提议邀请杜维明先生。我的理由，一是因为杜先生在国际上是具有很高知名度的华人学者；二是因为本次会议主题“世界和谐与法治”需要更多表达具有中国元素的思想；三是因为我了解杜先生在近年来非常关注儒家传统社会的正义观。当我提议杜维明为十位大会发言者之一时，大家几乎一致赞成并通过了。

杜先生为这次会议作了充分的准备，提交了 3 万字的讲稿，后来由于大会演讲是限时的，他把时间压缩在一个小时之内。杜先生在 9 月 16 日上午的发言是“Culturl Diversity，Intercivilizational Dialogue，and Harmony：A Confucian Perspective”。虽然杜先生可能已参与过许多法律界的会议，但据我所知，这是杜先生第一次参加 IVR 大会，不出我们所料，他的演讲获得了与会者极大的关注和热烈的回应。当然也包括在会场上进行无知提问的一位来历不明者，其人是显摆式地提问却激怒了在场的许多学者，也一定包括杜先生本人，尽管杜先生显然在克制自己的情绪。无论如何，我相信，他的这次演讲为 IVR 的国际法律思想的交流增加了中国元素，起到了催发中西法律思想交融的重要作用。

（上）2004 年在哈佛燕京与杜维明先生访谈后合影

（下）拉兹教授出席北京 IVR 会议

（上）2011 年 5 月邀请德国著名法学家 Alexy 教授访问复旦

（下）阿列克西教授在北京 IVR 大会上

“中国法学名家”访谈录

一、 您在大学与大学之前的人生经历

1. 在读大学之前，您已经工作了吗?

孙：很遗憾没有，从校门到校门。

2. 您对三年“大跃进”或“文革”有印象吗?

孙：听父辈说起“大跃进”，家里的铁锅拿去炼铁了，大家去公家食堂吃饭，不要钱。“文革”开始时我 3 岁，结束时我读中学。其实也是亲身经历过的。我祖母、父母亲因阶级成分问题，被批斗，我从小常常自愿去陪斗。我小学的校长被整死了之后还拿出他的衣服挂在他的办公座椅上，在大礼堂继续批斗。中学的时候，武斗的机枪子弹飞进了我隔壁邻居家里。“联总”的人追逃犯，怀疑我家藏匿，深夜冲进来大肆搜查。上中学时候，我们同学中一位红卫兵头头腰上别着一支左轮手枪，令大家羡慕不已。“大字报”“读书无用论”和红袖章、褪色军装一样，是我们当时的流行时尚。我除了语文历史课，数学物理化学几乎没学。

3. 您对“文革”有什么看法？

孙：可以不夸张地说，是“文革”惨痛的教训才导致邓小平、彭真等政治家从中进行反思，也是“文革”逼迫人民和社会选择法治道路的，物极必反，“文革”成为“负能量”，正如欧洲封建专制导致近代民主法治一样。

4. 听到恢复高考的消息，您是怎么想的呢？

孙：呵呵，听说恢复高考，我很淡然。因为当时读大学是少数人的事，根据我数学成绩，根本没有想到自己会上大学。

5. 您当时报考的专业是法律吗？

孙：是的，当时是父母帮助填报志愿的。只知道法学是和公安法院有关，只听说爷爷是念法律的。后来才听长辈讲他是圣约翰法科的。录取之后不久，在新华书店看到1979年制定颁布的“七法”，就买回家看，那时候哪有什么法学的书啊，有这七法就不错了，这是我第一次接触的专业书。

6. 进到当时您的大学和法律系，印象怎么样？

孙：我读的是杭州大学法律系。法律系是1980年8月创办的，我们是首届学生，9月就报到了。后来才知道法律专业师资欠缺，老师只有五位，系总支书记、系主任、副书记以及两位行政职工，所以书记和主任都来帮我们踩三轮运行李，可见创办之初的艰难。另外，全系只有一间办公室，行政、教务、图书资料统统在这一间里面。但是幸运的是，我们从大一开始连续四年，都能够听到北大、人大、复旦和华政等校聘请来长年讲学的老师，其中包括吴家麟、刘升平、朱华泽、李志敏、周会伯、徐立根、曹漫之、张世信等老师。杭大以文理为主，继承的是老之江大学的文理学科，特别是文史哲，有一批名家、大师，比如夏承焘先生、姜亮夫先生、严群先生、陈桥驿先生、陈立先生、蒋礼鸿先生、王承绪先生、沈善洪先生、毛昭晰先生等。我们饱受杭大人文社会学科的浸淫，十分知足。很多校友毕业了回忆说像魂丢在校园里一样。现在，杭大已经成为历史概念，但是她仍然是我们永远的精神家园。

7. 在您四年大学学习中，您感觉印象最深的是哪位教师呢？您最佩服的是哪位老师呢？

孙：印象深刻的老师很多，前面提到过的其他学科的老师，我都听过他们的课或讲座。法律专业的老师各有特点和优势，我都很敬佩。其中北大来给我们上一年课的李志敏教授（当时他/她们的职称是副教授）给我们上“民法”和“外国民商法”课，他还是非常有艺术造诣的书法家。当时为我写了好几幅字至今珍藏着。

8. 作为第一届的毕业生，您当年的同学现在都怎么样？

孙：我们班 50 人，现有近十位在北京工作，有近二十位在杭州工作，还有在其我省市或县里的从事法律工作。我们都干得很漂亮。我们十周年、二十周年同学会的时候，大家都常开玩笑说，我们班没有下岗的，没有“进去”的，没有逝世的，其实这是自我满足的俏皮话。我们大约有法官和检察官二十多位，其中有获得全国优秀检察官的；从事法学教育的近十位分布在多所名校；从事律师的近十位，都是浙江省的优秀的资深律师，其中有担任省律协会长的；另外还有从事政府或企业等其他工作的近十位。我们当中有在《人民日报》社担任社领导职务的，有在公安部担任司局级干部的，有在证监委担任局级干部的，也有用自己的律师业务收入从事慈善事业的。

9. 您现在所从事的这个专业，其兴趣是从什么时候产生的呢？您为什么想到要从事现在这个专业的教学和研究呢？

孙：大二、大三时候的广泛的阅读爱好，促使我从事了法理学和法哲学研究，后来研究生考的是宪法学，所以兼习公法学。

10. 您是如何走上学术之路的以及如何成为该领域的专家的？

孙：对这个问题我以前没有总结过，但我可以简单地描述一下事实，供年轻学者参考。读研究生时候起我的三位导师就带我出席宪法学的年会或其他会议。郑九浩老师是杭州大学的宪法学教授，吴家麟老师是宁夏大学宪法学教授，何华辉老师是武汉大学宪法学教授，他们都给予我许多学术上成长的重要机会。

研究生毕业后我就在杭州大学从事法理学教学和研究，1989年第一次参加全国法理学年会，吉林大学张文显教授看过我带到会议的一篇关于法律程序问题的文章，问我是否同意在《当代法学》上刊用，这真是求之不得。这是我第一篇关于法律程序问题的论文，也是我平生第一次发表论文，它成为我的处女作。1990年参加中国法理学研究会年会，就被张文显教授点名在会议上发言，当时全国法学界正在讨论“法的本位”，我亲历了这场对后来中国法学和中国法制产生重要影响的学术争鸣，我也成为争鸣其中的一员，写了一篇《“权利本位说”的基点、方法与理念》，寄给《中国法学》，结果很快得到编辑（饶方先生）的回信。不久，我拿到了《中国法学》当期样本，才发现，是主编郭道晖先生亲自在我文章前加了编者按，大意是说，本刊本期文章已经过三年的讨论，诸多争论问题已经清晰，至此“法的本位”问题的不再讨论，而是深入到权利问题的其他方面。学界常把这样的文章称为“关门文章”，我的文章被用在这场讨论的最后一期，可以说是郭道晖先生给予我这样重要的机会。这对于一个年轻学者是十分重要的机会，也是莫大的鼓舞。1991 年我把硕士学位论文压缩成《论宪法的涉外作用》一文斗胆投给了《法学研究》。居然很快得到了编辑刘翠霄老师的回信，希望我作适当修改后在 1992 年第 3 期刊用。后来才知道，编辑把我的文章推荐给时任《法学研究》主编的李步云教授，李先生看过我的文章之后也给予高度肯定，所以确定刊用。这是我首次在《法学研究》上发表文章。这两篇文章之后一发不可收了，真诚的学术热情被激发出来了。90 年代整整十年是我的学术成长最重要的时期。

11. 你自己是如何概括您的基本学术观点的?

孙：我自己是很难概括的，也不全的，但可以列举一些吧。

第一，我的学术基本立场是社会实证的。以当代中国问题为中心，努力探索一种符合本土需要、综合的法学研究方法。我们应当继承分析法学的概念分析传统，其研究始终围绕着权利、权力、程序、职业等具有内在逻辑关联的核心范畴；我与我的学术同道们一起倡导法的时代精神，认为中国法治需要自然法观念；我运用马克思主义方法以及韦伯的社会科学方法，坚持发现与分析当代中国的现实问题。走向实践法理学，返回法的形而下。

第二，中国法治道路是“现代化”，而不是“后现代化”，更不是“近代化补课”。我认为中国缺乏“形式理性”的土壤，所以制度化、法治化是艰难的，但我坚信法律现代性植根于中国的可能。我早在 1990 年就对法的国际化与民族化的关系进行探讨，认为不能为“中国特色”而进行法的民族化发展，这也可以说是

今天学界所讨论的“法的国际化与本土化”的前身。据我的判断，中国法治的难度更主要的是来自传统，当代中国仍然严重受儒家传统支配，我们需要学习借鉴西方法治的形式理性，来克服中国社会中实质理性泛滥之弊。

第三，在中国法学界倡导形式理性与程序理性的重要性。我认为中国人无论过去和现在，都以目的合理性来淡化手段合理性，以结果合理性来削减过程合理性，以内容合理性来代替形式合理性。我指出了实践中常常以“手续”代替“程序”的现象，认为手续是上下纵向的关系，它不是现代法治所要求的程序。我认为监督制度只是一种人与人的、机关与机关的纵向的主体间的关系，不是一种横向的权力（权利）分配关系，因此真正的法治是不能过多依赖于监督制度的。

第四，强调权利本位的重要性。自 20 世纪 90 年代初以来，我支持“权利本位说”，主张改革与发展中应当认真对待权利，尊重人权。同时我主张对社会公共利益的保护。在我看来，个人权利与公共利益的冲突与协调，唯有通过制度化、权利界定、利益平衡才能实现。针对大规模的立法活动而缺乏法律精神的当时立法状况，我提出在建立市场经济体制的同时，应当进行法律体系的现代重构，即以公法、私法与社会法三元结构来建立中国社会主义法律体系，从而既保障个人权利又保障社会公共利益。

第五，对欧美法治的考察研习，我赞成多数西方学者长期主张的行政法控权理论，并分析论述了“多元控权说”，认为这应当成为中国的行政法理。我的《法律对行政的控制》成为国内第一本系统论述“控权论”的著作，被学界称为中国“控权论”的代表作。

第六，我曾经分析了法治的含义、法治的标志及法治的政治构造与进路，成为多种法理学教材的通说。2001 年我提出了法治的另一层含义，同时也是一种新型的进路：法律人之治，认为法治从职业化主体层面看，就是“法律人之治”，强调法律职业这种人的因素的重要性。这在中国特殊的历史传统（人治）是一种符合国情的法治理论资源。

第七，针对中国法官行政化、大众化、政治化、地方化的现状（“司法严重行政化”的提法最早见诸我的论文《司法权是判断权》），我还研究了司法权的性质，揭示了司法权与行政权的十大区别，认为应当把司法权理解为一种判断权，才能澄清司法问题的所有错误观念和理论。

第八，我研究了法律职业素养的构成，提出“法律职业六大素养”等观点，尤其对法官职业思维作了深入的研究，提出了法官思维的五条基本规律，在全国法官中产生了良好的反响，受到司法部门的广泛关注。因此2000 年参与了国家司法统一考试制度的论证与条例起草，多次主持或参与全国法律硕士教育指导委员会相关的《专业学位培养方案》修订工作和改革项目。

12. 您刚才提到了学术争鸣，能否列出几场学术上的争论？您的观点如何？

孙：第一场当然是人治与法治的讨论，持续时间很长，甚至有人认为它持续了一个世纪。其中有意义的讨论在于“法治中的执法者的作用”，即人的因素。基于此，有人认为法治离不开人治，这显然是对法治中人的因素的误解。我认为法治是法律之治，从主体角度说法治又是法律人之治。突出法律职业共同体的作用，正是为了反驳“法治中的人治”的。第二场是法的阶级性与共同性的讨论。当时我有参与，但没有著文。但我在我主编的《法理学》教材中写了，法除了阶级性之外还存在共同性。第三场是“法的本位”讨论，形成多种观点，我把它们归纳为三派别即三种方法、基点、三种理念。一是权利本位说，二是义务重心说，三是权利义务一致说。他们分别基于自然法、实在法和“社会中的法”三个基点，运用价值论证、规范分析和社会实证三个方法，阐述了三种不同的观点和理念。第四场讨论是关于行政法的基本功能究竟是什么？有人说是平衡，有人说是服务，有人说是控权，我的观点是“控权”，只不过是多元综合控权，即现代行政法已经进入综合控权时代。第五场是目前仍在继续的关于司法职业化与大众化的讨论，以及民意与司法关系问题，在司法职业主义和大众主义两个理念的冲突下面，我们的法官无所适从。我近年来发表了系列文章，澄清这个问题，归纳起来一个观点，以制度舒缓司法与民意的纠结，用法治的特有方式解决职业化与大众化的紧张关系。

13. 你如何看待法学研究方法？您最欣赏哪一种呢？

孙：有人怀疑说法学没有自己的方法，他错了，法学在方法上最有自己的特点——唯有法学同时要有应对规则、事实和价值这三个层面的三种方法。这就产生了规范分析方法、社会实证方法和价值论证方法。三种方法在不同的场合，有不同的功能和意义。比如部门法教学或实际应用的时候需要规范分析方法，这也是法官的职业方法。当学者在进行立法政策研究的时候，就需要社会实证方法。当修法或司法发生规则冲突或规则与目的矛盾的时候，则需要从价值角度来论证。在我的法学研究中，个人倾向于以当代中国问题为中心，综合运用规范分析法学、价值论证法学与社会实证法学三者之方法，探索一种符合中国需要的综合的法学研究方法，走向实践法理学，返回法的形而下。

二、学术现状与寄望

14. 您认为法学界的中青年学者现在浮躁吗？

孙：据我了解，法学界青年学者中沉住气真诚对待学术的人还是蛮多的。反而是现在一些有了教授职称的人比较浮躁，因种种原因，为种种利益。

15. 您认为现在学术规范执行得好不好？

孙：我们中国学术界对学术规范的总体态度是不够严谨的。要执行得好，一是靠自律，二是靠同行监督，三是靠刊物规范化。

16. 您认为现在中年学者是多发表成果好呢，还是少发表好？

孙：中年是学者出成果的黄金时期，但不等于多出成果。多与少不是关键，关键在于出高质量成果。

17. 在您所从事的这个专业中，您感觉您的最大贡献在哪里？

孙：我过去做了些学问，也做了些教育改革。如果说“最大的贡献”，那是将来的下一个。

18. 您的专业中，还有哪些发展空间，或者说还有哪些需要开拓的新的领域？

孙：中国法学的发展空间无限大。请允许我在这里暂时略去。

19. 您认为一种良好的学术环境，应该是怎么样的一种状态?

孙：现行的大学管理、人事、教育与学术体制，确实是造成大学不能实现教育与研究目的的关键。我曾经在浙江大学工作过12年，后来我决心要探索和改变，我开始在法学院设计学术委员会让行政权与学术权分离。后来成立光华法学院，在师资晋职、学术判断、人才引进、教育计划等方面实行独立于学校行政的体制，尝试实行学术实质判断、自主引进教师、尊重文科规律的特区制度。当然受到种种误解、猜疑、阻碍和责罚，都是可想而知的。

良好的学术小环境，应该是一个懂学术的大学；良好的学术大环境，应该是重视学术、尊重思想的国家。

20. 您可以简要地评价一下中国目前的法学研究状况吗?

孙：中国法学研究现状很难评价。笼统地说学术水平，有四个字：进步很快，但参差不齐。目前看来，法学学者有三点值得高度重视：一是良知；二是责任；三是视野。良知就是对社会公平正义的良知以及对学术的良知；责任是对法治事业的责任和教书育人的责任；视野是指在知识、思维和利益方面扩大眼界和格局。

21. 看您的一些文章还常常涉及法学教育问题，在此能否谈谈法学教育改革的问题?

孙：这个问题要谈的内容太多，我择其要说几点：

（1）法学本科教育是我国通识教育中的一部分，又是我国法律职业教育的一个组成部分。法学本科教育是兼顾了通识与职业教育的双重性能。法科教育一定不是国家司法考试的实习班或辅导班。因此在法学本科教育中应当强调学生的宽口径、厚基础等全面的综合素质的同时，也要由学生自主选择未来的职业意向。在进入大二年级的时候，有意识地引导学生作出选择，是进一步往法律职业方向发展，还是转向其他专业从事其他行业的工作？

（2）在法学教育规模已经发展到今天的情况下，应当下决心废除法学自学考试与“专升本”教育，这种缺乏教育场所和训练机制的教育，对法学专业及法学人才培养都是一种损害。

（3）法学硕士至法学博士是科学学位，即研究型人才培养的途径。这些学生主要从事法学研究。可以考虑把法学硕士招生规模压缩下来的招生数量增加到法律硕士上来。

（4）法律硕士专业学位除在职攻读之外，主要分为两类，即“贯通型法律硕士”和“复合型法律硕士”。两者都属于职业型教育，不是通识型教育，主要培养目标是法律职业人才。经过第二轮司法考试之后，JM 学生被选拔为法律职业人员进入司法机关和律师事务所，或者以法律职业资格从业人员的身份从事其他相关的工作。

（5）法学教育的内容应当与法律职业素养的客观要求取得一致，因而也能够使法学教育内容与法律职业制度的要求保持一致。

（6）在司法考试与法学教育关系上，坚持制度衔接的双向性和连带性的原则。制度衔接问题绝不是单一方面的，而是多方面因素交织在一起的。既要看到法学教育的落后和不足，又要看到法律职业制度的不足与漏洞，同时还要看到整体法治的外部条件。所以我们在进行改革方案设计时，既要进行法学教育的改革，又要进行法律职业制度的改革。

22. 最后，能否请您给我们年轻学子提几点希望？

孙：我还是把我常说的一句话送给法科学子：用高贵的灵魂

处理凡俗的法务。

这起源于霍姆斯的一个老问题。霍姆斯在 1886 年 2 月 17 日给哈佛大学法学院学生演讲时提出过这样一个问题，他说我们“辛辛苦苦地研究一个枯燥乏味和专业性的制度，热切地保护当事人和商人经营术的惯例，以及关注贪婪的利益之间乱哄哄的冲突，这些东西如何能构成人的一生?”

我们来这里学习法学，毕业出去后终其一生都可能是在处理一些极世俗的纠纷，甚至是鸡毛蒜皮的俗事。当我们学会了用规则来处理世俗事务的本领的时候，当我们陷入形形色色的法务的时候，当我们挣到越来越多的钱的时候，当我们的权力地位越来越显赫的时候，我们会不会丢弃了曾经的梦想与抱负？会不会忘记了对社会的公共责任？会不会成为道德情感麻木的充满市井气的小人、势利的“法匠”，甚至刁健的“讼棍”？我在这里说这些，是希望我们都有一种反思精神，反思我们自己的这个职业。这是很值得我们法科毕业生关注的一个普遍性问题。所以我想送给大家一句话，那就是：用高贵的灵魂处理凡俗的法务。这句话包括了法学的世俗与超然的双重属性，也涵盖了法学教育中职业技能与职业伦理的双重要求。我们法律人在做人与做事上，要有所分离，有所对照。每天处理凡俗法务的法官和律师之所以没有成为凡俗、庸俗的人，就是因为他在用高贵的灵魂处理凡俗的法务。这种“高贵”是靠法律人的职业伦理来奠定的，也靠职业道德规范来约束的。所以，法律人要坚持那些必须坚持的东西，才能保持自己的品格，比如，无愧于心的良知、天下为公的责任、刚正不阿的气节、坚忍不拔的意志、开阔包容的心胸、谦逊质朴的为人、荣辱不惊的态度。

人生中许多严肃沉重的真面

——由《独自面对》* 引发的思考

一部别具特色的个人情感史

有一本不起眼的随笔集子近时在朋友中口耳相传。在友人的推荐下，我带到美国的唯一一本中文书就是苏炜的《独自面对》，它也成了我在哈佛访学期间所读的为数极少的中文书之一。

尽管素未谋面，但读完这本图文并茂的《独自面对》，文中的这个“我”是如此贴近，我感到作者已然成为我非常熟悉的朋友。据说很多读过此书的人都有此感——我很难说清楚为什么会有这样的感受，只是觉得作者的直率坦诚，让人感到他成为像邻座朋友那样的一种真切存在，似乎他是和自己既相似又迥异的一位同道。——相似，是那种热爱生活、感激生活的共有情怀；迥异，是他能举重若轻地把自己的生命融入自然、历史和文化，如

* 苏炜：《独自面对》，上海三联书店 2003 年版。

此明月清风一般地娓娓道来。读完全书，你好像经历了一段漫长而隽美的情感历程——作者把坦然（十分豁达地面对自己经历过的挫折、幼稚甚至错误）、爱意（如《佛拾——写给端端》）、激情（如林彪事件后组织友伴讨论“中国向何处去”）、友谊（如《红豆》故事）、评论（如对张爱玲、胡兰成的精彩评论）、思想（如爱琴海思考自由）甚至调侃（《听壁脚学校》）等，都一一化入笔底、汇入文中，表达得这样韵味浑厚（如《易水访砚》）而又诗意盎然（如《莲在天涯》），既精细入微（如《犹子之谊》），又大气磅礴（如《云天三章》）。读《独自面对》的最初感受，是我感叹自己这个学法学的，怎么样才能装备上一套这人文学者的出彩文笔——因为它不光是依赖文字功夫还需要有人文情怀。社会科学学者整日关切着世俗社会中的贫困、偏私、苦难以及它们所带来的矛盾纠纷冲突，但往往缺乏相应的文字功夫把自己的观察感受表达得透彻动人。值得重视的是，《独自面对》这本书不是用笔写的，而是用作者的生活经历和激情写成的，换言之，书的载体就是作者自己，而不是这些纸张和油墨。其实作者不知不觉中书写了他的个人历史（正如作者在代后记里所言，“有一种走过一段浓缩人生的感觉”），确切地说，这是一部“我”史——作者对人生、社会、自然的一本别具特色的个人情感史。

这本书让我们触摸到一颗知识者、文化人的高洁的心灵。只是作为一部个人情感史，作者并不机械地按照时间叙述，他每每把对他成长影响最重要的青少年时代的经历——文革、下乡，采用蒙太奇的方法跨时空的予以来回穿插、间隔和对比（书中精美的图片也具有这个特点），使文字与思想、文本与读者的关系更具内在张力。书中花费最多笔墨的，是它在对于生活的细微处的感受和书写中，自然流露的阔大悠远的人生境界，给人留下的深刻印象和诸多的思考回味空间。他对那树、那山、那土、那人、那花、那狗、那云的记述，写得如诗如画又如歌，在貌似轻松谐趣中渗进了经历的苦涩和历史的悲沉，处处透出作者的真情、真爱和真善。《独自面对》的文学境界，绝不像某些“意象宏大”的文字那样矫揉造作，你在或者曲折有致（如《诗人之矛》）或者家长里短（如《台北访茶》）的娓娓言述中，会忽然发现自己来到一道旷阔的生活之流和历史之流上面了。全书洋溢着一种好像枕边书一样的温和、润泽的气息，似乎随时拿起来读都能赏心悦目；除了少数几处之外，似乎没有表现丝毫的悲伤——这少数几处，比如《剑桥三章》《那个早晨我被挂到了树上》和写爱犬巴顿之死的《犹子之谊》，恰恰是表现了文章胸怀的博大之处，表达了作者对人类对生命的一种大悲悯、大怜惜。你在不知不觉中，随着作者安详恬静的叙述走入了他的心灵，去洞察、去玩味万物万象的内在生命。

“真我”与“品位”

当我在这个春天里前去耶鲁法学院访问时，我特意造访了本来素昧平生的在耶鲁东亚语文系任教的《独自面对》作者苏炜。我才深叹：原来“文如其人”真不是一句诳言。人文世界之中，人与文的关系可以惊人地分离，也可以有如此惊人的和谐合一。我告诉他，当今学者或文人，难得如苏兄这般，以真“我”著文者。苏炜说起，他曾和好几位国内知名作家讨论过文章中的这个“我”的处理问题。有些作家文中也许处处有“我”，但这个“我”，却还是会和读者很“隔”，甚至很“假”。他说，每一个作家都希望自己文中的“我”是真实的，但“真”与“不真”又假装不来，文字会自然而然地说话。我心里说：对呀，《独自面对》在这种“自然而然的说话”中流露的“真我”，正是我最为感佩，也引起了最多思考的。

大凡每个写作的人，文中都会有一个“我”。自然科学与社会科学论文中的“我”，是自然规律的发现者、社会现象的分析者，或者自然和社会现象的预测者。他无法在文中尽情地抒发个人情感体验，要不就会使科学论文带上浓厚的个人主观色彩甚至偏见，因而牺牲掉科学文字最根本的要素——科学性。所以，高明的科学家会把“真我”藏在严谨冷静的论述后面，缺乏自觉者，就常常会在科学探索中完全迷失了“自我”，变得“无我”“失我”（不是听说过许多关于科学家边走路边思考，把头撞到电线杆上之类的故事吗?）。社会科学家虽然可以将自己的个人性情诉诸他的文字中，可是他必须顾及到观点的实践性与价值的中立性。因为社会科学常常不是以“好坏”做定论而是以“可否”来做选择的，比如经济学讲究行为的有无效益，法学讲究制度的有无效果，等等。但是，只要人作为研究的主体，“我”的有无、“我”的高下，对于自然科学家和社会科学家，其实是一样重要的。史学家余英时教授多年前一篇论文中，就记录着有一回他与普林斯顿几位获诺贝尔奖的科学家们讨论：科学研究到达了一定的高层次以后，取决于研究者能否更上一层楼的最后条件，是什么？好几位教授都回答说：是科学家自身的“品位”（taste）。“品位”，也就是作为“我”的素质、趣味的高下（见余英时论文集《思想与历史》）。所以，当今西方许多名牌大学的科学院系，会非常注重学科学的学生这个“我”的综合素质的培训和表现。闲暇之余，许多伟大的科学家都会从一门业余爱好，诸如提琴、绘画、诗歌里面寻找自我，重塑自我。比如爱因斯坦，据说就是一位相当出色的小提琴家；获得诺贝尔奖的华裔物理学家杨振宁，就曾在他写的传记、书评、序跋一类的文字里，表现出相当高的文字造诣和审美能力。

可见，“我”的重要，对于科学与人文，概莫能外。

我似乎把话扯远了。话说回来，“我”之重要，并不等于人文学者可以具备先天的优势而得天独厚。当今中国的人文学者中，“人与文”合一者却又几乎是难得一见的。谁说文如其人？你尽管生活中极为庸俗，可是你照样能够写高雅著作、道义文章。你那漂亮的文字思想境界完全可能与庸俗的行为作风意识相并存，而你也不必为自己的漂亮文字承担责任和风险。

读完《独自面对》，我最深的感慨，就是文中的“我”之可亲可近、可触可摸，并且，每每能触动读者的“自我”深处。书中这个“我”，没有矫揉造作，没有虚情假意，有的是对生活、对社会、对自然的一片真情，一腔热血，一怀善意。作者把“我”直笔写来，从感性到理性都十分真实，饱蘸情感，沁透思考，同时又非常生活化。他的理性中带着细腻而厚实的生活体验与反思，比如他写“文革”，“文革”已经构成当代中国人精神资源的一部分，灾难的渊薮同时也是心气灵魂的活水源头。从这个意义上说，‘文革’累积了当代中国文化嬗变的最大动能和走出深渊的全部希望。正所谓：“从此处，出远门，废墟上，好戏已经开场。”连理性的言述都这么情感饱满，就更不必说感性的文字了。比如写“云”，这篇真实地写在万里航路之上的文字，“临窗俯仰，宇宙巨微皆入胸襟”，作者从孔子的“天何言哉”开始，老子《道德经》、庄子《逍遥游》《易经》、陶渊明、嵇康……随手拈来，拓出高境，化入这篇大气磅礴的《云天三章》之中。“……翔游在万仞长天之上，俯仰在大野清空之间，明灭在云起云生之际，我之渺小微末如云，我之浩然磅礴不亦如云么？我之飘忽无定如云，我之永恒流走不亦如云么？我之命运忽阴忽晴如云，我之声明朗然敞于苍天之下，不亦如云么？……”还真的没见过谁把天上日日司空见惯的云朵云彩，写出了这样一种苍茫浩大的形而上意味的。其中也并不是空洞地借景抒情，而是对红尘人生的领悟与感慨，“到美国时日愈久，在这个社会浸浮淫愈深，就往往愈加与身边众多的旧雨新知——众多以‘进入主流’自许、自得、自在的红男绿女们感到隔阂”。他谈到在温哥华深山泉涧间对人类困境的思考，“我时时痛觉，其实人生，就是这样一道永远走进惑中然后知惑却无以解惑的过程……”此文境界阔大而文采斐然。我想，没有一颗高洁的心灵，没有一个宽广的胸襟，是无论如何写不出这种文字质地的《云天三章》来的。

我们知道，人们在干的每一行，都有每一行的成功要素，而它又常常被具体落实到身体的某个关键部位：比如说，男高音帕瓦罗蒂的嗓子，舞蹈家邓肯的双腿，小提琴家帕尔曼的双手，乃至于通俗的艺术 POP 中，青春歌手的相貌、体态与活力……那么，一个成功的文学文本（其实也包括一切书写文本），其关键“部位”是什么呢？读罢《独自面对》，我明白了，就是“人”与“文”的融合程度——也就是作品中“我”的真假及其“品味”高下。如果要说作家的成功要素，看来，驻守一颗高洁的心灵还是最重要的。失去这颗高洁心灵的作家，就像哑嗓子的歌唱家、断腿的舞蹈家、双目失明的画家、青春逝去的流行歌手……

当“文与人”“人与文”分离的时候，一定会使“人”的这一部分在“心灵”方面失真；当“人与文”高度融合的时候，一定是“心灵”的饱满使“文”的这一部分满溢出彩——这时候，作者一定是最幸福的人。什么叫“精神贵族”（这是这些年来最泛滥而又最稀罕之物）？在本文的语境中，我深信，在“人”与“文”的融合中呈现出灵魂高贵者，就是精神贵族！

感激生活、命运与自然的感恩之情

《独自面对》所贯穿、笼罩的那种感激生活、感激命运、自然的感恩之情，也是令我一读而难忘、再读而动容的。作者不仅写自然与经历，也写人物与感恩，无论是他游历短途中的人物，还是他生命长途中的贵人，如意大利丹尼丝女士、越南华侨罗南发、法兰克福机场贝克尔先生，又如广州编辑郭茜菲老师和中山大学的楼栖教授等，写来有惊险，有浩叹，有涕泪，有温情，读之令人久久难以释怀。

历史上，有多少人是在对命运的声声抱怨中度过一生的。同时我们也知道，有无数文人的“哀怨之作”，都是在感叹自己的怀才不遇因而怨天尤人。我们能够经常见到感叹自己幸运的人么？我们何曾听到过几位对自己幸运也好、成就也好、满足也好，报以感激之声的呢？——太少了，太少了。因此作者这段被辑录在封面的书中之语，特别令我震动：“多少年来，我时时心存感激：尽管常年四海游荡，孤身独行，每在人生关键处，冥冥中似乎总有‘贵人’相帮、‘保护神’相佑。命运的猝不及防的善意每每让我受宠若惊，更让我时时铭刻深记：独行，不是要背向人群，俯视他人；反而要用更大的善意回报他人，以更宽厚的心怀面对世界。”

这种来自他人帮助、支持和命运赐予，而被称为幸运的东西，究竟是什么？当我追问苏炜的时候，他说他不知道，但知道它很神秘，对此存有敬畏之心；但他也不想把它具体化地去认知，从而把它视作神旨或宿命。我赞成苏炜的这一态度。但是我仍然保留着兴趣想去探求这种神秘与玄奥。我相信，这可能会是一种自身努力加个性修养积淀所产生的效应，也是一种他人与社会对个人修养的物化回馈，同时，它还是一种超越性的如宗教般的精神力量。

感恩之情就是因此而生。它本身就是我们努力工作、认真生活、诚实待人的动力源。生活中不能没有感恩之情。我们从母亲、从爱人、从亲友那里得到生命、亲情，以及食物、金钱；我们从他人那里获得群体的沟通、社会的互动以及机会和荣誉，这样，才使我们有了竞争、比赛、聊天、座谈、访问、会议、留学等“事功”的动力；我们因此不会感到孤独和无助，可以享受世俗生活里的种种美好乐趣。我们还从我们历史的祖先那里继承了文明，我们因此才有了智慧和物质的财富；我们也从前辈那里继承了美好的习俗与制度，才使我们有这样的合理的秩序和关系；更广泛地说，我们从大自然中获得了维持生命的阳光、水分、食物和营养，那更是人类生命的根基——这一切，都应该感恩不尽呵。

懂得感恩，才会忘记埋怨、放弃奢求、学会回馈，这是“良知”的起点。

我把“感恩”理解为“感激恩赐”。如果说“感恩”是对“获取”的一种生活体验的话，那么，在中国也有一个相对于

“获取”的相关词语，叫“知足常乐”。杭州灵隐飞来峰一线天底下有一块石头，上面刻着四个大字“知足常乐”。这里的“知足”就是克制欲望，意思是克制欲望才永远快乐，这是中国式的一种人生哲学。而事实上人的欲望是无止境的，要求克制欲望只是儒家的伦理要求，而不是事实陈述，没有这样境界的人，是做不到知足常乐的。让人去履行一项他们本身能力范围内所无法做到的义务，则是违反人性的。西方伦理的现实性恰恰在于它基于人性的特点（人人有无止境的欲望），所以西方伦理里并不忌讳这个“私”（private），甚至始终是尊重“私”、强调“私”——聚焦于个人及其欲望的权利与尊严的。

与西方“感激恩赐”相比，咱们“知足常乐”的境界属于世俗的伦理境界，却恰恰是最不普及于世俗社会的。尽管这种伦理要求是世俗的，可是它又因为过高的不现实的伦理要求而使这种要求无法成为普遍的社会成员的行为规则，而只能是极少数修炼成功的人士的一种精神境界。西方的“感激恩赐”是先验地设定上帝的存在，人类得到的一切都是上帝的安排和恩赐，这里并没有作伦理要求，而是把一切归于上帝，要求每一位信徒乃至全体社会成员只要做一件谁都能够做到的事——感谢。尽管 thanks giving 是基于宗教的一种境界，可是它却恰恰是最容易被世俗社会接受并成为普遍的行为规则。读完《独自面对》全书，你可以说作者并没有把这种“感恩之情”与宗教情绪等同起来，因而它一直是在世俗的、实践的层面上强调这种“时时心怀感激”的。在《诗人之矛》中，作者把“命运……让我窥见了人生中许多严肃沉重的真面”，化作了具体的现世价值“——仁爱。情义。推己及人的恻隐之心。自然生发的对于他人的责任。神圣的、不可玷污、不可讪笑的那些超越功利、也超越势利的情感”。（第 33 页）但是，读完全书，你又感到通篇弥漫着一种不易言说的宗教情感。它可以是《佛拾》里具体化的“文殊菩萨像”，也可以是《巴灶山的蛇神》里那个“自然之神”，更可以是《剑桥三章》里缅怀追念的那道“历史的河流”。作者借用哈维尔的话，把这种超越性的情感称为“神的记忆”，“任何永恒的东西都具有神性”（见《诗人之矛》），这就把一种泛化的宗教情感，与自然、与良知、与审美等具备“永恒”意味的事物，一一都联系起来了。因而在今天社会转型、价值重建的大的历史语境中，《独自面对》中这一“感恩”的主题，就显出了独特的意义。

心灵高贵者，乃精神贵族也！

现代社会没有传统意义上的贵族。可是我们都知道“精神贵族”一说，近年来大为时行。如何定义这“精神贵族”呢？读完《独自面对》，我找到了定义——心灵高贵者，乃精神贵族也！我写这篇文字并不是为了通过评论来赞美作者，因为我的赞美很不专业——我不从事文学创作、研究和评论，赞美了也没有功利意义；写作此文只是为了去思考一个问题，一个在今天对一般中国人具有普遍意义的问题：在时下红火的痞子文学、“身体写作”以及“消费挂帅”“市场策略”大行其道之时，如何守护我们自身的精神文化家园？

数十年的风雨坎坷，为什么没有让你变得冷漠或者变得世故？是什么令你对人生、社会、自然保持青春时代的积极态度与纯朴境界？读完《独自面对》欧行浪迹、云水心情、从前酒杯、莲在天涯、人文漫笔五个部分，这个问题无数次地在我心头涌出来。与作者苏炜在耶鲁碰面时提的第一个问题，就是这个大问号。也许有人会回答说：因为作者今天的事业成功，如果今天的作者仍然处于挫折与失败之中，就会令他的文字表现面目全非。我不相信这一观点能够成立。时下的文人堆里也不乏事业成功者，可是你常常碰到的是一些庸俗不堪，甚至堕落卑鄙的“成功”文人。一个人历经生活磨难、岁月侵染，仍然保守清纯、高洁的心灵，这种可能性是否存在？其原因是什么？这种原因分析对于今天的中国人是否具有普遍性意义？换言之，在现代社会难得一见的精神贵族，是否可能成为普遍的群体现象？

我相信一种宗教信仰会对一个人安静灵魂、纯洁心灵，最后实现超越方面产生一定的积极作用。波士顿大学神学院的一位神学教授告诉我说，神学假设了人的灵魂是内在矛盾冲突的，因此通过神的这种启示来缓解甚至减少人类精神的冲突。我完全相信神学的这一假设，人的灵魂内部的确常常发生矛盾冲突，其表现形式因人而异，可以是自私、误解、狐疑、攀比、嫉妒、恶念、仇恨，也可以是贪欲、权力欲、控制欲、占有欲、名利欲等，这就会折磨人的灵魂，令人不能安宁地生活。从宗教的角度，人需要通过神的启示得以解脱，这种神的启示其实就是“超越”与“反省”。超越是关键，它是宗教尤其基督教的重要特征：人不在物质范畴里思考凡俗的问题，而是在精神世界里拷问灵魂的问题。比如生命的最终意义是什么，我在短暂的生命中怎样度过一生才是最有本质意义的……

通过《独自面对》，我依稀联想到中外古今的隐士生活。一种身在红尘而心驻林泉的生活。形式上，作者仍然身处红尘——可能他和我们许多人一样不会舍得离开这可爱的红尘，可是我感受到作者的心灵早已经隐遁于林泉。这便是自古以来隐士的最高境界——大隐隐于市。把红尘当作净土，热爱生活关切社会的同时，又驻守自己的心灵圣地。

任何时代任何社会条件下，超越凡俗是人的一种必要的精神活动。那么问题在于，宗教会不会是实现超越的唯一的一种方式呢？许多人文与社会科学界的大学者本人并不是教徒，可是他们有坚定的人生信念、有积极的生活态度、有博大的仁爱之心以及有殷切的社会责任。作者在文中一再说，他并没有具体的宗教信仰，即不是基督教徒，也不是佛门人士，更没有其他宗教背景，他说，“我并不相信宿命，我只是一个好奇的学子”（《打捞愿望》）。从苏炜这里，我想再一次证实了这样一点：超越的境界不仅仅是来自宗教的，也可以来自另一种非宗教的东西。罗素曾经解释了“为什么我不是基督徒”，我们完全可以理解：为什么伟大的文化人在没有宗教超越的指引之下，仍然能够实现精神的超越。我们是否可以这样认为——思想上已然存在追求真理、至善、至美的信念，也就足以替代神灵的地位和作用了？

知识人、文化人是社会的良知所在，也是提供社会大众精神食粮的群体。如果这个群体自身都是心灵冷漠、精神麻木、境界低俗的，那他们能为社会生产什么奉献什么呢？我看剩下的唯有套话、俗气、虚情和假意了。

读罢《独自面对》，我相信，灵魂是有贵贱之分的。因为有的人无论身置何地，总是驻守着自己高贵的灵魂；有的灵魂哪怕位居高端，却总是在流俗中弥散、堕落……

2004 年 6 月 20 日于哈佛

2004 年春与苏炜在耶鲁大学

（上）为什么 40 岁以后会喜欢荷花？

（下）苏炜喜欢荷花

法律人的人间烟火*

在座的各位大部分已经不是刚刚踏进校门的大一新生了，当然可能也有，如果是大一的同学，那么你们要提高警惕了，因为今天孙老师要放一点“毒”，我要说说法律人的缺点。法律这个学科也好，法律人的职业队伍也好，是有很多问题值得我们反思的，所以今天我就是来批一批法律人。我是要从一个现象到一个法学的特征，再到一个人物，分这样三段，来谈一下我的体会。

我不愿意站在一个法学教授的正面角度，而是从一个学科之外的人、一个法学的门外汉，来看法学，希望能激起大家对这个问题的思考，进而给大家的就业、从业做一个准备。这其实是个痛苦的话题。有人会问，我要批评法学，批评法律人，这不是挖苦法学、挖苦法律人吗？但其实我们挖苦法学、挖苦法律人，并不是为了否定它，而是要以此来掌握自己的命运。我想引用一位德国哲学家的话来告诉大家：“人如果把命运掌握在自己的手里，

---

* 2014 年 4 月 9 日晚上在复旦“相辉讲堂”第三十四期的主题讲座整理稿。在此向不留其名的记录者表示由衷的感谢！

就能够驾驭痛苦，并能在痛苦结束之后，像神灵一样，获得醒悟。”看看我们将来在多么长的时间里，能够醒悟呢？

一、 法律人的一个现象

首先，我想讲一个现象。我们法律人，一生都会被人间烟火笼罩，法律人最可悲的事情，就是不能像人文学院、教育学院或哲学学院的学生一样，因为我们每天面对的都是丑陋。最近有一部日本电视剧，第一集点出了一个命题：法科学生从第一堂课开始直到终生，都要面对丑陋。已经工作的法官说，这个社会的人们，似乎把最不开心的事情，最痛苦的情绪，都宣泄给了我们，当律师也是一样，所以我们会被人间烟火笼罩，终生面对丑陋。我们经常会提到一些大词：正义、秩序、公平、人权等，我们关心的是春秋大义，可是与我们打交道的真实世界充满了凡俗琐事，除了衣食住行之外，还有我们的职业所面对的人身、物权、义务、债权、债务、惩罚……所有这些，都是琐碎的。

从法学历史的角度上看，除了极个别的年代，在漫长的500多年的法治历史中，法律人不断地受到挖苦。“诉讼孕育了律师，律师滋长了诉讼”，“辩护律师不会成为好法官，因为他们习惯了为钱工作”，甚至还有“没有律师，就没有争讼；没有争讼，就没有代理；没有代理人，就没有欺骗；没有欺骗就没有警察，没有警察就没有监狱；没有监狱，就没有犯罪；没有犯罪，就没有法官；没有法官，就没有偏袒；没有偏袒，就没有贿赂……看看，都是该死的律师造成的”。“500年来，总共只有一个律师上天堂，所以他住的很宽敞。”——美国一个名校的校长，去世后升入了天堂，但是他在天堂住的地方非常小，他很不满意，就去找圣彼得，因为圣彼得是掌管钥匙的，校长说："怎么给我的房间那么小，给我个大点的行不行?"圣彼得说"不行"，校长问"为什么我的那个邻居住的那么大?""人家是律师呀""律师怎么在天堂的房屋就比我大呢?""因为500年来上天堂的律师就只有一个呀。"所有的这些都是在批评我们法律人。

霍姆斯曾于1886年在哈佛毕业典礼上发问："我们辛辛苦苦的研究一个枯燥乏味的专业性制度，热衷于保护商人和当事人的惯例以及关注贪婪地利益之间的乱哄哄的冲突，这些东西如何能构成我们的一生呢?"这个问题到我们这里，并没有引起法律人广泛的同感。只有少数法律人圈子里在议论这个问题，法律人对于自己的一生该怎样度过，可能会有攀比。当与他的高中同学比较时，他发现高中同学过得比他好，比他开心，这是什么原因呢？我们要面对的是什么样的人间烟火？

中国法律人在案内要考虑案件本身的难度和压力，案外要面对各种干扰、风险、诱惑和陷阱。从各个领域来看，司法官办案，领导要批示、行政化、民意的骚扰、媒体的聚焦和人际情面，律师的三难不仅没有解决还加重了，非讼律师到了写字楼成了打工仔。有位记者问法官，办了这么多的案子，你能承受得了吗？法官说，"我现在也经常去看看心理医生，放松自己。案件的审限非常严格，我会失眠，精神压力很大。风险在哪里呢，首先案子不能办错，其次法官都会遇到危险，家人都会害怕，最难过的时候甚至想过辞职"。

说到辞职，从2008年到2012年，中国地方各级法院受理案件，数量突破5600万件，2013年案件总量1200万件。中国法官的人数是19．8万人，约占法院总人数58%，法院中42%的人是不办案的，案多人少问题突出。有的法官每年要办 200 个案子，多的甚至要办 400 个。简单总结法官的压力就是：案多人少，工作压力大；群众期望高，心理压力大；还有无形的压力，要平衡，要息诉。2000 年到 2005 年，全国各级法院共有 14000 人离职，根据最高法 2011 年发布数据，这三年中，全国基层法院流失的法官 8000 多人。广东省五年来调离的辞职的超过 1600 人，光是上海高院，13 年就有 70 人辞职。

我认为，法律人工作面对丑陋和压力大的现象是法学和法律本身特性所决定的，不完全是中国今天司法现状太糟糕了，而是法学学科固有的特点，我将其称为学科与红尘的关联度。全国各地的法学院发出的吵吵闹闹的声音，要比人文学院的大而多，法学教授看书得少，写书得多，我们看的书比自己写得都少。根据去年统计，全国有 635 家法学院，招生人数无法统计，还有很多未在教育部备案，无法统计毕业生总人数，但其数量肯定是超出我们的想象的。

500 多年来，有太多的人不愿意学法律。其中成为名家的人数可以统计。举几个例子：彼得拉克，博洛尼亚大学法学院攻读法学，父亲去世就从事了文学创作。据说但丁在波伦尼亚也是学法科的。哥白尼，博洛尼亚大学法学院毕业，后来转学的医学科神学，最后从事天文学。培根、笛卡尔、费马、莱布尼茨、歌德、格林兄弟里的弟弟、巴尔扎克、舒曼、马克思、福楼拜、柴可夫斯基、莫泊桑、列宁、卡夫卡、马尔克斯、金庸、海子他们都曾是法科学生，但都转行，从事了其他行业。看下面两幅图，第一幅是正义女神在天堂解决纠纷，第二幅是一个律师，手里拿着一包贿赂的财物，同样是对描写法律人，反差多么的大？

（上）意大利正义女神

（下）律师总是成为艺术家讥讽的对象

（法国杜米埃）

我们来看看林语堂对各个学科的评价：科学是对生命的好奇；宗教是对生命的崇敬；文学是对生命的敬叹；艺术是对生命的品味；哲学是在有限了解基础上对生命的态度。而唯独没有法律。法律是什么？法律的意义是什么？如果从以往的历史来看，法律的意义在于：为权力而斗争，建构制度性秩序。法律相对于我的生命而言他的意义在哪里？是不是对众多生命的维护呢？这听起来很崇高，那么现实是什么样的呢？这么说，法律很有意义，那么有意义的东西有趣味吗？林语堂非常敬佩胡适，因为他追求意义，但林语堂对他又有些不屑，因为他活得太累太没有趣味了。如果用它来评价法律，那么起码有一半，就是有意义。但是有没有趣味呢？如果不关心意义的人，那么他就更加没有趣味，连意义都不关心，就更没有趣味了。

要解释上面的现象，这就涉及法学的特点。

二、 法学的特点

仔细分析法学我们会发现一些现实的特点：第一是与诗歌、文学、历史、自然科学相比较，我们这个学科有世俗性，它要关注社会世俗生活，而文艺是脱俗的；第二是法学对政治、国家和权力是很依赖的，有依赖性；第三是保守性，要以过去的规则为依据，过去的证据作为事实证明的前提，向过去看；第四是封闭性，它是一种规则的学问，排斥道德、社会、政治和文化，需要自己建筑，去进行概念的分析、解释和推理，知识体系相对封闭。

法律思维的特点就是教义学思维。比如办案首先要问请求权基础在哪里？法律人想问题就是权利在哪里，有了权利概念其次就能进行法律关系的分析。举一个案例，一个老翁带着小狗在陋巷散步，对岸另一人骑摩托车蛇形于陋巷，撞死了小狗，撞伤了老翁，问请求权基础在哪里。如果交给居委会大妈来分析，狗买回来5000元，看病3000元，总共8000元，结果是一样的，而分析方法是不一样的。这里有两个请求权基础：第一个是物权，第二个是人身权，两种法律关系是不一样的；第三，向过去看的习惯，案件的证据是当时发生的，规则是过去制定的；第四，程序优先，法律人在解决纠纷前，先思考程序进入了没有，程序没有进入不谈实体问题；第五，注重缜密的逻辑，我们纠结于情与法的矛盾，当然要先考虑法，根据逻辑，情有四种，情理，法律吸收了，情节，法律也吸收了，而情感和情面被法律排斥；第六，追求程序中的真，程序中重构事实真相，法律人受到诉讼法的限制，真实世界的真不是程序中的真，我们追求的是程序世界的真；第七，判断的结论是“一刀切”的，你不能说又真又假。法律人的思维是法律人要坚持的，那外部人怎样看？第一，摆弄概念，钻牛角尖；第二，权利就是利益，功利主义；第三，刻板、保守、权变不足，马英九的父亲认为法律权变不足，两个人吵了三十年；第四，注重程式，形式主义；第五，总讲逻辑，不讲情感，不食人间烟火，政治家总用来批评法官，现在群体事件这么多，为什么不多搞点调节；第六，较真，太爱辩论，但又不穷尽真相，找不到证据就只能按照诉讼规则来判；第七，搞“一刀切”，看我们的行政官员处理事务多么灵活，一些政法委的领导在法院讲，摆平就是水平，不要“一刀切”，摆平就好；第八，好胜好辩好斗，极目远望，好胜好辩好斗几乎都是法学院的。

那么法律人面临哪些人间烟火呢？这就包括了衣食住行、爱恨情仇、功名利禄等。而法律的内容是什么？无外乎四点：第一是概念，法官办案、律师辩护全靠概念；第二是规则；第三是法律原则；第四是法律方法。所以法律人会变得守经有余，权变不足，其他领域老师在课上基本不说。这就引出另一个问题，当年马英九报考台大法学院，遭到父亲反对，他父亲认为，法律人司法性格太强，守经有余，权变不足。马英九在一本书里将答复父亲的内容讲出来，“近代中国积弱不振，跟法治不彰关系重大，非过正不足以矫枉”。马英九至今认为自己是对的。这个问题又引出了另一个矛盾，法律人必然要踏入红尘，面对丑陋，我们笼罩在人间的利益纠纷当中，我们称为现实主义，另外法律人又要

学生时代的马英九

坚守规则，秉持独立，坚守正义，称为理想主义。法律人的矛盾在这两个方面形成了对照。如果我们学的是这四样东西，只有规则，那么就近乎是空壳，而空壳中别的东西都有了，就会变得非常饱满，这些内容是帮助我们去解决法律人如何面对人间烟火。我们说不能机械地使用规则，我今天下午给法硕同学上课，讲了法官李某某的案件：李某某办了一个案子，原告和被告签订合同，关于玉米种子的购销就价格发生争议，如果按照《种子法》是市场价，如果按照河南省种子条例，是政府指导价，李某某合同法、诉讼法都学得不错，规则秩序掌握得很好，她说，根据上位法优于下位法，我们要适用国法，这个判断不错，但落实到判决书出现了误差，她写道：河南省种子条例自然无效。河南省人大要求撤销她的审判员职务，她认为自己很冤枉。最高人民法院答复将其解救。这个例子说明，不要以为判断是精确无误，就一定会产生好的效果，规则得出的结论是逻辑的，而“法律的生命不在于逻辑，而在于经验”。通过逻辑得出的结论不一定有好的效果，我们国家的《宪法》没有规定，法官可以对抽象的规则进行司法审查，他没有资格审判人大的规则，这是个宪法问题，我们不能通过机械地使用规则，认为这就是对的。

前夫和后夫所生的子女都来抢母亲的遗体，想和爸爸葬在一起，那么没有规则应该怎么办？我们要食人间烟火，那么民间是怎么规定呢？民间一个习惯是汉族人多数赞成的，民法有可分物与不可分物，遗体不可分，但骨灰是可分的，法官最后判决，骨灰对半分。我说的食人间烟火，就是要了解生活，了解真实的生活。

再看一个例子。如果机械使用规则，崔某某杀死城管，毫无疑问，他完全承认。城管要没收他的三轮车，五分钟后，他拿菜刀问城管三轮车哪去了，城管说已经移交，他拿起菜刀将城管杀死。崔某某显然是故意杀人。律师经过多方走访，发现崔某某外来务工，在北京没有任何生活来源，只有靠卖馄饨来维持生计，律师经深入调查，获得崔某某的一份财产清单提交给了法院，一家三口，三双筷子，三只碗，一只铁锅，一床被子，三件衣服。这张清单感动了现场所有人。法官也很认可，本来是可以杀的，但人间有疾苦，为生活所迫摆摊谋生，在走投无路情况下杀人，可从轻发落，所以没有判死刑而是判了无期徒刑。

法官也好，其他法律人也好，光有规则还是不够的，还要有人文价值观。比利时一名女子从阳台上掉下来，摔成重伤，一名男子路过看见，对她洗劫一空。当他走了几步后想起来，这个女子会不会伤势过重死掉，他就打了电话报了警。街头监控将其录下。警方将这名报警的男子抓起来，指控男子是抢劫犯，但是法官判决无罪释放。你会不会认为法官很有意思，怎么不根据规则来判？中国法官都很依据规则，如街头的助人为乐被碰瓷也按照所谓的侵权法来判。我们的一些法官总是在抠字眼，谈规则时忘记了人间烟火。比利时这个案件的法官认为，每个人的内心深处都会有脆弱和阴暗的一面，对于拯救生命而言，抢劫财物不值一提，虽然单纯从法律上讲，我们不应因一个人的善行豁免他的罪恶，但如果判决他有罪，对于整个社会的秩序，会产生负面影响，我宁愿看到下一个抢劫犯拯救生命，也不愿看到奉公守法的无罪者对他人的苦难视而不见。

法律人要食哪些人间烟火呢？有些人间烟火是我们排斥的，有些是我们要接纳和重视的。第一是人文关怀。复旦的本科教育就体现这样一种精神，无论你学法学还是生命科学等，本科学生都有6个平台让你自己去选，这个平台上所有人间烟火都在其中，社科、人文、自然科学等。第二是其他学科知识。这几年我特别向法学界倡议“行业法”。我们学法律的人不是仅仅去打官司、指控犯罪，我们还要为各行各业服务，掌握行业知识很重要。我们要学习行业法，我们要懂经济、政治，懂医疗，懂能源、新闻、教育，这些对于我们的法硕研究生尤为重要。第三是社会阅历，每位毕业的同学回母校法学院时，一定会告诉在校生，社会阅历太重要了。社会阅历为什么重要？因为法学是大人的学问，小孩子是学不懂的。前些年人大法学院招收了一名13岁的本科生学法律，我跟他们的院长说，这有风险，大学毕业才17岁，怎么过得了这个社会阅历这个门槛？法学是成年人的学问，成年人学了可以触类旁通，可以领悟真谛，法学不是字面上的，是有真谛的。我们究竟有哪些阅历经验呢？我归纳了一些，跟大家一起讨论。第一，有生活常识，但不世俗琐碎。第二，懂人际关系，但不世故，不钻营。我们经常说情商，情商是客观的，但用在哪里，就有价值取向。如果将情商用在为他人为公益，就是好的。例如，什么叫情商？有位法官调解交通肇事，总是调解不成。这次法官思考了一下，到底什么原因调解不成呢？第二天调解前，他找肇事司机说，“天这么热，你去买两瓶矿泉水给他们”。司机赶紧去买水给受害者和她的律师，结果这次就调解成了，这就是懂人际关系。第三，问人间疾苦，而不糊涂寡断，要有同情心、同理性。在中国，我们常讲同情心，但是同理心是不是每个人都有呢？法律人光有同情心是不够的。况且法律伦理要求法官不得对当事人包有同情心。同情心不同于同理心，我们要去了解、去体验人间疾苦，有体验就会有同理心了。我们说贤明，贤就是有良知，明就是有判断力。一个法官光“贤”就是糊涂虫，他还要有“明”即判断力。因此，法律人既要问人间疾苦，又要有判断力。我们要常怀正义法感，每个人都有法感，都有正义感，但是法律人最容易偏执，总以为正义掌握在自己手里，那就太自负了。法律人特别容易好胜好辩，是不是我们以为自己是最掌握真理和正义标准？法律人需要什么素养呢？——法律知识技能、职业伦理素养、人生阅历经验。

三、 一个法律人中的人物

讲到这里我就要引出一个人物了，这个人物是民国时期的著名的法律人，东吴大学法学院院长，吴经熊。当年他22岁，与世界上顶级的法学家成为了忘年交，他们是霍姆斯、卡多佐、庞德和斯塔姆勒。他出生于浙江宁波，六岁接受启蒙教育，1916年进入沪江大学，不久转入北洋大学学习法律，1917年转入东吴大学学法律。1920年进入密歇根大学法学院，第二年发表论文于Law Review，他将论文寄给了霍姆斯，霍姆斯收到了他的信，还未收到论文，他不知道作者是谁，就回信说，你的信我已经收到了，但论文还未收到，等我收到了再给你些鼓励的话。吴经熊收到他的信，觉得很惊喜，大法官居然能给我回信。过了一个礼拜，霍姆斯又来了一封信，说非常抱歉，我误解了，我以为你是个初学法律的人，让我来给你指导，没想到你是这么成熟的学者。就这样不打不相识，他们成为了忘年交，直到霍姆斯去世。1921年，吴经熊毕业，这期间他结识了霍姆斯、卡多佐和庞德。1922年游学欧洲，从事哲学与法律研究，结识了斯塔姆勒。1924年回国，

（上）青年时代的吴经熊

（下）Stammler & Wu Jingxiong

出任东吴大学法科教授，1925 年出任上海特区法院院长，并兼任东吴大学法学院院长。

吴经熊的人生故事值得我们去阅读回味。第一，是理智创造。他有他的一技之长。对我们同学们来说，专业学习很重要，但他比我们多一个“理智创造”。他的知识结构很宽，但又有一个学科很精专，我们同学则很难将两者结合在一起。他的特长是财产法，非常精专。他说没有什么比理智创造更为愉快的，一个人在理智创造中会忘乎所以，忘记自己生活在不幸世界的不幸的地方。什么是理智创造呢？用今天的话来讲就是创新。这种创新是有传承的，是经过深思熟虑的。所以他在写中国法律哲学时全身心的投入，会得到一种愉悦。第二，是志向，他 22 岁时在巴黎，他说，“作为一个中国人，我要拯救我的国家，启蒙我的民众，振奋我的民族，跟上时代的步伐”。后来他又写道，“本世纪将目睹世界最古老的国家再生，一个中西联姻的婴儿诞生了，我将发挥作用”。这是志向决定生命的作用。第三，是做人、做事、做官很清白。他写道：1927 年，是我的名望如日中天的时候。他在上海当法官。美国的报纸都说中国出了个所罗门王，就是说中国法律界出了一个伟大的法官，他拥有了国际声誉。一天，他的姐姐说收受别人的钱财，帮别人办事有什么不对的呢？这遭到他的激烈反对，他说，一个法官必须认认真真的保卫他的贞洁，带着一颗圣洁的心饿死，也好过被肮脏的心撑死。后来有人评价他是天生虔诚的人，他置身于世俗的喧嚣，却怀有天堂的安宁。当一个人心灵强大了，才是真的强大。第四，是他的爱心。第五，是愤怒。拉德布鲁赫曾说，法律人的内心总是潜藏着一股怒火。常怀着一种愤怒，是正义感吗？正义感要区分为两种，一种是为了个人，另一种是为了受害者和法律本身。吴经熊先生就是如此。我们要鉴别这种怒火来自哪里，是自己还是他人。我们的怒火，能不能化成我们的职业本领，吴经熊先生也有怒火，但他将之化为了手中的法槌。第六，是谦卑。他说，我潜伏着某种意识，每当我判一个人死刑，都向一个人的灵魂祈求，祈求他原谅我，我这么做，是因为我的职业，而非我的意愿。只有那些有内疚之心的法律人，才是好的法律人。

接下来，我要跟大家说，我们学法律，学的是世俗的学问，那么，做人要不要做世俗的人？英国的教育，在中国就是博雅教育，在复旦就是通识教育。从修业来看，是德式的专业教育。德国的教育是科学主义的教育。修业和做人是两方面的，我们所修的专业有点世俗和痛苦。做事和做人是不一样的。做人第一，修业第二。我们辛苦磨炼在世俗的烟熏中打拼，是否构成我们生活的全部呢？如果我们不修炼自己的内心，你只会从第一反应体会到极度的不平衡，但是一旦了解到辛苦对于整个人生的意义，我们迟早会感激，我们在年轻时被迫的辛苦，他让我们踏实、感激，让我们积累更多的人生经验，只有把年轻的心灵放在辛苦中磨炼，才能增强心灵的韧度。

年轻时的吴经熊认为，尽管我获得成功，但心灵仍觉得不安宁。那么他是怎么协调的呢？他评价霍姆斯说：在智慧上，你是位年长者，但在精神上，你是年轻人。我们怎么样在精神上保持自己的年轻？吴经熊将霍姆斯和莎士比亚做比较时说，他们都“把对细节的掌握和内心的经久渴望结合起来”。理想不是空洞的，不是在庙堂之上的。理想就是一座山，也是 GPS，有的人想结束自己的生命，是因为他感觉到迷茫，因为他没有理想。抱有一线理想和希望，能够让你活下去，因为理想是黑暗中的一线光明。

法律人的人生是怎样的呢？怎样才有意义？法律人如果是为小己，则痛苦积增；为群利，则乐趣无穷。怎样才能有意义又有趣味，这需要我们自己去把握，去感受。最后用我经常说的一句话：用高贵的灵魂处理凡俗的事务。

最后的结果一定是美好的，哪怕长夜漆黑，也将升起太阳。

谢谢大家！

吴经熊先生

图书在版编目(CIP)数据

法门穿行 / 孙笑侠著. —北京:法律出版社,2016.10
ISBN 978 - 7 - 5118 - 9764 - 0

Ⅰ. ①法… Ⅱ. ①孙… Ⅲ. ①法律—文集②随笔—作品集—中国—当代 Ⅳ. ①D9 - 53②I267.1

中国版本图书馆 CIP 数据核字(2016)第 169383 号

法门穿行　　孙笑侠 著　　**责任编辑** 黄倩倩
装帧设计 汪奇峰

开本 A5　　**印张** 11.125　　**字数** 244 千
版本 2016 年 10 月第 1 版　　**印次** 2016 年 10 月第 1 次印刷
出版 法律出版社　　**编辑统筹** 学术 · 对外出版分社
总发行 中国法律图书有限公司　　**经销** 新华书店
责任校对 杨昆玲　　**责任印制** 陶 松
印刷 固安华明印业有限公司

法律出版社/北京市丰台区莲花池西里 7 号(100073)
电子邮件/info@ lawpress. com. cn　　销售热线/010 - 63939792/9779
网址/www. lawpress. com. cn　　咨询电话/010 - 63939796

中国法律图书有限公司/北京市丰台区莲花池西里 7 号(100073)
全国各地中法图分、子公司电话:
第一法律书店/010 - 63939781/9782　　西安分公司/029 - 85388843
重庆公司/023 - 65382816/2908　　上海公司/021 - 62071010/1636
北京分公司/010 - 62534456　　深圳公司/0755 - 83072995

书号:ISBN 978 - 7 - 5118 - 9764 - 0　　**定价**:45.00 元
(如有缺页或倒装,中国法律图书有限公司负责退换)